日本語五十音圖表

にほんごごじゅうおんひょう

平假名清音　ひらがなせいおん

あ a	か ka	さ sa	た ta	な na	は ha	ま ma	や ya	ら ra	わ wa
あり 螞蟻	かめ 烏龜	さる 猴子	たいよう 太陽	なす 茄子	はな 花	まど 窗	やま 山	らくだ 駱駝	わに 鱷魚
い i	き ki	し shi	ち chi	に ni	ひ hi	み mi		り ri	
いちご 草莓	きつね 狐狸	しいたけ 香菇	ちず 地圖	にんじん 紅蘿蔔	ひつじ 羊	みかん 橘子		りんご 蘋果	
う u	く ku	す su	つ tsu	ぬ nu	ふ fu	む mu	ゆ yu	る ru	を o
うさぎ 兔子	くるま 車子	すし 壽司	つき 月亮	いぬ 小狗	ふく 衣服	むすめ 女兒	ゆき 雪	かえる 青蛙	てをあらう 洗手
え e	け ke	せ se	て te	ね ne	へ he	め me		れ re	
えんぴつ 鉛筆	けっこん 結婚	せっけん 香皂	てんとうむし 瓢蟲	ねこ 小貓	へび 蛇	め 眼睛		れいぞうこ 冰箱	
お o	こ ko	そ so	と to	の no	ほ ho	も mo	よ yo	ろ ro	ん n

書本 蠟燭 そく 夜晚 桃子 書店 や 農夫 ふ 時鐘 い 爺爺 小孩 も 男子 こ

新手們必備の日文啟蒙書

絕對超好記日語50音

聽說讀寫 四效合一

易學易記，秒上手，超熟記！

零基礎這樣學最快，
完勝日語 50 音速學式

菜菜子——著

前言

まえがき

COVID-19 疫情爆發前，每年到日本觀光的人數都突破三、四百萬人次以上，疫情後國門一開，國人最想去的國家也是日本。兩國雖無正式邦交但民間的經貿往來、技術交流從未間斷，我們平日常會收看日本電視節目、聽日文歌曲、瀏覽日語刊物……，日本文化多年來已慢慢滲透到台灣的每個角落。哈日族在你我周遭更是隨處可見，阿公阿嬤每天在公園或 KTV 大唱日本演歌，中年婦女愛買的日式家庭用品，而年輕的哈日族更是不得了地愛上日本的一切，從粉紅 kitty 貓到木村拓哉，從日本料理到 3C 數位產品，食衣住行、吃喝玩樂，無不以日本為師，也因為這樣帶動了一股學日語風潮，有的人是因為工作所需，有的是為了追星、玩日本電玩、迷日本動漫，看流行雜誌或是方便去日本各地自助旅行……等等。

日語是我國僅次於英語的熱門「第二外語」，在外語學習中除了一般普遍使用的英語外，最實用及最容易上手的非日文莫屬。且許多日文中的漢字都與國字相仿，給人似曾相似的感覺，比起其他外國人士學習日語的困難程度來說，絕對是更加有利。雖然日文中其大部分的漢字與中文意思相通，不需翻字典，憑直覺就可以理解，例如：「食堂（しょうくどう）－餐廳」、「医者（いしゃ）－醫生」，還有一些我們經常在報章媒體上常見的詞，如：「人妻（ひとづま）－已婚婦女」、「激安（げきやす）－超低價」、「買得（かいどく）－超值、划算」。但是還是有許多例外的狀況，如：「噓（うそ）」在中文是叫別人小聲一點，日文卻是「說

謊」的意思；「真面目（まじめ）」不是指廬山真面目，日文的意思是「認真、誠實」；「怪我（けが）」則是受傷，沒有中文「責備我」的意思。這些詞彙的日文字意卻是和中文全然不同，所以要特別小心以免雞同鴨講、造成誤解。

學日文當然一開始就是要先學會五十音，熟記五十音的發音及寫法，為日文學習之路打下良好的基礎。本書特別為讀者們精心設計了容易看、方便使用，具強化記憶的學習平台，讓讀者可以很輕鬆地從五十音開始人生中的第一堂日文課。每一假名均搭配相關單字、生活化的例句，及重要漢字的讀音與意義。只要每天挪出 10 分鐘的時間：1 分鐘邊聽 MP3（全文 MP3QR 碼在 P006）或掃 QR 碼邊唸假名讀音；3 分鐘了解假名的筆順並動手寫一寫；在**【單語唸一唸】**單元中花 3 分鐘時間邊聽 MP3 或掃 QR 碼邊唸，熟悉假名發音，記誦相關單字；2 分鐘邊聽邊唸開口說實用例句；1 分鐘看看**【漢字嘛也通】**的漢字小解析擴充字彙量，由於這個單元的內容對初學者稍有難度，讀者可依自己的需求及能力做斟酌、篩選，了解漢字意思即可，至於漢字的例句及短句並不一定要記誦起來。

如此利用眼到、口到、手到、耳到的互動式連結，能快速加強大腦記憶，不僅學會五十音也熟記更多常用單字，學習效果更加倍。並特別聘請日籍老師錄製 MP3，純正的日語發音，為讀者營造最佳的日語學習環境。希望本書貼心的設計，可以提供讀者有系統而完整的協助，學得又準又快，學習零負擔。

目錄 contents

もくじ

本書特色

1 單一假名專頁說明

清音、濁音、半濁音、鼻音、拗音每一音都設有專頁說明及練習，可以完整學習到日文的所有假名，以補大部分坊間只著重五十音清音的不足。

2 雙發音標示

「雙發音標示」羅馬拼音＋ㄅㄆㄇ注音，讓初學者能輕鬆理解，立即熟記。

3 超貼心字源記憶法

貼心標示假名的字源，有助於讀者掌握正確字形，加強印象。

4 可對應片（平）假名

每一頁的平（片）假名均附有「可對應片（平）假名」的所在頁碼，方便對照學習，不混淆！

5 動手練習正確筆劃

提供平假名、片假名的正確筆劃教寫，正確標明筆順，學完立即練習，眼到、口到、手到，快速加強大腦記憶。

6 有聲MP3增強功力

附QR碼音檔，掃碼即聽！也可搭配MP3一起學習背誦，不僅發音學得標準、道地，還有助於記憶，奠定良好根基。（左右頁共用一組QR碼）

全文 MP3
請掃碼取得

7 單語唸一唸

「單語唸一唸」單元，特別精選出該假名的單字搭配學習，既能加強發音練習，也讓讀者認識更多的單字，一舉兩得！

8 一日一句超實用會話

精選出日常生活及旅遊中常用的句子，句句精簡、實用，即使不懂文法也能即學即用，學得又快又準。

9 日文漢字嘛也通

大部分的日文漢字，我們可以看得懂卻常常誤解其意思。本書特別重點整理常用及易被誤用的漢字，並搭配例句解析，自學者可輕鬆不費力地慢慢累積驚人的字彙量。

10 字典索引標示法

採用字典索引標示法，每頁均標示出該假名所在之「あ行、か行、さ行、た行」方便讀者查找所需要的假名。

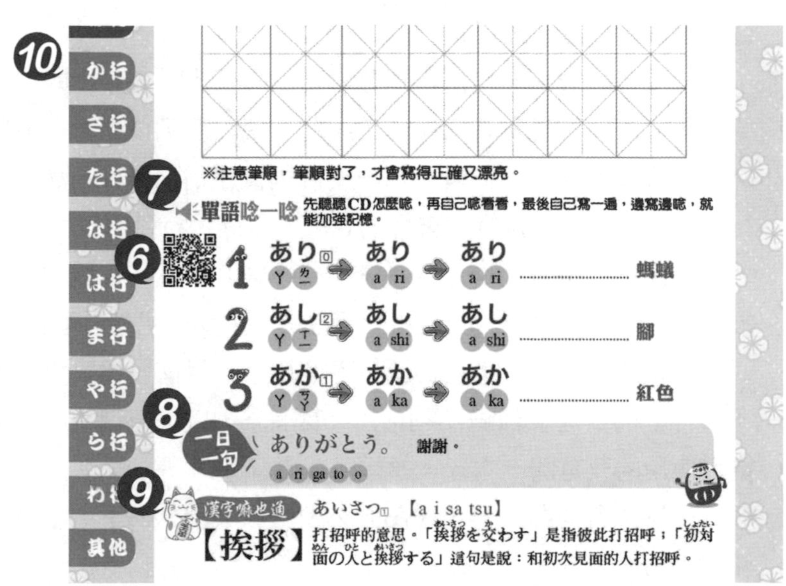

清音、撥音表

日文的文字基本上是由「假名」與「漢字」所構成。「假名」又可分「平假名」與「片假名」兩種。

日本在古代並沒有文字，直到和中國有了文化交流之後，才引進中國的漢字做爲書寫的工具。但因漢字筆劃繁複書寫不便，爲了因應實際需要，因此利用漢字草書簡化成「平假名」，利用漢字的偏旁造出「片假名」。

平假名大多用來標示日本固有的和語或漢語發音，是日語中使用最頻繁的文字。

片假名則用以標示外來語、擬聲語、擬態語或需要特別強調的語彙。

依發音來分，假名可分爲清音、撥音（鼻音）、濁音、半濁音、拗音、促音、長音等七種。

五十音圖表指的是清音以及撥音的發音表。表中橫的爲母音的變化，直的則是子音的變化。因此，每一直列依序稱爲**あ**段、**い**段、**う**段、**え**段、**お**段，每一橫行則依序稱爲**あ**行、**か**行、**さ**行、**た**行、**な**行、**は**行、**ま**行、**や**行、**ら**行、**わ**行。

但由於「**や**行」**い**段的【yi】被「**い**」取代、**え**段的【ye】被「**え**」取代；「**わ**行」**う**段的「**う**」是重覆的，另外「**ゐ**【wi】」「**ゑ**【we】」二字在現代日語也不使用了，目前已經廢止了，而「**わ**行」的「**を**」僅做助詞使用，因此，加上鼻音「**ん**」，如今實際使用的只有四十六音，通稱爲五十音。

鼻音僅有「**ん**」一字「**ん**」必須附於其他假名下，不可單獨使用；用鼻發音。

平、片假名五十音表

	あ段	い段	う段	え段	お段
あ行	あ　ア 【a】	い　イ 【i】	う　ウ 【u】	え　エ 【e】	お　オ 【o】
か行	か　カ 【ka】	き　キ 【ki】	く　ク 【ku】	け　ケ 【ke】	こ　コ 【ko】
さ行	さ　サ 【sa】	し　シ 【shi】	す　ス 【su】	せ　セ 【se】	そ　ソ 【so】
た行	た　タ 【ta】	ち　チ 【chi】	つ　ツ 【tsu】	て　テ 【te】	と　ト 【to】
な行	な　ナ 【na】	に　ニ 【ni】	ぬ　ヌ 【nu】	ね　ネ 【ne】	の　ノ 【no】
は行	は　ハ 【ha】	ひ　ヒ 【hi】	ふ　フ 【fu】	へ　ヘ 【he】	ほ　ホ 【ho】
ま行	ま　マ 【ma】	み　ミ 【mi】	む　ム 【mu】	め　メ 【me】	も　モ 【mo】
や行	や　ヤ 【ya】		ゆ　ユ 【yu】		よ　ヨ 【yo】
ら行	ら　ラ 【ra】	り　リ 【ri】	る　ル 【ru】	れ　レ 【re】	ろ　ロ 【ro】
わ行	わ　ワ 【wa】				を　ヲ 【wo】
撥音 （鼻音）	ん　ン 【n】				

濁音、半濁音表

濁音：於「か（カ）」、「さ（サ）」、「た（タ）」、「は（ハ）」行清音假名的右上端加上「"」的符號所形成的音。發音時喉音較清音重。

半濁音：於「は（ハ）」行清音假名的右上端加上「。」的符號所形成的音。為破折音的發音。

平、片假名濁音表

	あ段	い段	う段	え段	お段
が行	が　ガ 【ga】	ぎ　ギ 【gi】	ぐ　グ 【gu】	げ　ゲ 【ge】	ご　ゴ 【go】
ざ行	ざ　ザ 【za】	じ　ジ 【ji】	ず　ズ 【zu】	ぜ　ゼ 【ze】	ぞ　ゾ 【zo】
だ行	だ　ダ 【da】	ぢ　ヂ 【ji】	づ　ヅ 【zu】	で　デ 【de】	ど　ド 【do】
ば行	ば　バ 【ba】	び　ビ 【bi】	ぶ　ブ 【bu】	べ　ベ 【be】	ぼ　ボ 【bo】

平、片假名半濁音表

	あ段	い段	う段	え段	お段
ぱ行	ぱ　パ 【pa】	ぴ　ピ 【pi】	ぷ　プ 【pu】	ぺ　ペ 【pe】	ぽ　ポ 【po】

拗音表

拗音：是由「い段」的子音，除了「い」以外的「き」、「し」、「ち」、「に」、「ひ」、「み」、「り」等分別搭配上小寫的「ゃ」、「ゅ」、「ょ」所構成的音。

平、片假名拗音表

	や	ゆ	よ
き	きゃ　キャ 【kya】	きゅ　キュ 【kyu】	きょ　キョ 【kyo】
し	しゃ　シャ 【sha】	しゅ　シュ 【shu】	しょ　ショ 【sho】
ち	ちゃ　チャ 【cha】	ちゅ　チュ 【chu】	ちょ　チョ 【cho】
に	にゃ　ニャ 【nya】	にゅ　ニュ 【nyu】	にょ　ニョ 【nyo】
ひ	ひゃ　ヒャ 【hya】	ひゅ　ヒュ 【hyu】	ひょ　ヒョ 【hyo】
み	みゃ　ミャ 【mya】	みゅ　ミュ 【myu】	みょ　ミョ 【myo】
り	りゃ　リャ 【rya】	りゅ　リュ 【ryu】	りょ　リョ 【ryo】
ぎ	ぎゃ　ギャ 【gya】	ぎゅ　ギュ 【gyu】	ぎょ　ギョ 【gyo】
じ	じゃ　ジャ 【ja】	じゅ　ジュ 【ju】	じょ　ジョ 【jo】
び	びゃ　ビャ 【bya】	びゅ　ビュ 【byu】	びょ　ビョ 【byo】
ぴ	ぴゃ　ピャ 【pya】	ぴゅ　ピュ 【pyu】	ぴょ　ピョ 【pyo】

促音、長音規則

促音：出現在「か行」、「さ行」、「た行」、「ぱ行」音前面的一個特殊音，寫成小的「っ（ッ）」。發音時這個小的「っ（ッ）」是不發音，本書讀音標示「・」，表示暫時停頓一拍，因爲停頓的時間很短促，故名爲促音。例如：

きって（郵票）　おっと（丈夫）　さっき（剛剛）
せっけん（肥皀）　みっつ（三個）　もっと（更）
トラック（卡車）　マッチ（火柴）

長音：「あ」、「い」、「う」、「え」、「お」是日語的母音。日語的母音有長短之分，長音便是兩個母音同時出現所形成的音。兩個母音同時出現時，將前一音節的音拉長一倍發音。「片假名」中標示長音的符號爲「ー」。例如「メール（郵件）」

規則如下：

❶「あ」段音＋「あ」：當「あ」段音（例如あ、か、さ……等）的假名遇到後面是「あ」的話，那麼前面的假名就要讀長一拍，而後面的「あ」則不用讀出來。例如：
おかあさん（母親）→ かあ應讀作「かー」，か要拉長成兩拍。

❷「い」段音＋「い」：當「い」段音（例如い、き、し……等）的假名遇到後面是「い」的話，那麼前面的假名就要讀長一拍，而後面的「い」則不用讀出來。例如：
おにいさん（哥哥）→ にい應讀作「にー」，に要拉長成兩拍。

❸「う」段音＋「う」、「お」：當「う」段音（例如う、く、す……等）的假名遇到後面是「う」或「お」的話，那麼前面的假名就要讀長一拍，而後面的「う」或「お」則不用讀出來。例如：

ふうふ（夫婦）→ ふう應讀作「ふー」，ふ要拉長成兩拍。

❹「え」段音＋「い」、「え」：當「え」段音（例如え、け、せ……等）的假名遇到後面是「い」或「え」的話，那麼前面的假名就要讀長一拍，而後面的「い」或「え」則不用讀出來。例如：

えいが（電影）→ えい應讀作「えー」，え要拉長成兩拍。

おねえさん（姐姐）→ ねえ應讀作「ねー」，ね要拉長成兩拍。

❺「お」段音＋「う」、「お」：當「お」段音（例如お、こ、そ……等）的假名遇到後面是「う」或「お」的話，那麼前面的假名就要讀長一拍，而後面的「う」或「お」則不用讀出來。例如：

いもうと（妹妹）→ もう應讀作「もー」，も要拉長成兩拍。

とおり（馬路）→ とお應讀作「とー」，と要拉長成兩拍。

重音規則

唸日語的單字時，會在不同的音節出現高低或起伏的音調，稱爲重音，也就 是所謂的【アクセント】。

一般書籍及字典大多採用數字 1234 …… 0 的方式標示重音。0表示該字彙沒有重音，1表示該字彙第一音節爲重音，2 表示第二音節爲重音，其餘類推。每個單字的音節數以其所含假名數爲準，拗音、促音、長音均算一個音節。

重音的種類：

❶ **「平板型」**：平板型標記爲0，意思是該單字只有第一音節發較低的音，第二音節以下發同高音。

さくら 0（櫻花）
つくえ 0（桌子）
はな 0（鼻子）
しんぶん 0（報紙）

❷ **「頭高型」**：頭高型標記爲1，指該單字只有第一音節發較高的音，第二音節以下均發較低的音。

ねこ 1（貓）
しいたけ 1（香菇）
めがね 1（眼鏡）
ちゅうごく 1（中國）

❸ **「中高型」**：中高型是第一音節與重音後的音節要發較低的音，中間音節發高音。所以要有三個音節以上的單字才會出現此型。中高型的三音節語標記爲 2 ，四音節語可能爲 2

或 3，五音節語可能爲 2 或 3 或 4 。其餘依此類推。

おかし 2（點心）　**ひくい** 2（低的）

みそしる 3（味噌湯）　**せんせい** 3（老師）

あたたかい 4（暖和的）

❹ **「尾高型」**：尾高型是第一音節低，第二個音節以後發同高音。如果後面接助詞時，助詞必須發較低的音。其中二音節語標記爲 2，三音節語標記爲 3，四音節語標記爲 4，其餘類推。

やま 2（山）

あたま 3（頭）

いもうと 4（妹妹）

❖ **「平板型」與「尾高型」的不同：**

基本上都是第一音節低，第二個音節以後高，不同的地方是加助詞後平板型的助詞唸高，尾高型的助詞唸低。

はな＋は →「平板型」（鼻子）

はな＋は →「尾高型」（花）

小小叮嚀

「重音」在日文中可說是很重要的喲！同樣的字彙要是重音發錯了，那意思可是會相差十萬八千里呢！所以背單字時千萬要連重音也一起記起來，不然可是會讓人啼笑皆非。

はし 2（筷子）、**はし** 1（橋）

あめ 0（糖果）、**あめ** 1（下雨）

Part 1 平假名

日本在古代並沒有文字，直到和中國有文化交流之後，才引進中國的漢字做為書寫的工具。後來因為漢字筆劃繁複書寫不便，為了因應實際需要，才又利用漢字草書簡化成「平假名」，另外又利用漢字的偏旁造出「片假名」。家永三郎教授在所著《日本文化史》中指出：「片假名、平假名是將漢字簡化而成的。這是自八世紀起，歷經數百年之久，人們為了實際上的便利逐漸將漢字簡化，並加以固定下來的結果。」

平假名（ひらがな，Hiragana）是日語中表音符號的一種。平假名用以標示日本固有的和語或漢語發音，是日語中使用最頻繁的文字。

清音

清音原有五十音，但由於「や行」い段的【yi】被「い」取代、え段的【ye】被「え」取代；「わ行」う段的「う」是重覆的，另外「ゐ【wi】」「ゑ【we】」二字在現代日語也不使用了，目前已經廢止使用，而「わ行」的「を」僅做助詞使用。因此，加上鼻音「ん」，如今實際使用的只有四十六音，通稱爲五十音。

鼻音僅有「ん」一字「ん」必須附於其他假名下，不可單獨使用；用鼻子發音。

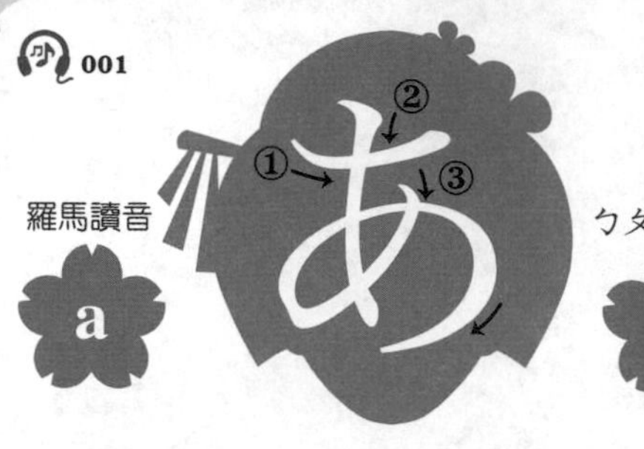

字源「あ」安字的草書　同樣唸[a]音的片假名➜[ア]請見P.124

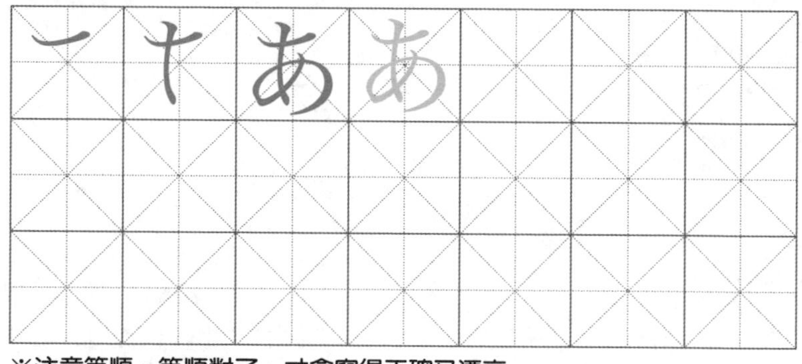

※注意筆順，筆順對了，才會寫得正確又漂亮。

單語唸一唸 先聽聽CD或掃左邊的QR碼，再自己唸看看，最後自己寫一遍，邊寫邊唸，就能加強記憶。

1 あり⓪（ㄚ ㄌㄧ）➜ あり（a ri）➜ あり（a ri）……… 螞蟻

2 あし②（ㄚ ㄒㄧ）➜ あし（a shi）➜ あし（a shi）……… 腳

3 あか①（ㄚ ㄎㄚ）➜ あか（a ka）➜ あか（a ka）……… 紅色

一日一句 ありがとう。 謝謝。
a ri ga to o

漢字嘛也通 あいさつ① 【a i sa tsu】

【挨拶】打招呼的意思。「挨拶（あいさつ）を交（か）わす」是指彼此打招呼；「初対（しょたい）面（めん）の人（ひと）と挨拶（あいさつ）する」這句是說：和初次見面的人打招呼。

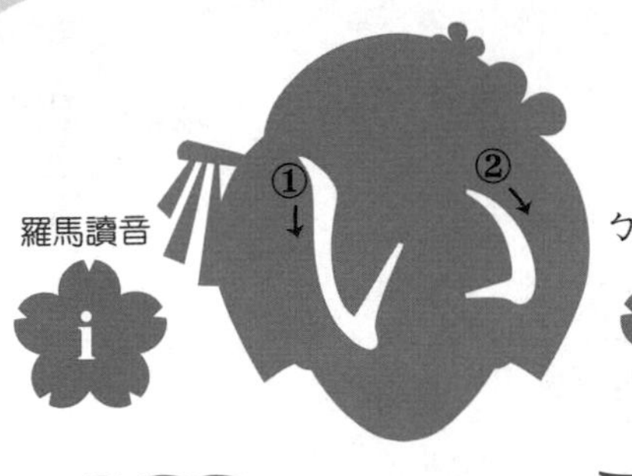

草莓

字源「𛀆」以字的草書　⛩ 同樣唸[i]音的片假名→[イ]請見P.125

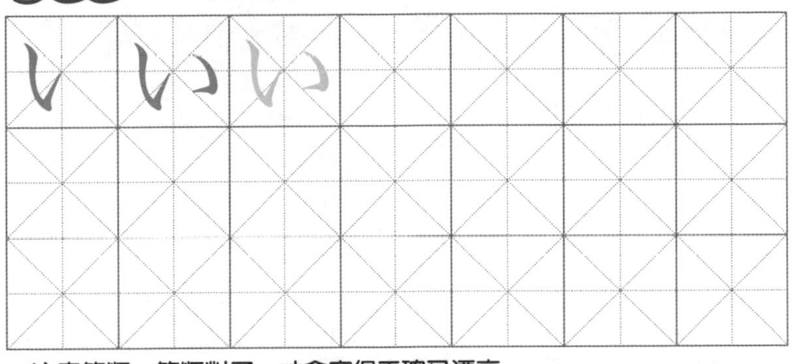

※注意筆順，筆順對了，才會寫得正確又漂亮。

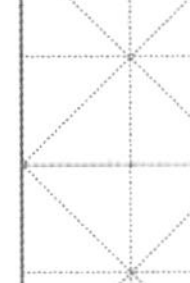

單語唸一唸 先聽聽CD或掃左邊的QR碼，再自己唸看看，最後自己寫一遍，邊寫邊唸，就能加強記憶。

1 いす 0 ㄧㄙ → いす i su → いす i su ………… 椅子

2 いや 2 ㄧㄧㄚ → いや i ya → いや i ya ………… 討厭

3 いちご 0 ㄧㄐㄧㄍㄡ → いちご i chi go ………… 草莓

一日一句 今(いま)ちょうど九時(くじ)です。 現在正好九點。
i ma cho— do ku ji de su

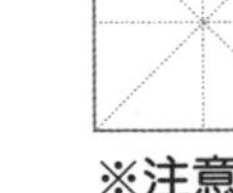

漢字嘛也通 いしゃ 0 【i sha】

【医者】醫生的意思。「医」字的寫法和中文不太一樣，不要寫錯了。日文中有句俗語「医者(いしゃ)の不養生(ふようじょう)」意思是指醫生也不注重衛生，比喻言行不一的人。

字源 「宇」宇字的草書 同樣唸[u]音的片假名➜[ウ]請見P.126

※注意筆順，筆順對了，才會寫得正確又漂亮。

單語唸一唸 先聽聽CD或掃左邊的QR碼，再自己唸看看，最後自己寫一遍，邊寫邊唸，就能加強記憶。

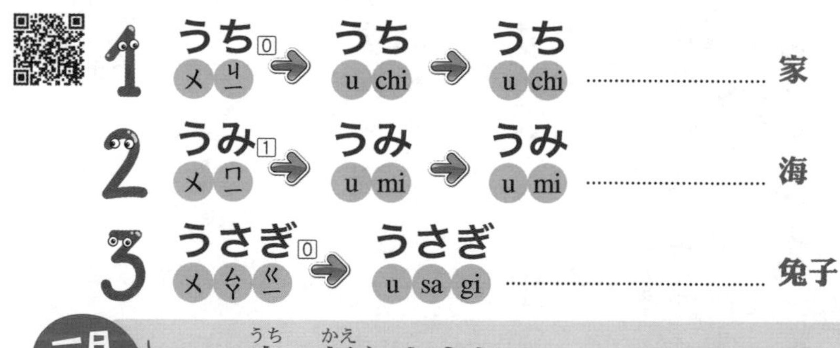

一日一句 いつ家(うち)へ帰(かえ)りますか？ 什麼時候要回家呢？

i tsu u chi he ka e ri ma su ka

漢字嘛也通

【嘘】 うそ 1 【u so】

謊言、謊話的意思。日文漢字的「嘘」字的意思，和我們的中文意思就完全不一樣了。日文中有句俗語「嘘(うそ)の皮(かわ)」意思是指一派胡言，完全是在說假話。

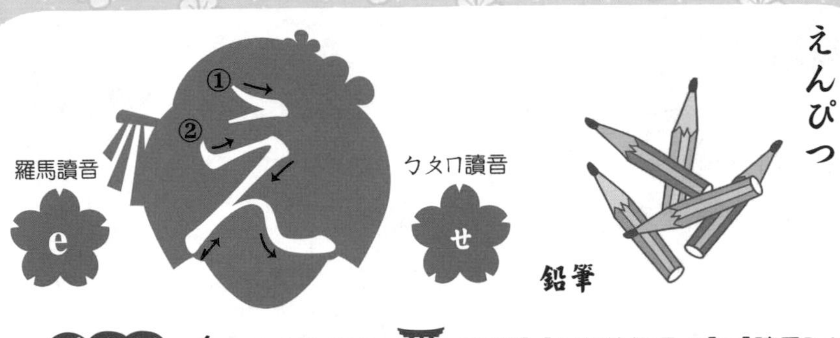

字源「衣」衣字的草書　同樣唸[e]音的片假名➜[エ]請見P.127

※注意筆順，筆順對了，才會寫得正確又漂亮。

單語唸一唸　先聽聽CD或掃左邊的QR碼，再自己唸看看，最後自己寫一遍，邊寫邊唸，就能加強記憶。

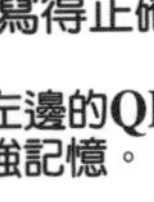

1 えき[1]（せ ㄎㄧ）➜ えき（e ki）➜ えき（e ki）……車站

2 えいが[1]（せ ― ㄍㄚ）➜ えいが（e ― ga）……電影

3 えんぴつ[0]（せ ㄣ ㄆㄧ ㄗ）➜ えんぴつ（e n pi tsu）……鉛筆

一日一句

土曜日（どようび）映画（えいが）を見（み）に行（い）くつもりです。

星期六打算去看電影。

do yo ― bi e ― ga wo mi ni i ku tsu mo ri de su

漢字嘛也通

【駅】

えき[1]　【e ki】

這個字是車站的意思，火車車站、電車車站、捷運車站都通用「駅」這個詞。「駅」的寫法要小心哦，不要寫錯了。「駅弁（えきべん）」就是指鐵路便當。

あ行 か行 さ行 た行 な行 は行 ま行 や行 ら行 わ行 其他

字源「於」於字的草書　同樣唸[o]音的片假名→[オ]請見P.128

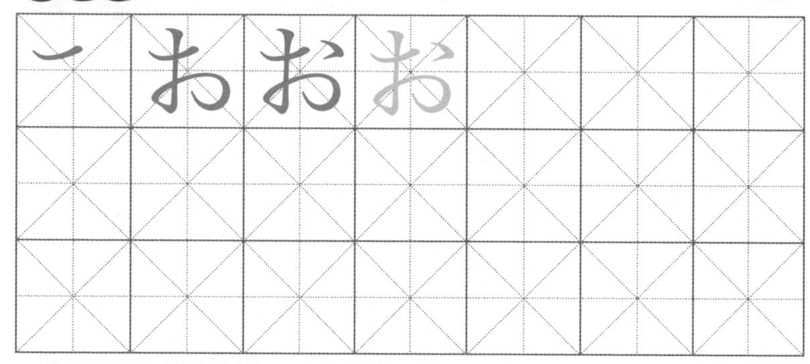

※注意筆順，筆順對了，才會寫得正確又漂亮。

單語唸一唸 先聽聽CD或掃左邊的QR碼，再自己唸看看，最後自己寫一遍，邊寫邊唸，就能加強記憶。

1 おに② ㄡ ㄋㄧ → おに o ni → おに o ni .... 鬼怪

2 おとこ③ ㄡ ㄊㄡ ㄎㄡ → おとこ o to ko .... 男子

3 おんがく① ㄡ ㄣ ㄍㄚ ㄎㄨ → おんがく o n ga ku .... 音樂

一日一句

私(わたし)の趣味(しゅみ)は音楽(おんがく)を聴(き)くことです。

我的興趣是聽音樂。

wa ta shi no shu mi wa o n ga ku wo ki ku ko to de su

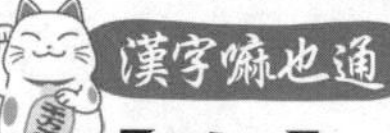

【鬼】

おに② 【o ni】

這個字的意思是指鬼怪，指那種想像中的怪物。不是我們所指的鬼魂，如果要表達鬼魂的意思，則是要用【幽霊(ゆうれい)】這個字。【鬼(おに)に金棒(かなぼう)】是指如虎添翼的意思。

かめ

烏龜

字源 「加」加字的草書　同樣唸[ka]音的片假名➜[カ]請見P.129

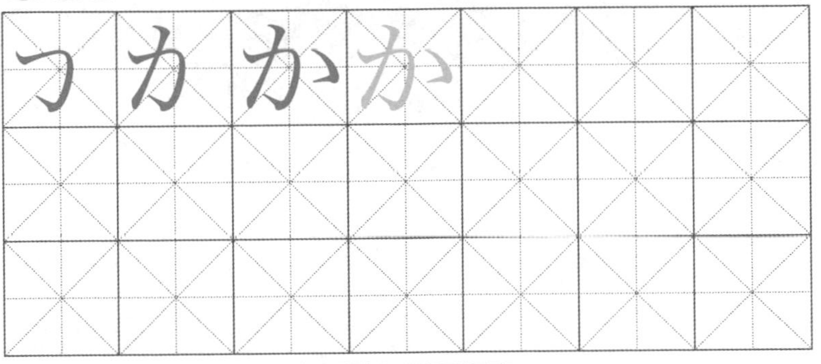

※注意筆順，筆順對了，才會寫得正確又漂亮。

單語唸一唸 先聽聽CD或掃左邊的QR碼，再自己唸看看，最後自己寫一遍，邊寫邊唸，就能加強記憶。

1 かめ①（ㄎㄚ ㄇㄟ）➜ かめ（ka me）➜ かめ（ka me）…… 烏龜

2 かみ②（ㄎㄚ ㄇㄧ）➜ かみ（ka mi）➜ かみ（ka mi）…… 頭髮

3 かぜ⓪（ㄎㄚ ㄗㄟ）➜ かぜ（ka ze）➜ かぜ（ka ze）…… 風

一日一句

私(わたし)は髪(かみ)にパーマをかけたいです。

我想要燙頭髮。

wa ta shi wa ka mi ni pa — ma wo ka ke ta i de su

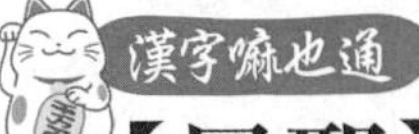

かぜ⓪【ka ze】

【風邪】

「風邪(かぜ)を引(ひ)く」的意思就是我們常說的感冒了，我們常會在日本藥品上看到這個詞。【風邪薬(かぜぐすり)】是指感冒藥。

字源「幾」幾字的草書　同樣唸[ki]音的片假名➜[キ]請見P.130

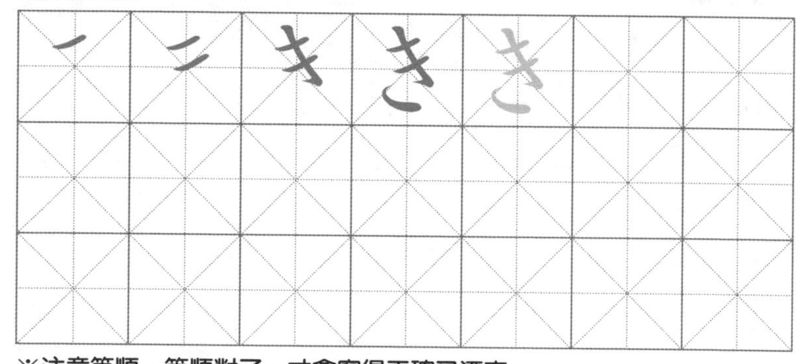

※注意筆順，筆順對了，才會寫得正確又漂亮。

單語唸一唸　先聽聽CD或掃左邊的QR碼，再自己唸看看，最後自己寫一遍，邊寫邊唸，就能加強記憶。

1 きれい[1]（ㄎㄧ ㄌㄟ —）➜ きれい（ki re —）……漂亮；清潔

2 きもち[0]（ㄎㄧ ㄇㄡ ㄐㄧ）➜ きもち（ki mo chi）……心情

3 きつね[0]（ㄎㄧ ㄗ ㄋㄟ）➜ きつね（ki tsu ne）……狐狸

一日一句　今日(きょう)は気持(きも)ちがいいです。　今天心情很好。

kyo — wa ki mo chi ga i i de su

漢字嘛也通　きもち[0]【ki mo chi】

【気持】這個漢字的意思是指心情、情緒。請留意漢字的寫法，和中文不太一樣哦。【気持(きもち)がいい】是指心情很好；【気持(きもち)が悪(わる)い】是指心情不好。

あ行
か行
さ行
た行
な行
は行
ま行
や行
ら行
わ行
其他

羅馬讀音 ku

ㄅㄆㄇ讀音 ㄎㄨ

くるま

車子

字源「久」久字的草書　同樣唸[ku]音的片假名→[ク]請見P.131

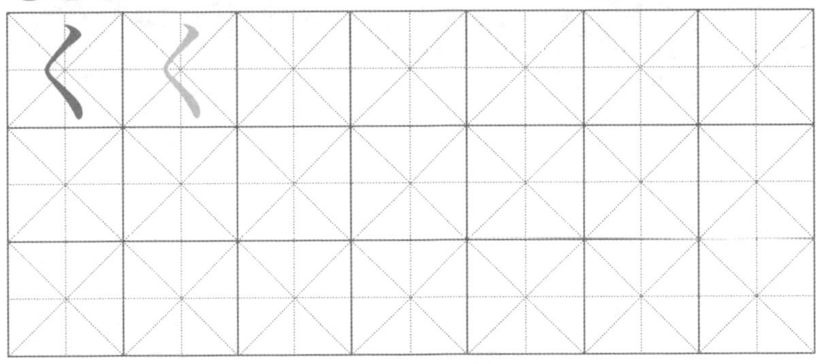

※注意筆順，筆順對了，才會寫得正確又漂亮。

單語唸一唸 先聽聽CD或掃左邊的QR碼，再自己唸看看，最後自己寫一遍，邊寫邊唸，就能加強記憶。

1 くち[0] ㄎㄨ ㄐㄧ → くち ku chi → くち ku chi .... 嘴巴

2 くつ[2] ㄎㄨ ㄗ → くつ ku tsu → くつ ku tsu .... 鞋子

3 くるま[0] ㄎㄨ ㄌㄨ ㄇㄚ → くるま ku ru ma .... 車子

一日一句

私(わたし)は車(くるま)で通勤(つうきん)しています。　我現在是開車上下班。

wa ta shi wa ku ru ma de tsu — ki n shi te i ma su

漢字嘛也通

【靴】

くつ[2]　【ku tsu】

這個漢字的意思是指鞋子。不是我們中文的靴子哦，請留意。日文的靴子是要用：「ブーツ」來表現。【靴(くつ)を隔(へだ)てて痒(かゆ)きを掻(か)く】是指隔靴搔癢。【靴(くつ)した】是指襪子。

あ行 か行 さ行 た行 な行 は行 ま行 や行 ら行 わ行 其他

字源「け」計字的草書　同樣唸[ke]音的片假名➜[ケ]請見P.132

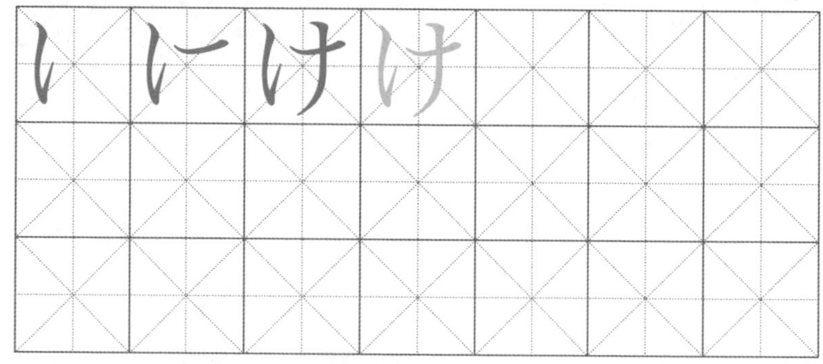

※注意筆順，筆順對了，才會寫得正確又漂亮。

單語唸一唸 先聽聽CD或掃左邊的QR碼，再自己唸看看，最後自己寫一遍，邊寫邊唸，就能加強記憶。

1 けむり⓪ ㄎㄟ ㄇㄨ ㄌㄧ ➜ けむり ke mu ri ………… 煙

2 けんこう⓪ ㄎㄟ ㄣ ㄎㄡ — ➜ けんこう ke n ko — ………… 健康

3 けっこん⓪ ㄎㄟ ・ ㄎㄡ ㄣ ➜ けっこん ke ・ ko n ………… 結婚

一日一句

健康(けんこう)のために週(しゅう)に一回運動(いっかいうんどう)したほうがいいです。

為了健康著想，最好一週運動一次。

ke n ko — no ta me ni shu — ni i ・ ka i u n do — shi ta ho — ga i i de su

漢字嘛也通 けが② 【ke ga】

【怪我】 這個漢字有受傷、過失、過錯的意思。「事故(じこ)で怪我(けが)しました」這句是說：發生事故而受傷了。【怪我(けが)の負(ま)け】是偶然失敗的意思；【怪我(けが)の功名(こうみょう)】是指僥倖成功的意思。

あ行 か行 さ行 た行 な行 は行 ま行 や行 ら行 わ行 其他

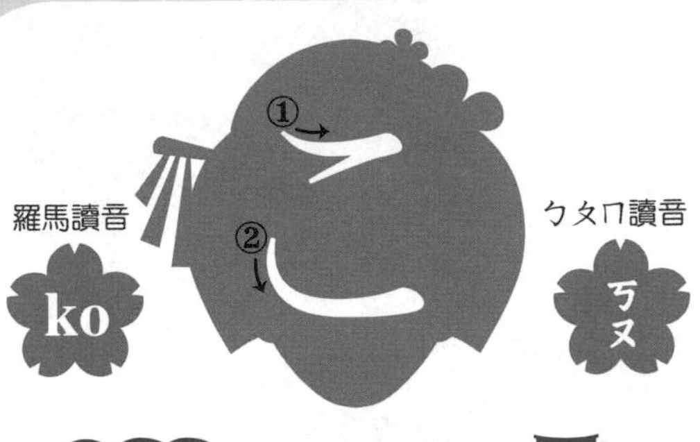

字源 「己」己字的草書　同樣唸[ko]音的片假名➜[コ]請見P.133

※注意筆順，筆順對了，才會寫得正確又漂亮。

單語唸一唸 先聽聽CD或掃左邊的QR碼，再自己唸看看，最後自己寫一遍，邊寫邊唸，就能加強記憶。

1 こし⓪（ㄎㄡ ㄒㄧ）➜ こし（ko shi）➜ こし（ko shi）………… 腰

2 こめ②（ㄎㄡ ㄇㄟ）➜ こめ（ko me）➜ こめ（ko me）………… 米

3 こども⓪（ㄎㄡ ㄉㄡ ㄇㄡ）➜ こども（ko do mo）………… 小孩

一日一句

私（わたし）と子供（こども）だけで買（か）い物（もの）に行きます。

只有我和小孩要去購物。

wa ta shi to ko do mo da ke de ka i mo no ni i ki ma su

漢字嘛也通　こども⓪【ko do mo】

【子供】這個漢字的意思是指小孩、兒童。【子供（こども）らしい】意思是指孩子氣的、小孩子般的。

006

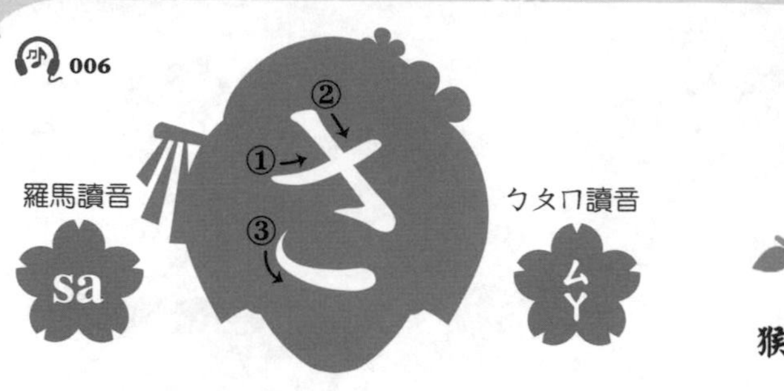

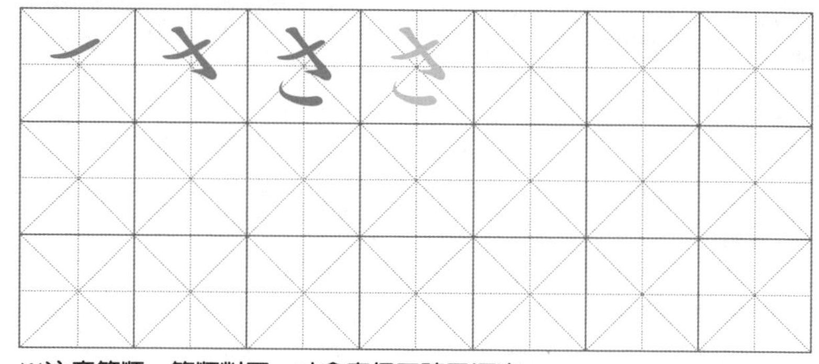

※注意筆順，筆順對了，才會寫得正確又漂亮。

單語唸一唸 先聽聽CD或掃左邊的QR碼，再自己唸看看，最後自己寫一遍，邊寫邊唸，就能加強記憶。

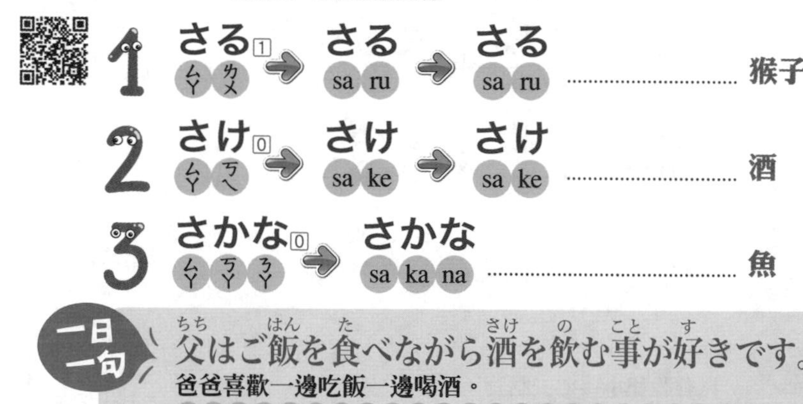

1 さる[1]（ㄙㄚ ㄌㄨ）→ さる（sa ru）→ さる（sa ru）……猴子

2 さけ[0]（ㄙㄚ ㄎㄟ）→ さけ（sa ke）→ さけ（sa ke）……酒

3 さかな[0]（ㄙㄚ ㄎㄚ ㄋㄚ）→ さかな（sa ka na）……魚

一日一句

父（ちち）はご飯（はん）を食（た）べながら酒（さけ）を飲（の）む事（こと）が好（す）きです。

爸爸喜歡一邊吃飯一邊喝酒。

chi chi wa go ha n wo ta be na ga ra sa ke wo no mu ko to ga su ki de su

漢字嘛也通 さいふ[0]【sa i fu】

【財布】 錢包的意思。【財布（さいふ）の口（くち）を締（し）める】是指縮緊開支。【財布（さいふ）の紐（ひも）が堅（かた）い】是指吝嗇。

しいたけ

字源「之」之字的草書　同樣唸[shi]音的片假名➜[シ]請見P.135

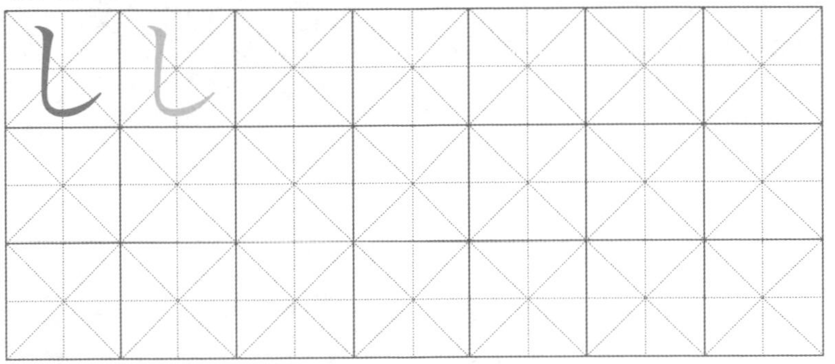

※注意筆順，筆順對了，才會寫得正確又漂亮。

單語唸一唸 先聽聽CD或掃左邊的QR碼，再自己唸看看，最後自己寫一遍，邊寫邊唸，就能加強記憶。

1 しか⓪ ㄒㄧ ㄎㄚ ➜ しか shi ka ➜ しか shi ka ………… 鹿

2 した⓪ ㄒㄧ ㄊㄚ ➜ した shi ta ➜ した shi ta ………… 下方

3 しいたけ① ㄒㄧ — ㄊㄚ ㄎㄟ ➜ しいたけ shi — ta ke ………… 香菇

一日一句

机（つくえ）の下（した）には本（ほん）があります。　桌子下面有本書。

tsu ku e no shi ta ni wa ho n ga a ri ma su

漢字嘛也通　しんぱい⓪　【shi n pa i】

【心配】 這個漢字是擔心、憂慮、操心的意思。「テストの結果（けっか）が心配（しんぱい）だ」】是指擔心考試的結果。

字源「寸」寸字的草書　同樣唸[su]音的片假名➜[ス]請見P.136

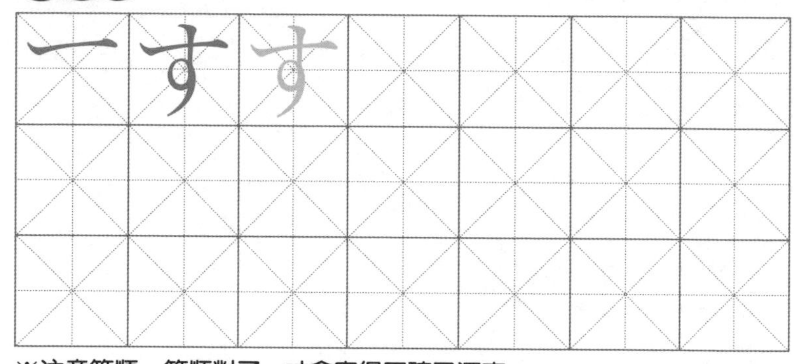

※注意筆順，筆順對了，才會寫得正確又漂亮。

單語唸一唸　先聽聽CD或掃左邊的QR碼，再自己唸看看，最後自己寫一遍，邊寫邊唸，就能加強記憶。

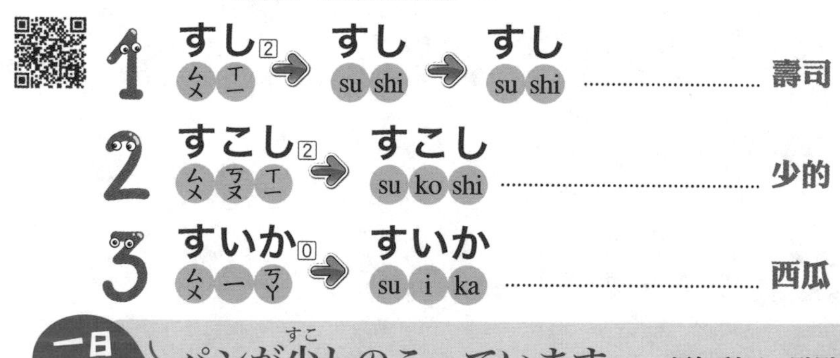

一日一句　パンが少（すこ）しのこっています。　麵包剩下一點點。

pa n ga su ko shi no ko • te i ma su

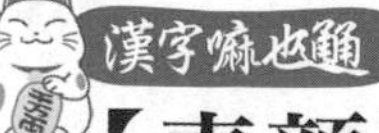

すがお① 【su ga o】

【素顏】這個漢字的意思是指不施脂粉、沒有化妝的臉。「彼女（かのじょ）は素（す）顔（がお）の方（ほう）がいいです」這句的意思是：她沒化妝的樣子很好看。

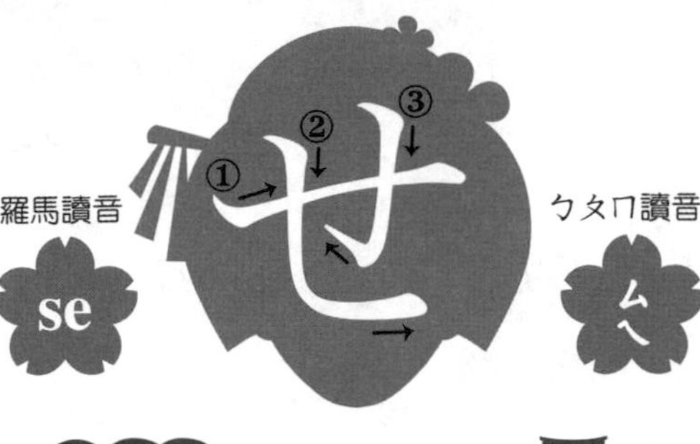

字源「せ」世字的草書　同樣唸[se]音的片假名➜[セ]請見P.137

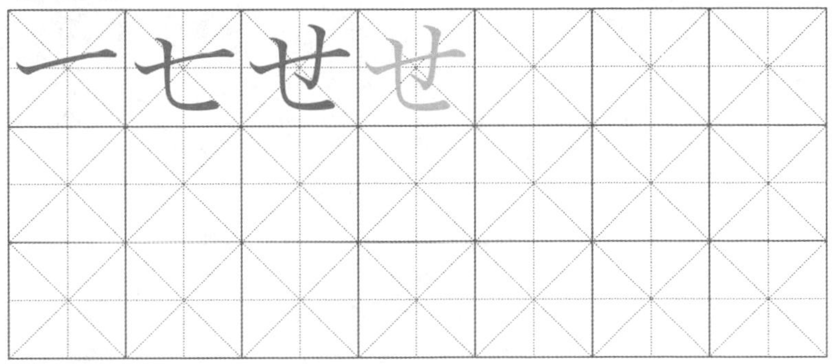

※注意筆順，筆順對了，才會寫得正確又漂亮。

單語唸一唸 先聽聽CD或掃左邊的QR碼，再自己唸看看，最後自己寫一遍，邊寫邊唸，就能加強記憶。

1 せき①（ㄙㄟ ㄎㄧ）➜ せき（se ki）➜ せき（se ki）………… 座位

2 せんせい③（ㄙㄟ ㄣ ㄙㄟ —）➜ せんせい（se n se —）………… 老師

3 せっけん⓪（ㄙㄟ・ㄎㄟ ㄣ）➜ せっけん（se・ke n）………… 肥皂

一日一句

先生(せんせい)は先週(せんしゅう)日本(にほん)へ帰(かえ)りました。　老師上週回日本去了。

se n se — wa se n shu — ni ho n he ka e ri ma shi ta

漢字嘛也通

【世話】 せわ② 【se wa】

這個漢字是幫助、援助、照料的意思。【世話(せわ)になる】是受人幫助，我們會說：「お世話(せわ)になりました、どうも　ありがとうございます」（承蒙您的照顧，謝謝您）【世話(せわ)ずき】是指好管閒事，喜歡幫助人的人。

あ行　か行　さ行　た行　な行　は行　ま行　や行　ら行　わ行　其他

008

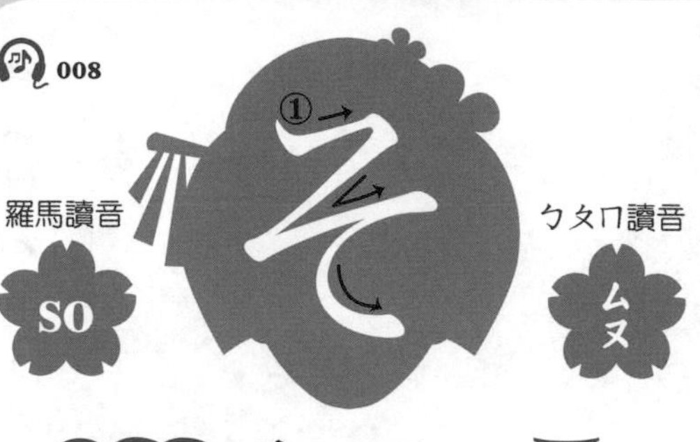

そふ

祖父

字源「曽」曾字的草書　同樣唸[so]音的片假名➔[ソ]請見P.138

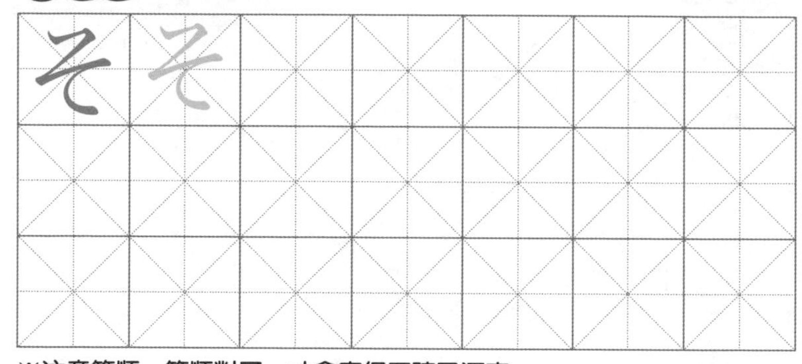

※注意筆順，筆順對了，才會寫得正確又漂亮。

單語唸一唸 先聽聽CD或掃左邊的QR碼，再自己唸看看，最後自己寫一遍，邊寫邊唸，就能加強記憶。

1 そば[1]（ㄙㄡ ㄅㄚ）→ そば（so ba）→ そば（so ba）…… 麵

2 そふ[1]（ㄙㄡ ㄏㄨ）→ そふ（so fu）→ そふ（so fu）…… 祖父

3 そうじ[0]（ㄙㄡ — ㄐㄧ）→ そうじ（so — ji）…… 打掃

一日一句

週(しゅう)に一回(いっかい)家(いえ)を掃除(そうじ)します。

一週打掃一次家裡。

shu — ni i • ka i i e wo so — ji shi ma su

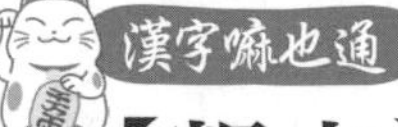

そまつ[1]【so ma tsu】

【粗末】 這個漢字是粗糙、不精緻的意思。【粗末(そまつ)にする】是指漫不經心地對待，浪費、怠慢的意思。「食(た)べ物(もの)を粗末(そまつ)にするな」這句是說請不要浪費食物。

あ行 か行 さ行 た行 な行 は行 ま行 や行 ら行 わ行 其他

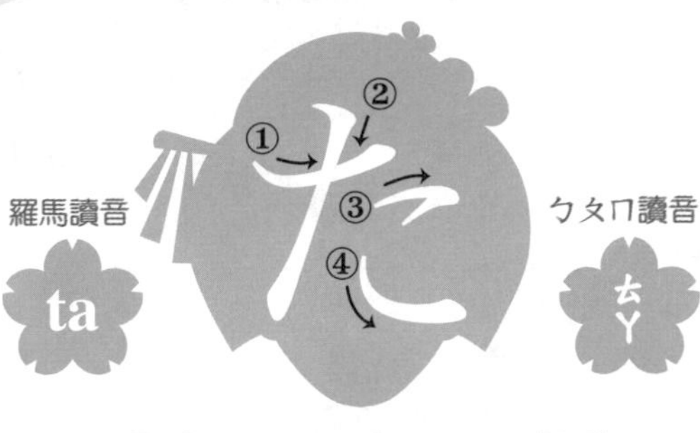

字源「太」太字的草書　同樣唸[ta]音的片假名→[タ]請見P.139

※注意筆順，筆順對了，才會寫得正確又漂亮。

單語唸一唸 先聽聽CD或掃左邊的QR碼，再自己唸看看，最後自己寫一遍，邊寫邊唸，就能加強記憶。

1 たまご[2]（ㄊㄚ ㄇㄚ ㄍㄡ）→ たまご（ta ma go）………… 蛋

2 たかい[2]（ㄊㄚ ㄎㄚ 一）→ たかい（ta ka i）………… 高的

3 たいよう[1]（ㄊㄚ 一 一ㄡ —）→ たいよう（ta i yo —）………… 太陽

一日一句

値段(ねだん)が高(たか)いですね、もっと安(やす)くしてくださいませんか？

價錢太貴了，可以算便宜一點嗎？

ne da n ga ta ka i de su ne , mo • to ya su ku shi te ku da sa i ma se n ka

漢字嘛也通

【食べ放題】

たべほうだい[3]　【ta be ho — da i】

這個漢字是指吃到飽，任你隨意吃多少。【食(た)べ過(す)ぎ】是吃太多的意思；【食(た)べ物(もの)】泛指一切的食物；【飲(の)み放題(ほうだい)】就是指喝到飽。

009

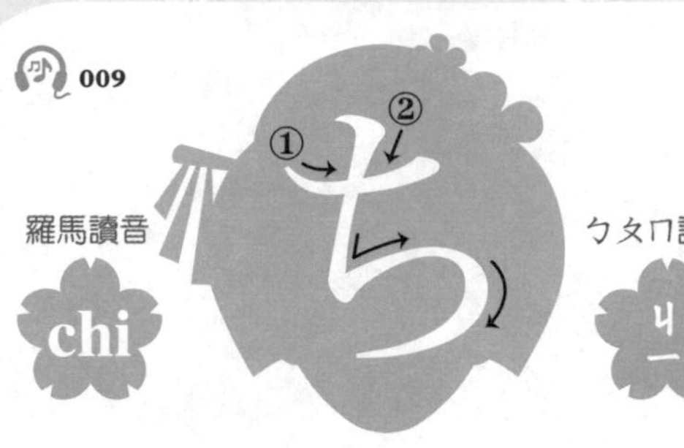

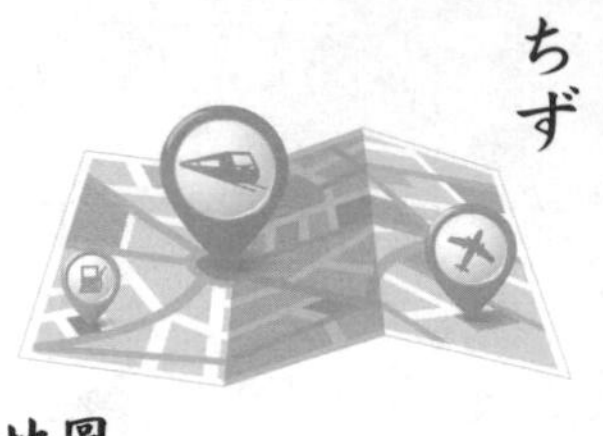

地圖

字源「知」知字的草書　同樣唸[chi]音的片假名→[チ]請見P.140

※注意筆順，筆順對了，才會寫得正確又漂亮。

單語唸一唸 先聽聽CD或掃左邊的QR碼，再自己唸看看，最後自己寫一遍，邊寫邊唸，就能加強記憶。

1. ちず1（ㄐㄧ ㄗㄨ）→ ちず（chi zu）→ ちず（chi zu）……地圖
2. ちがい0（ㄐㄧ ㄍㄚ ㄧ）→ ちがい（chi ga i）……不一樣
3. ちこく0（ㄐㄧ ㄎㄡ ㄎㄨ）→ ちこく（chi ko ku）……遲到

一日一句

約束（やくそく）の時間（じかん）に遅刻（ちこく）しました。

約定的時間遲到了。

ya ku so ku no ji ka n ni chi ko ku shi ma shi ta

漢字嘛也通　ちえ2　【chi e】

【知恵】 這個漢字是指智慧、腦筋、主意。【知恵（ちえ）を絞（しぼ）る】是指費盡心思想出來的主意；【三人（さんにん）寄（よ）れば文珠（もんじゅ）の知恵（ちえ）】就是三個臭皮匠勝過一個諸葛亮的意思。

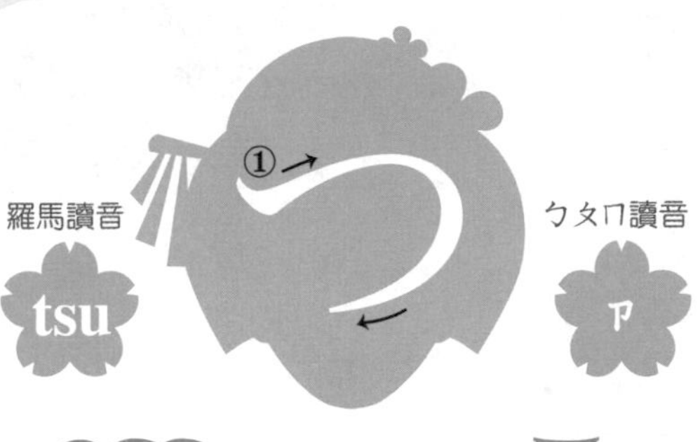

字源「川」川字的變形　同樣唸[tsu]音的片假名→[ツ]請見P.141

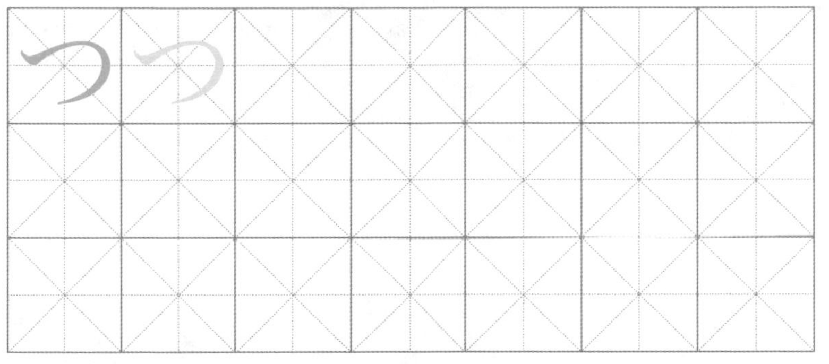

※注意筆順，筆順對了，才會寫得正確又漂亮。

單語唸一唸　先聽聽CD或掃左邊的QR碼，再自己唸看看，最後自己寫一遍，邊寫邊唸，就能加強記憶。

1 つき② ㄗ ㄎㄧ → つき tsu ki → つき tsu ki .... 月亮

2 つめ⓪ ㄗ ㄇㄟ → つめ tsu me → つめ tsu me .... 指甲

3 つごう⓪ ㄗ ㄍㄡ — → つごう tsu go — .... 方便

一日一句　今日(きょう)は都合(つごう)が悪(わる)いから、明日(あした)来(き)てください。

今天不太方便，請明天再來。

kyo — wa tsu go — ga wa ru i ka ra ， a shi ta ki te ku da sa i

漢字嘛也通

【辻】

つじ⓪ 【tsu ji】

這個漢字是十字路口的意思。「四(よ)つ辻(つじ)にたっています」這句是指站在十字路口。

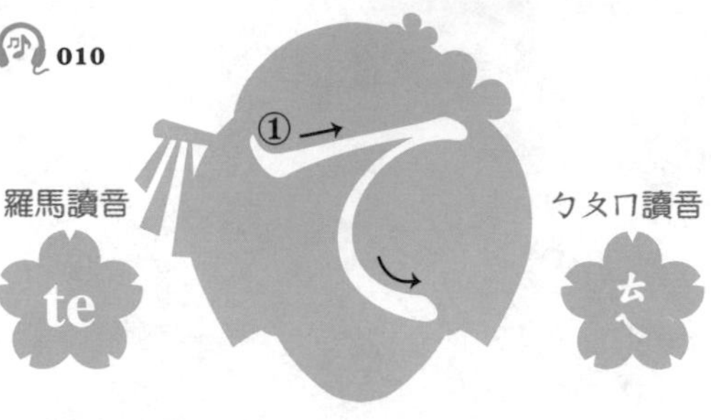

字源「𛀙」天字的草書　同樣唸[te]音的片假名➜[テ]請見P.142

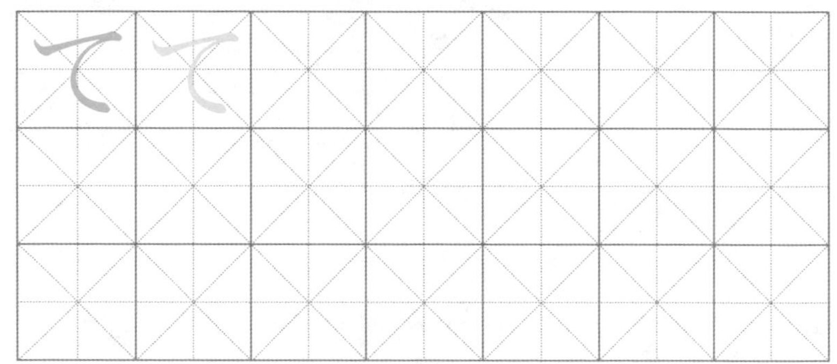

※注意筆順，筆順對了，才會寫得正確又漂亮。

單語唸一唸 先聽聽CD或掃左邊的QR碼，再自己唸看看，最後自己寫一遍，邊寫邊唸，就能加強記憶。

1 てら2（ㄊㄟ ㄌㄚ）➜ てら（te ra）➜ てら（te ra）………… 寺廟

2 てんき1（ㄊㄟ ㄣ ㄎㄧ）➜ てんき（te n ki）………… 天氣

3 てがみ0（ㄊㄟ ㄍㄚ ㄇㄧ）➜ てがみ（te ga mi）………… 信

一日一句

天気予報(てんきよほう)によると明日(あした)は天気(てんき)がわるいそうです。

天氣預報說明天天氣不好。

te n ki yo ho — ni yo ru to a shi ta wa te n ki ga wa ru i so — de su

漢字嘛也通 てぶくろ2 【te bu ku ro】

【手袋】 這個漢字是手套的意思，可別以爲是手提袋哦。【皮(かわ)の手袋(てぶくろ)】是指皮質手套；【手袋(てぶくろ)をはめる】是戴手套；【手袋(てぶくろ)を取(と)る】是脫下手套。

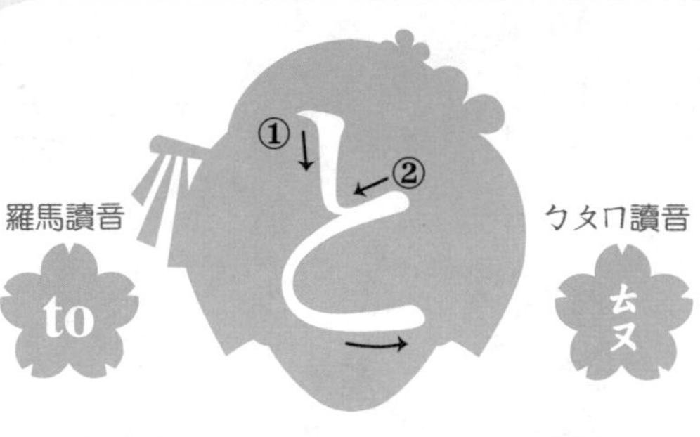

とけい

錶、鐘

字源「止」止字的草書　同樣唸[to]音的片假名➜[ト]請見P.143

※注意筆順，筆順對了，才會寫得正確又漂亮。

單語唸一唸 先聽聽CD或掃左邊的QR碼，再自己唸看看，最後自己寫一遍，邊寫邊唸，就能加強記憶。

1. とり⓪ ㄊㄡ ㄌㄧ ➜ とり to ri ➜ とり to ri …… 鳥
2. とら⓪ ㄊㄡ ㄌㄚ ➜ とら to ra ➜ とら to ra …… 虎
3. とけい⓪ ㄊㄡ ㄎㄟ — ➜ とけい to ke — …… 錶、鐘

一日一句

この時計(とけい)を見(み)せてもらえませんか？

可以拿這只手錶給我看嗎？

ko no to ke — wo mi se te mo ra e ma se n ka

漢字嘛也通 ともだち⓪【to mo da chi】

【友達】 這個漢字是一般朋友、友人的意思。【彼氏(かれし)】是指男朋友；【彼女(かのじょ)】是女朋友。我有女朋友的日文是這樣講：「私(わたし)は彼女(かのじょ)がいます」。

あ行 か行 さ行 た行 な行 は行 ま行 や行 ら行 わ行 其他

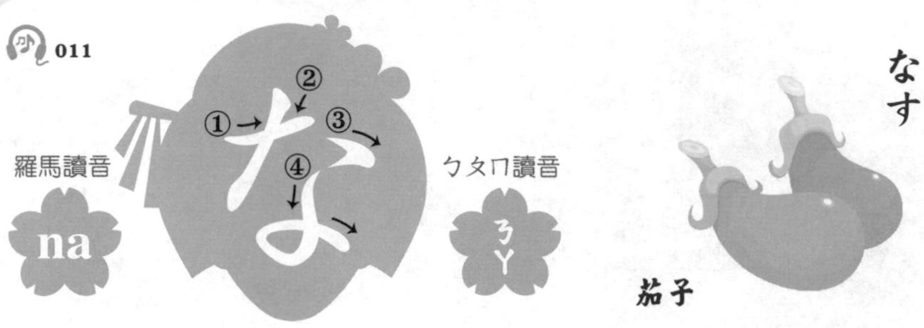

字源「奈」奈字的草書　同樣唸[na]音的片假名→[ナ]請見P.144

※注意筆順，筆順對了，才會寫得正確又漂亮。

單語唸一唸　先聽聽CD或掃左邊的QR碼，再自己唸看看，最後自己寫一遍，邊寫邊唸，就能加強記憶。

1 なす[1]（ㄋㄚ ㄙㄨ）→ なす（na su）→ なす（na su）…… 茄子

2 なつ[2]（ㄋㄚ ㄗ）→ なつ（na tsu）→ なつ（na tsu）…… 夏天

3 なし[2]（ㄋㄚ ㄒㄧ）→ なし（na shi）→ なし（na shi）…… 梨子

一日一句　夏（なつ）になると海辺（うみべ）に行（い）きたいですね。

夏天一到就想去海邊。

na tsu ni na ru to u mi be ni i ki ta i de su ne

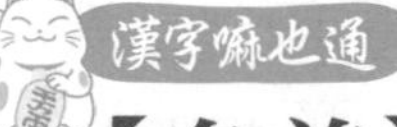

なまえ[0]　【na ma e】

【名前】這個漢字是姓名、名字的意思。請問你的大名的日文是這樣講的：「お名前（なまえ）は何（なん）ですか」、「お名前（なまえ）は何（なん）と言（い）いますか」。

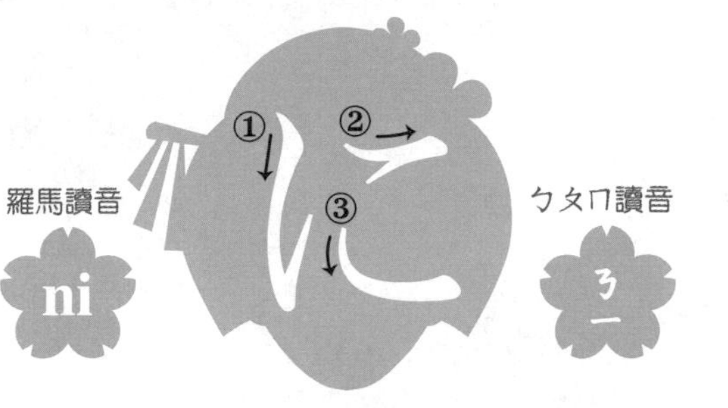

にんじん

胡蘿蔔

字源「仁」仁字的草書　同樣唸[ni]音的片假名→[二]請見P.145

に	に	に	に			

※注意筆順，筆順對了，才會寫得正確又漂亮。

單語唸一唸 先聽聽CD或掃左邊的QR碼，再自己唸看看，最後自己寫一遍，邊寫邊唸，就能加強記憶。

1 にく[2] ㄋㄧ ㄎㄨ → にく ni ku → にく ni ku .... 肉

2 にもつ[1] ㄋㄧ ㄇㄡ ㄗ → にもつ ni mo tsu .... 行李

3 にんじん[0] ㄋㄧ ㄣ ㄐㄧ ㄣ → にんじん ni n zi n .... 胡蘿蔔

一日一句

荷物（にもつ）を一時（いちじ）間（かん）預（あず）けたいです。

我想寄放行李一個小時。

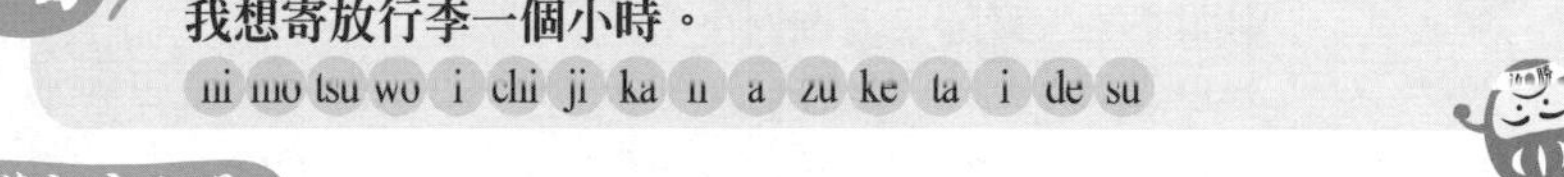

漢字嘛也通　にんき[0]　【ni n ki】

【人気】 這個漢字是指人緣的意思。【人気（にんき）がよい】是指人緣好的意思；【人気者（にんきもの）】是指受大家歡迎的人；【人気役者（にんきやくしゃ）】是指當紅的演員；【人気取（にんきと）り】則是善於討好人的人。

あ行 か行 さ行 た行 な行 は行 ま行 や行 ら行 わ行 其他

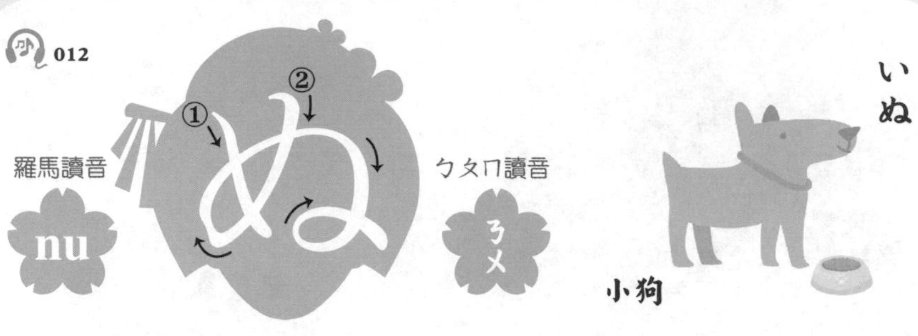

※注意筆順，筆順對了，才會寫得正確又漂亮。

單語唸一唸 先聽聽CD或掃左邊的QR碼，再自己唸看看，最後自己寫一遍，邊寫邊唸，就能加強記憶。

1. いぬ 2（一 ㄋㄨ）→ いぬ（i nu）→ いぬ（i nu）…… 小狗
2. ぬき 1（ㄋㄨ ㄎㄧ）→ ぬき（nu ki）→ ぬき（nu ki）…… 去掉
3. ぬの 0（ㄋㄨ ㄋㄡ）→ ぬの（nu no）→ ぬの（nu no）…… 布

一日一句

冗談（じょうだん）は抜（ぬ）きにして本当（ほんとう）のところはどうですか？

別開完笑，實際是怎麼回事？

jo — da n wa nu ki ni shi te ho n to — no to ko ro wa do — de su ka

漢字嘛也通

【抜け道】

ぬけみち 0 【nu ke mi chi】

這個漢字是指抄小路、藉口。【抜（ぬ）け道（みち）を通（とお）る】是指走近路、抄捷徑的意思；【抜（ぬ）け道（みち）を探（さが）す】是指找尋藉口。

羅馬讀音 ne

ね ①②

ㄅㄆㄇ讀音 ㄋㄟ

字源 「祢」祢字的草書 同樣唸[ne]音的片假名➔[ネ]請見P.147

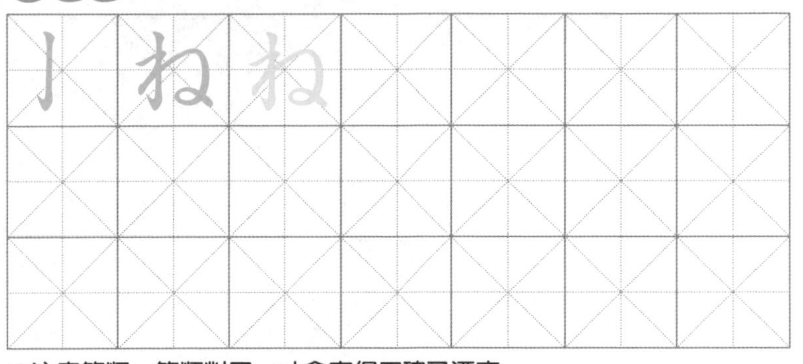

※注意筆順，筆順對了，才會寫得正確又漂亮。

單語唸一唸 先聽聽CD或掃左邊的QR碼，再自己唸看看，最後自己寫一遍，邊寫邊唸，就能加強記憶。

1 ねこ[0] ㄋㄟ ㄎㄡ ➔ ねこ ne ko ➔ ねこ ne ko .... 小貓

2 ねぎ[1] ㄋㄟ ㄍㄧ ➔ ねぎ ne gi ➔ ねぎ ne gi .... 蔥

3 ねだん[0] ㄋㄟ ㄉㄚ ㄣ ➔ ねだん ne da n .... 價錢

一日一句

この服（ふく）の値段（ねだん）はいくらですか？

這件衣服的價格是多少呢？

ko no fu ku no ne da n wa i ku ra de su ka

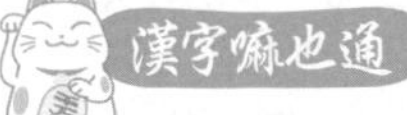

漢字嘛也通

ねぼけ[3] 【ne bo ke】

【寝惚け】

這個漢字是指睡迷糊（的人），或發呆。【寝惚け顔（ねほけがお）】是指睡迷糊的面孔，或發呆的臉；【寝惚け眼（ねほけまなこ）】是指朦朧睡眼。

013

字源「𛂦」乃字的草書　同樣唸[no]音的片假名→[ノ]請見P.148

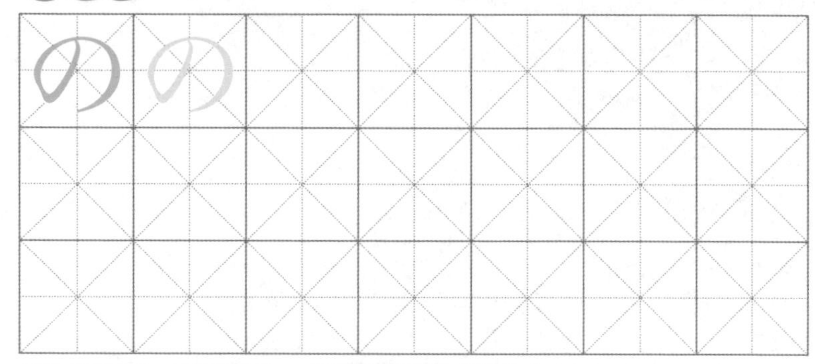

※注意筆順，筆順對了，才會寫得正確又漂亮。

單語唸一唸 先聽聽**CD**或掃左邊的**QR**碼，再自己唸看看，最後自己寫一遍，邊寫邊唸，就能加強記憶。

1 のり② ㄋㄡ ㄌㄧ → のり no ri → のり no ri ………… 海苔

2 のど① ㄋㄡ ㄉㄡ → のど no do → のど no do ………… 喉嚨

3 のうふ① ㄋㄡ — ㄏㄨ → のうふ no — fu ………… 農夫

一日一句

喉(のど)が渇(かわ)いたので水(みず)を飲(の)みたいです。

喉嚨好渴，想喝水。

no do ga ka wa i ta no de mi zu wo no mi ta i de su

漢字嘛也通　のこり③　【no ko ri】

【残り】 這個漢字是指剩餘、殘餘。「十(とお)から三(さん)引(ひ)けば残(のこ)りは七(なな)です」的意思是：十減三還剩下七；【残(のこ)り物(もの)には福(ふく)がある】是指吃剩飯有福氣，比喻吃虧即是佔便宜。

羅馬讀音 ha

は

ㄅㄆㄇ讀音 ㄏㄚ

字源「𣲖」波字的草書　同樣唸[ha]音的片假名→[ハ]請見P.149

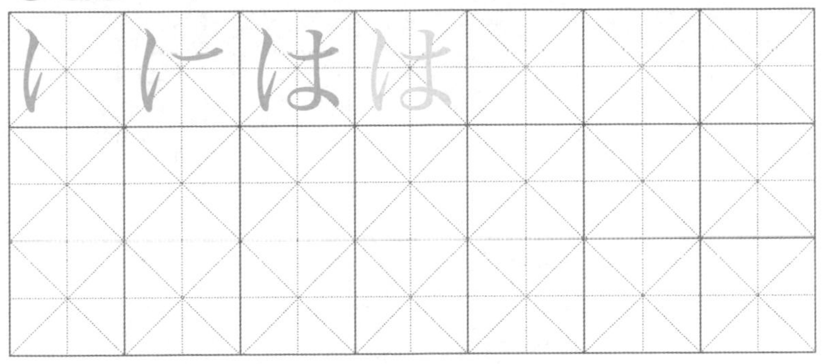

※注意筆順，筆順對了，才會寫得正確又漂亮。

單語唸一唸　先聽聽CD或掃左邊的QR碼，再自己唸看看，最後自己寫一遍，邊寫邊唸，就能加強記憶。

1 はな②（ㄏㄚ ㄋㄚ）→ はな（ha na）→ はな（ha na）……花

2 はる①（ㄏㄚ ㄌㄨ）→ はる（ha ru）→ はる（ha ru）……春天

3 はし②（ㄏㄚ ㄒㄧ）→ はし（ha shi）→ はし（ha shi）……橋

一日一句

日曜日(にちようび)に友達(ともだち)と一緒(いっしょ)に花見(はなみ)に行(い)くつもりです。

星期天打算和朋友去賞花。

ni chi yo — bi ni to mo da chi to i • sho ni ha na mi ni i ku tsu mo ri de su

漢字嘛也通

はで②【ha de】

【派手】這個漢字是指華麗、華美的意思。那個人生活太闊氣的日文是這樣表達的：「あの人は生活(せいかつ)がとても派手(はで)です」。

014

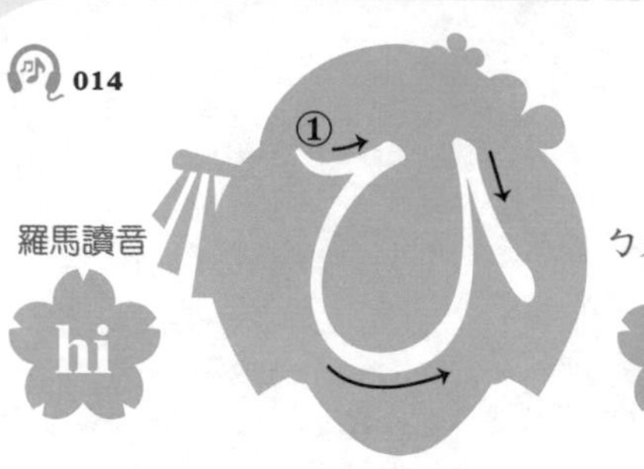

字源「比」比字的草書　同樣唸[hi]音的片假名→[ヒ]請見P.150

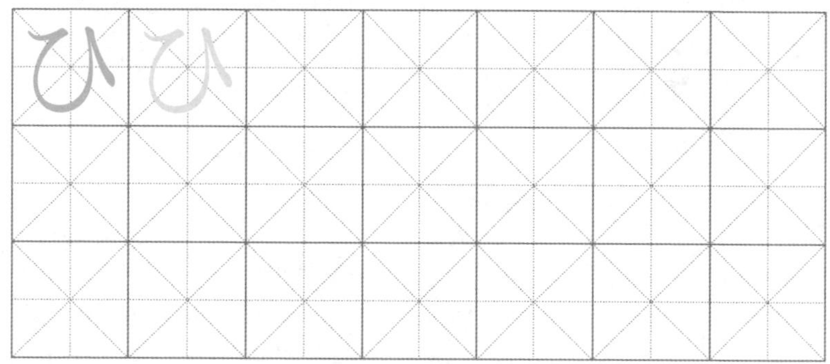

※注意筆順，筆順對了，才會寫得正確又漂亮。

單語唸一唸

先聽聽CD或掃左邊的QR碼，再自己唸看看，最後自己寫一遍，邊寫邊唸，就能加強記憶。

1. ひめ[1]（ㄏㄧ ㄇㄟ）→ ひめ hi me → ひめ hi me ………… 公主
2. ひげ[0]（ㄏㄧ ㄍㄝ）→ ひげ hi ge → ひげ hi ge ………… 鬍鬚
3. ひつじ[0]（ㄏㄧ ㄘ ㄐㄧ）→ ひつじ hi tsu ji ………… 羊

一日一句

今朝（けさ）ひげを剃（そ）るのを忘（わす）れました。

今天早上忘了刮鬍子了。

ke sa hi ge wo so ru no wo wa su re ma shi ta

漢字嘛也通

ひっこし[0]【hi・ko shi】

【引越し】

這個漢字是指搬家的意思，是個名詞，幫忙搬家是：「引越（ひっこ）しを手伝（てつだ）う」；引（ひ）っ越（こ）す是動詞。【引越（ひっこ）し車（ぐるま）】是指搬家的車；【引越（ひっこ）し先（さき）】是指新搬的地址。

字源「ふ」不字的草書　同樣唸[hu]音的片假名→[フ]請見P.151

※注意筆順，筆順對了，才會寫得正確又漂亮。

單語唸一唸 先聽聽CD或掃左邊的QR碼，再自己唸看看，最後自己寫一遍，邊寫邊唸，就能加強記憶。

1. ふく②（ㄏㄨ ㄎㄨ）→ ふく（fu ku）→ ふく（fu ku）……衣服
2. ふゆ②（ㄏㄨ ㄧㄨ）→ ふゆ（fu yu）→ ふゆ（fu yu）……冬天
3. ふね①（ㄏㄨ ㄋㄟ）→ ふね（fu ne）→ ふね（fu ne）……船

一日一句

あと十日（とおか）で冬休み（ふゆやす）みになります。

再過十天就放寒假了。

a to to — ka de fu yu ya su mi ni na ri ma su

漢字嘛也通

【札】 ふだ⓪【fu da】

這個漢字是指牌子、標籤、告示牌的意思。「荷物（にもつ）に札（ふだ）をつける」這句的意思是說：在行李上掛上（別上）牌子。

字源「部」部字阝的偏旁 同樣唸[he]音的片假名→[ヘ]請見P.152

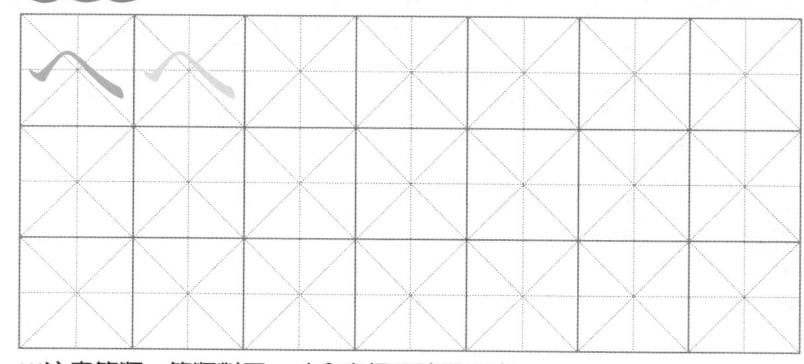

※注意筆順，筆順對了，才會寫得正確又漂亮。

單語唸一唸 先聽聽CD或掃左邊的QR碼，再自己唸看看，最後自己寫一遍，邊寫邊唸，就能加強記憶。

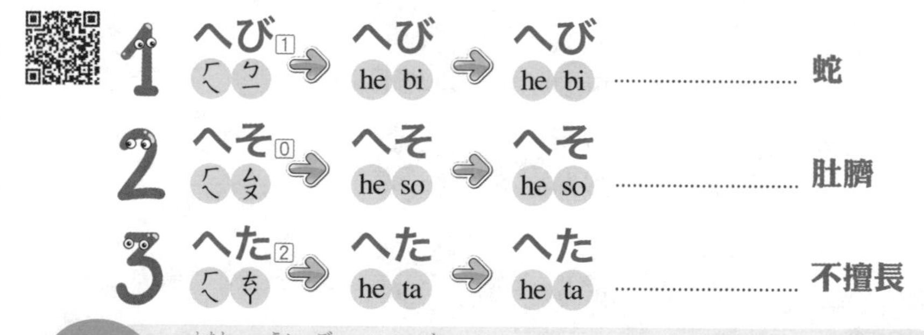

一日一句 私(わたし)は英語(えいご)が下手(へた)です。 我對英文不擅長。

wa ta shi wa e — go ga he ta de su

漢字嘛也通 へそ 0 【he so】

【臍】 這個漢字是指肚臍的意思。【臍繰(へそく)り】是指私房錢；【臍曲(へそま)がり】脾氣彆扭、乖僻的意思。

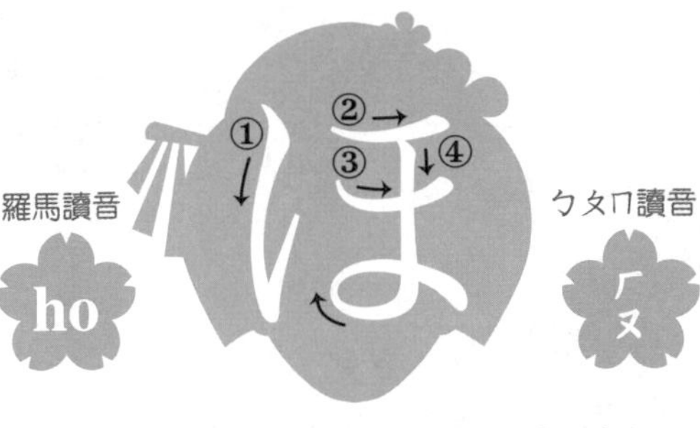

ほんや

書店

字源「保」保字的草書　同樣唸[ho]音的片假名➜[ホ]請見P.153

※注意筆順，筆順對了，才會寫得正確又漂亮。

單語唸一唸 先聽聽CD或掃左邊的QR碼，再自己唸看看，最後自己寫一遍，邊寫邊唸，就能加強記憶。

1. ほし[0] ㄏㄡ ㄒㄧ ➜ ほし ho shi ➜ ほし ho shi .... 星星
2. ほね[2] ㄏㄡ ㄋㄟ ➜ ほね ho ne ➜ ほね ho ne .... 骨頭
3. ほんや[1] ㄏㄡ ㄣ ㄧㄚ ➜ ほんや ho n ya .... 書店

一日一句

次（つぎ）の交差点（こうさてん）を右（みぎ）へ曲（ま）がると、本屋（ほんや）があります。

下一個十字路口右轉有一家書店。

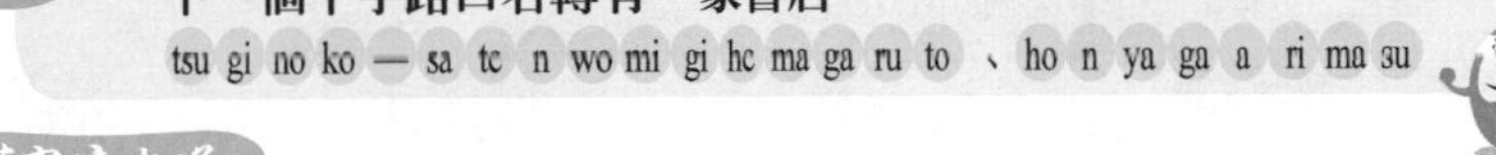

漢字嘛也通　ほんき[0]　【ho n ki】

【本気】 這個漢字是指眞心、眞實、認眞的意思。【本気（ほんき）で考（かんが）える】是指認眞考慮；「こんな仕事（しごと）は本気（ほんき）になれば朝飯前（あさめしまえ）です」這句是說：這樣的工作如果認眞去做是輕而易舉的。

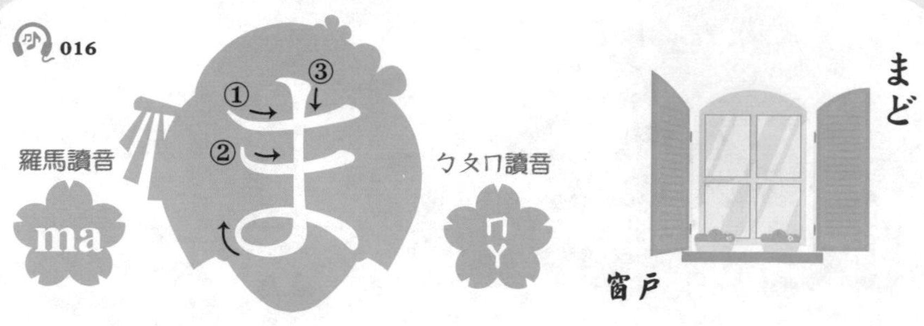

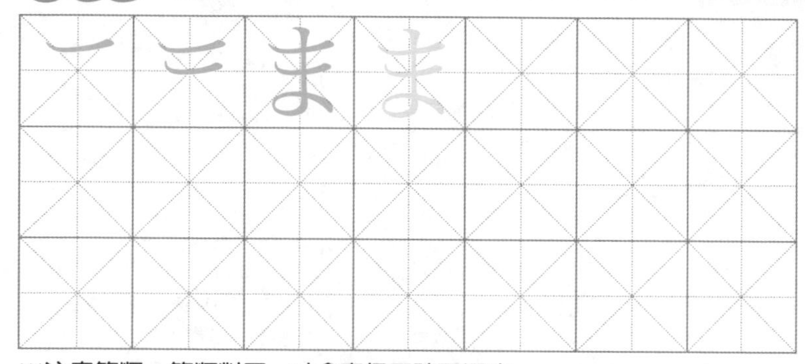

※注意筆順，筆順對了，才會寫得正確又漂亮。

單語唸一唸 先聽聽CD或掃左邊的QR碼，再自己唸看看，最後自己寫一遍，邊寫邊唸，就能加強記憶。

1. まど[1]（ㄇㄚ ㄉㄡ）→ まど（ma do）→ まど（ma do）…… 窗戶
2. まるい[0]（ㄇㄚ ㄌㄨ 一）→ まるい（ma ru i）…… 圓的
3. まいご[1]（ㄇㄚ 一 ㄍㄡ）→ まいご（ma i go）…… 迷路

一日一句

迷子（まいご）になりました。 我迷路了。

ma i go ni na ri ma shi ta

漢字嘛也通

まんびき[0]【ma n bi ki】

【万引き】這個漢字是指（假裝買東西）在商店偷竊，順手牽羊的意思。【本（ほん）を万引（まんび）きする】是指在店裡偷書。

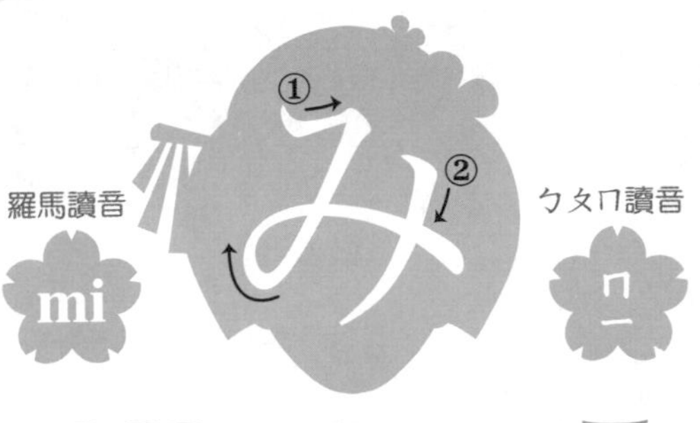

みかん

橘子

字源 「美」美字草書的下半部 同樣唸[mi]音的片假名➜[ミ]請見P.155

※注意筆順，筆順對了，才會寫得正確又漂亮。

單語唸一唸 先聽聽CD或掃左邊的QR碼，再自己唸看看，最後自己寫一遍，邊寫邊唸，就能加強記憶。

1 みせ② ㄇㄧ ㄙㄝ ➜ みせ mi se ➜ みせ mi se ………… 商店

2 みち⓪ ㄇㄧ ㄐㄧ ➜ みち mi chi ➜ みち mi chi ………… 道路

3 みかん① ㄇㄧ ㄎㄚ ㄣ ➜ みかん mi ka n ………… 橘子

一日一句

会社(かいしゃ)へ行(い)く途中(とちゅう)で忘(わす)れ物(もの)に気付(きづ)きました。

在去公司的途中，我發覺忘了帶東西。

ka i sha he i ku to chu — de wa su re mo no ni ki zu ki ma shi ta

漢字嘛也通

【見舞い】 みまい⓪ 【mi ma i】

這個漢字是指問候、探望、慰問的意思。【病人(びょうにん)の見(み)舞(ま)いをする】是指探望病人。【見舞(みま)い状(じょう)】是指慰問信；【見舞(みま)い物(もの)】則是指慰問品。

017

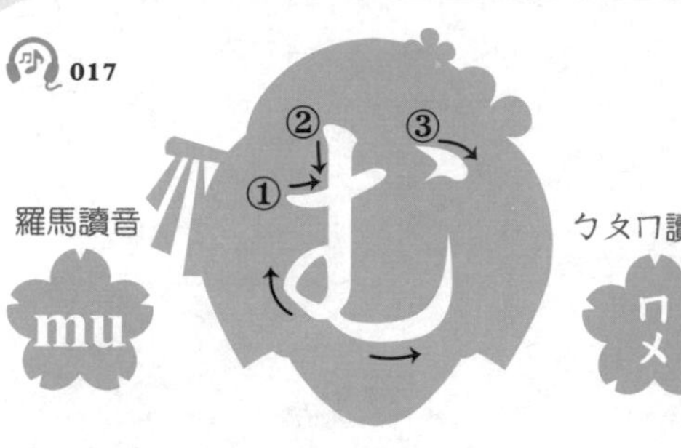

むすめ

女兒

字源「む」武字的草書　同樣唸[nu]音的片假名➜[ム]請見P.156

※注意筆順，筆順對了，才會寫得正確又漂亮。

單語唸一唸 先聽聽CD或掃左邊的QR碼，再自己唸看看，最後自己寫一遍，邊寫邊唸，就能加強記憶。

1 むだ⓪ ㄇㄨ ㄉㄚ ➜ むだ mu da ➜ むだ mu da ……………… 白費

2 むしば⓪ ㄇㄨ ㄒㄧ ㄅㄚ ➜ むしば mu shi ba ……………… 蛀牙

3 むすめ③ ㄇㄨ ㄙㄨ ㄇㄟ ➜ むすめ mu su me ……………… 女兒

一日一句 娘(むすめ)が甘(あま)いものを食(た)べ過(す)ぎて虫歯(むしば)になりました。

女兒吃太多甜食，蛀牙了。

mu su me ga a ma i mo no wo ta be su gi te mu shi ba ni na ri ma shi ta

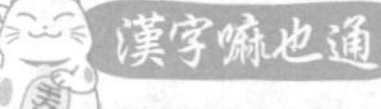

むすめ③　【mu su me】

【娘】

這個漢字可不是媽媽、母親的意思，是指女兒、少女的意思。【娘心(むすめごころ)】純潔的少女心。【娘盛(むすめざか)り】是指二八年華的年紀，指未婚女性最美的年紀。

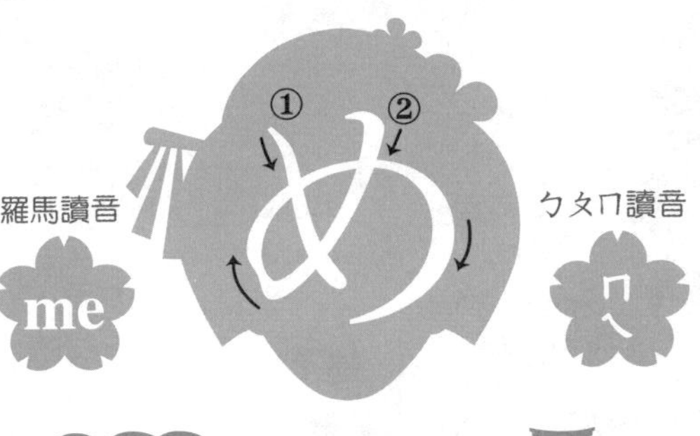

め

眼睛

字源「め」女字的草書 同樣唸[me]音的片假名➜[メ]請見P.157

※注意筆順，筆順對了，才會寫得正確又漂亮。

單語唸一唸 先聽聽CD或掃左邊的QR碼，再自己唸看看，最後自己寫一遍，邊寫邊唸，就能加強記憶。

1 め0 ㄇㄟ ➜ め me ➜ め me .... 眼睛

2 あめ1 ㄚ ㄇㄟ ➜ あめ a me ➜ あめ a me .... 雨

3 めいし0 ㄇㄟ — ㄒㄧ ➜ めいし me — shi .... 名片

一日一句 明日(あした)、雨(あめ)が降(ふ)ればバーベキューをしません。

明天如果下雨的話就不烤肉了。

a shi ta 、 a me ga fu re ba ba — be kyu — wo shi ma se n

漢字嘛也通 めんどう3 【me n do —】

【面倒】 這個漢字是指麻煩、費事、囉嗦的意思。【面倒(めんどう)を見(み)る】是指照料、照顧的意思；【面倒臭(めんどうくさ)い】是指非常麻煩，如：面倒(めんどう)臭(くさ)い仕事(しごと)/非常麻煩的工作。

018

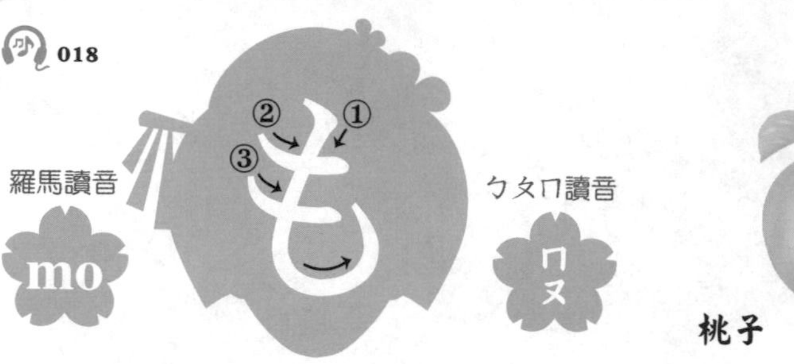

字源 「毛」毛字的草書　同樣唸[mo]音的片假名→[モ]請見P.158

※注意筆順，筆順對了，才會寫得正確又漂亮。

單語唸一唸 先聽聽CD或掃左邊的QR碼，再自己唸看看，最後自己寫一遍，邊寫邊唸，就能加強記憶。

1 もも[0] ㄇㄡ ㄇㄡ → もも momo → もも momo .... 桃子

2 もみじ[1] ㄇㄡ ㄇㄧ ㄐㄧ → もみじ mo mi ji .... 楓葉

3 もんだい[0] ㄇㄡ ㄣ ㄉㄚ ㄧ → もんだい mo n da i .... 問題

一日一句
十一月（じゅういちがつ）に日本（にほん）の東北（とうほく）へ紅葉（もみじ）狩（が）りに行（い）きたいです。
11月想去日本東北賞楓。
ju — i chi ga tsu ni ni ho n no to — ho ku he mo mi ji ga ri ni i ki ta i de su

もうけ[3]　【mo — ke】

這個漢字是指利潤、賺錢的意思。【儲（もう）けが多（おお）い】是指利潤很多；【儲（もう）け口（くち）をさがす】是指尋找賺錢的機會；【儲（もう）け物（もの）】是指意外的收穫、意外之財。

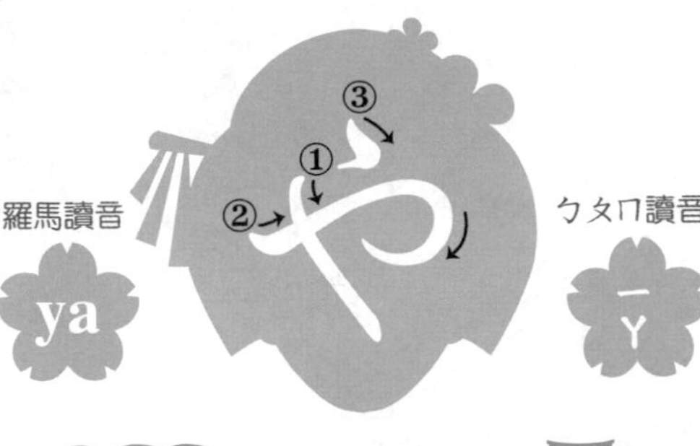

やま

山

字源 「や」也字的草書　同樣唸[ya]音的片假名➜[ヤ]請見P.159

※注意筆順，筆順對了，才會寫得正確又漂亮。

單語唸一唸 先聽聽CD或掃左邊的QR碼，再自己唸看看，最後自己寫一遍，邊寫邊唸，就能加強記憶。

1 やま② ㄧㄚ ㄇㄚ ➜ やま ya ma ➜ やま ya ma …… 山

2 やちん① ㄧㄚ ㄐㄧ ㄣ ➜ やちん ya chi n …… 房租

3 やさい⓪ ㄧㄚ ㄙㄞ ㄧ ➜ やさい ya sa i …… 蔬菜

一日一句 このマンションは家賃（やちん）が高（たか）いです。
這間公寓房租很貴。
ko no ma n sho n wa ya chi n ga ta ka i de su

漢字嘛也通 やく② 【ya ku】

【役】

這個漢字是指任務、角色的意思。「ハムレットの役（やく）を勤（つと）める」是說：擔任哈姆雷特這個角色。【役（やく）に立（た）つ】是有用處、有用的。「役（やく）に立（た）たない人間（にんげん）」是說沒用的人。

019

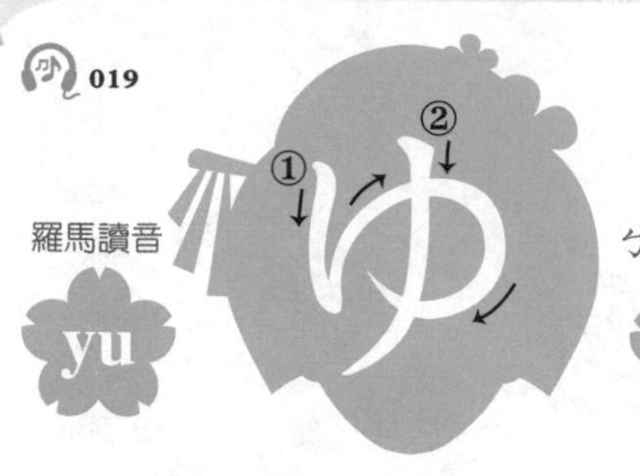

字源「ゆ」由字的草書　同樣唸[yu]音的片假名➔[ユ]請見P.160

※注意筆順，筆順對了，才會寫得正確又漂亮。

單語唸一唸　先聽聽CD或掃左邊的QR碼，再自己唸看看，最後自己寫一遍，邊寫邊唸，就能加強記憶。

1 ゆき[2] ㄧㄨ ㄎㄧ ➔ ゆき yu ki ➔ ゆき yu ki .... 雪

2 ゆめ[2] ㄧㄨ ㄇㄟ ➔ ゆめ yu me ➔ ゆめ yu me .... 夢

3 ゆうべ[3] ㄧㄨ — ㄅㄟ ➔ ゆうべ yu — be .... 昨晚

一日一句　世界一周（せかいいっしゅう）は私（わたし）の夢（ゆめ）です。

環遊世界一週是我的夢想。

se ka i • shu — wa wa ta shi no yu me de su

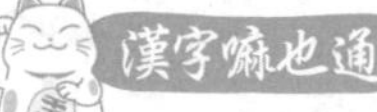

ゆか[0]　【yu ka】

【床】

這個漢字是指地板的意思，可不是指床哦，要小心。【床（ゆか）を掃（は）く】是指掃地板。【床（ゆか）しい】是有令人懷念的意思，如：彼（かれ）は何（なん）となく床（ゆか）しい人ひとです／他是一個令人懷念的人。

あ行 か行 さ行 た行 な行 は行 ま行 や行 ら行 わ行 其他

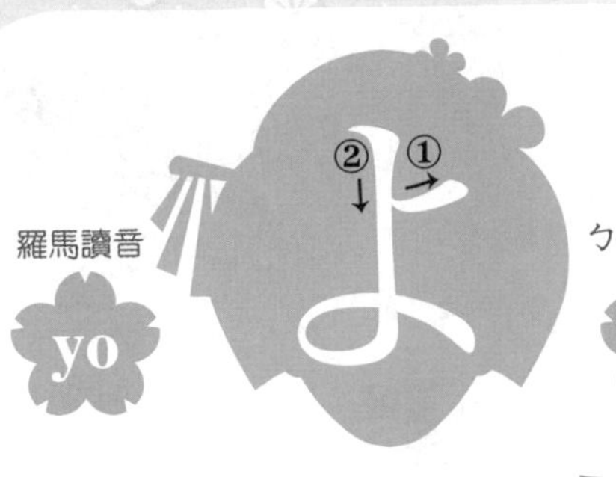

羅馬讀音 yo

ㄅㄆㄇ讀音 ㄧㄡ

よる

晚上

字源「与」与字的草書　同樣唸[yo]音的片假名→[ヨ]請見P.161

※注意筆順，筆順對了，才會寫得正確又漂亮。

單語唸一唸 先聽聽CD或掃左邊的QR碼，再自己唸看看，最後自己寫一遍，邊寫邊唸，就能加強記憶。

1. よる[1] ㄧㄡ ㄌㄨ → よる yo ru → よる yo ru ……… 晚上
2. よけい[0] ㄧㄡ ㄎㄟ — → よけい yo ke — ……… 多餘
3. ようじ[0] ㄧㄡ — ㄐㄧ → ようじ yo — ji ……… 事情

一日一句 椅子(いす)二(ふた)つ余計(よけい)に買(か)いました。 椅子多買了兩個。

i su fu ta tsu yo ke — ni ka i ma shi ta

漢字嘛也通 よきん[0]【yo ki n】

【預金】這個漢字是指存款的意思。「銀行(ぎんこう)から預金(よきん)を引(ひ)き出(だ)す」這句是說：從銀行提領存款。【預金通帳(よきんつうちょう)】是指存款簿（存摺）。

020

字源「良」良字的草書　同樣唸[ra]音的片假名➜[ラ]請見P.162

※注意筆順，筆順對了，才會寫得正確又漂亮。

單語唸一唸 先聽聽CD或掃左邊的QR碼，再自己唸看看，最後自己寫一遍，邊寫邊唸，就能加強記憶。

1 らく② ㄌㄚ ㄎㄨ ➜ らく ra ku ➜ らく ra ku …………………… 舒服

2 らいねん⓪ ㄌㄚ 一 ㄋㄟ ㄣ ➜ らいねん ra i ne n …………………… 明年

3 らくだ⓪ ㄌㄚ ㄎㄨ ㄉㄚ ➜ らくだ ra ku da …………………… 駱駝

一日一句

薬(くすり)を飲(の)んで楽(らく)になりました。

吃了藥就感覺舒服多了。

ku su ri wo no n de ra ku ni na ri ma shi ta

漢字嘛也通　らくだい⓪　【ra ku da i】

【落第】 這個漢字是指沒考中、不及格、名落孫山的意思。「ほとんどクラス全部(ぜんぶ)の学生(がくせい)が数学(すうがく)でらくだいした」這句是說：幾乎全班的學生數學不及格。【落第生(らくだいせい)】是指留級生。

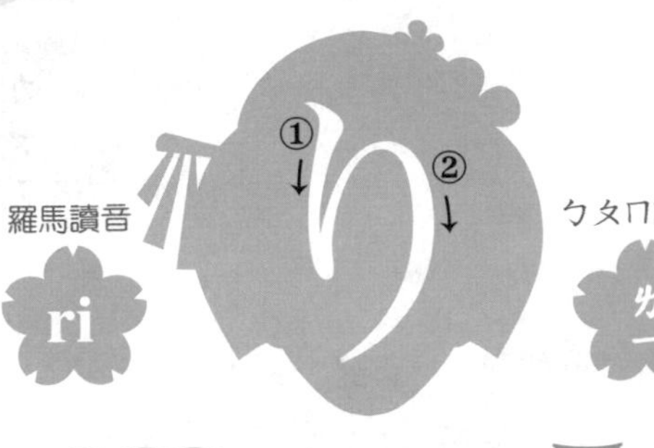

字源「𛁈」利字的草書　同樣唸[ri]音的片假名→[リ]請見P.163

※注意筆順，筆順對了，才會寫得正確又漂亮。

單語唸一唸　先聽聽CD或掃左邊的QR碼，再自己唸看看，最後自己寫一遍，邊寫邊唸，就能加強記憶。

1. りそう⓪（ㄌㄧ ㄙㄡ —）→ りそう（ri so —）……理想
2. りゆう⓪（ㄌㄧ ㄧㄨ —）→ りゆう（ri yu —）……理由
3. りんご⓪（ㄌㄧ ㄣ ㄍㄡ）→ りんご（ri n go）……蘋果

一日一句

病気（びょうき）を理由（りゆう）にして学校（がっこう）を休（やす）みました。

以生病爲理由向學校請假。

byo— ki wo ri yu — ni shi te ga • ko — wo ya su mi ma shi ta

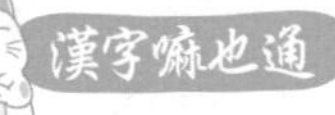

りっぱ⓪　【ri • pa】

【立派】這個漢字是指美觀、優秀、合法、正當的意思。【立派（りっぱ）な贈（おく）り物（もの）】是指美觀的禮物；立派（りっぱ）な人物（じんぶつ）】是指優秀的人物；【立派（りっぱ）な職業（しょくぎょう）】指正當的職業。

021

かえる

青蛙

字源「留」留字的草書　同樣唸[ru]音的片假名→[ル]請見P.164

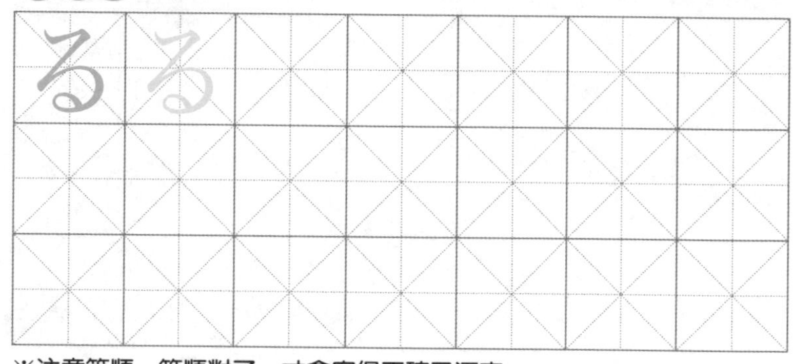

※注意筆順，筆順對了，才會寫得正確又漂亮。

單語唸一唸 先聽聽CD或掃左邊的QR碼，再自己唸看看，最後自己寫一遍，邊寫邊唸，就能加強記憶。

1 きる⓪ (ㄎㄧ ㄌㄨ) → きる (ki ru) → きる (ki ru) ………… 穿

2 だるま⓪ (ㄉㄚ ㄌㄨ ㄇㄚ) → だるま (da ru ma) ………… 不倒翁

3 かえる⓪ (ㄎㄚ ㄝ ㄌㄨ) → かえる (ka e ru) ………… 青蛙

一日一句

私(わたし)は浴衣(ゆかた)を着(き)たいです。

我想穿日本浴衣。

wa ta shi wa yu ka ta wo ki ta i de su

漢字嘛也通　るす① 【ru su】

【留守】 這個漢字是指看家的人、不在家、忽略的意思。「父(ちち)はるすです」/爸爸不在家。「勉強(べんきょう)をお留守(るす)にする」是指不用功；【留守番(るすばん)】是指看家的人。

れいぞうこ

冰箱

字源「礼」礼字的草書　同樣唸[re]音的片假名➜[レ]請見P.165

※注意筆順，筆順對了，才會寫得正確又漂亮。

單語唸一唸 先聽聽CD或掃左邊的QR碼，再自己唸看看，最後自己寫一遍，邊寫邊唸，就能加強記憶。

1 れいか [1] ➜ れいか
ㄌㄟ — ㄎㄚ　re — ka .... 零下

2 れんらく [0] ➜ れんらく
ㄌㄟ ㄣ ㄌㄚ ㄎㄨ　re n ra ku .... 聯絡

3 れいぞうこ [3] ➜ れいぞうこ
ㄌㄟ — ㄗㄡ — ㄎㄡ　re — zo — ko .... 冰箱

一日一句
母(はは)は魚(さかな)を冷蔵庫(れいぞうこ)に入(い)れました。
媽媽把魚放入冰箱。
ha ha wa sa ka na wo re — zo — ko ni i re ma shi ta

漢字嘛也通　れんじゅう [0]　【re n ju —】

【連中】這個漢字是指伙伴、一群人的意思。「あんな連中(れんじゅう)と付(つ)き合(あ)うな」意思是：別和那幫人來往。「会社(かいしゃ)の連中(れんじゅう)と遊(あそ)びに行(い)く」意思是：和公司的同事去玩。

022

ろうそく

蠟燭

字源「ろ」呂字的草書　同樣唸[ro]音的片假名➔[ロ]請見P.166

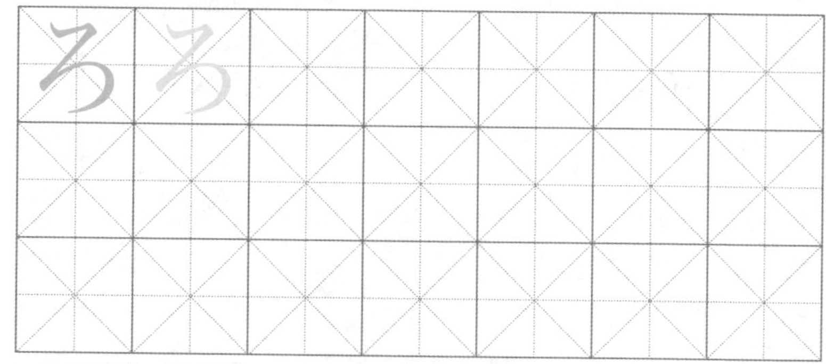

※注意筆順，筆順對了，才會寫得正確又漂亮。

單語唸一唸 先聽聽CD或掃左邊的QR碼，再自己唸看看，最後自己寫一遍，邊寫邊唸，就能加強記憶。

1. ろく②（ㄌㄡ ㄎㄨ）➔ ろく（ro ku）➔ ろく（ro ku）……六
2. ろうか⓪（ㄌㄡ — ㄎㄚ）➔ ろうか（ro — ka）……走廊
3. ろうそく③（ㄌㄡ — ㄙㄡ ㄎㄨ）➔ ろうそく（ro — so ku）……蠟燭

一日一句

六時（ろくじ）に駅（えき）で待（ま）ち合（あ）わせます。

六點約在車站集合。

ro ku ji ni e ki de ma chi a wa se ma su

漢字嘛也通 ろうどう⓪【ro — do —】

【労働】這個漢字是指體力勞動、勞動。【労働者（ろうどうしゃ）】是指：工人、勞工。【労働争議（ろうどうそうぎ）】是指勞資糾紛。【労働組合（ろうどうくみあい）】則是指工會。

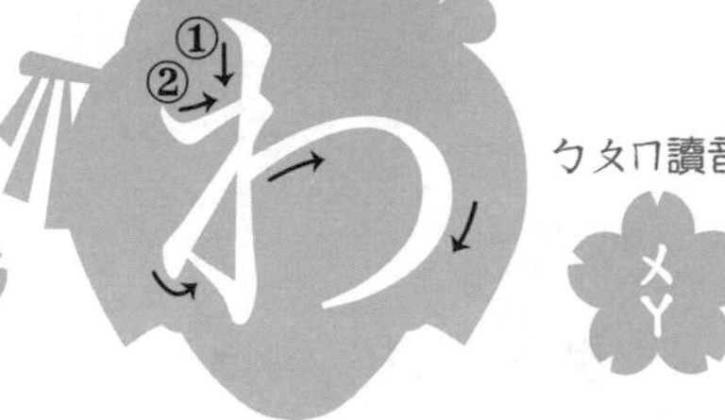

わに

鱷魚

字源「和」和字的草書　同樣唸[wa]音的片假名➜[ヮ]請見P.167

※注意筆順，筆順對了，才會寫得正確又漂亮。

單語唸一唸 先聽聽CD或掃左邊的QR碼，再自己唸看看，最後自己寫一遍，邊寫邊唸，就能加強記憶。

1 わに[1]（ㄨㄚ ㄋㄧ）➜ わに（wa ni）➜ わに（wa ni）…… 鱷魚

2 わさび[1]（ㄨㄚ ㄙㄚ ㄅㄧ）➜ わさび（wa sa bi）…… 山葵

3 ゆびわ[0]（ㄧㄨ ㄅㄧ ㄨㄚ）➜ ゆびわ（yu bi wa）…… 戒指

一日一句

ボーイフレンドはダイヤのゆびわを買（か）ってくれました。

男友買了鑽石戒指給我。

bo — i fu re n do wa da i ya no yu bi wa wo ka • te ku re ma shi ta

漢字嘛也通　わりびき[0]【wa ri bi ki】

【割引】 這個漢字是指折扣、減價。【割引銀行（わりびきぎんこう）】是指：辦理貼現業務的銀行。「今（いま）は20%割引（わりびき）がある」這句是說：現在有打8折。【割引券（わりびきけん）】是指折價券。

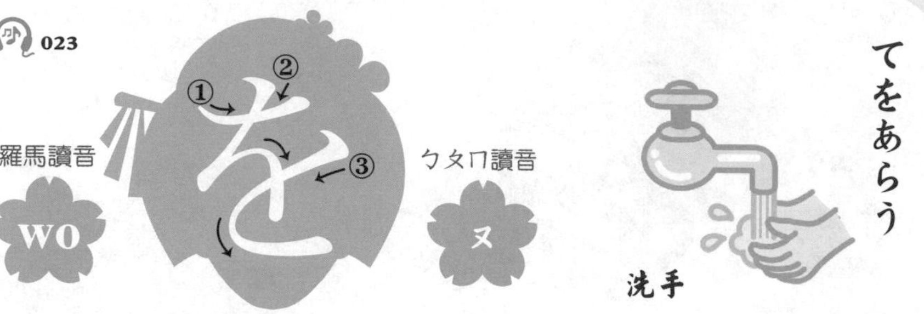

字源「遠」遠字的草書　同樣唸[wo]音的片假名➜[ヲ]請見P.168

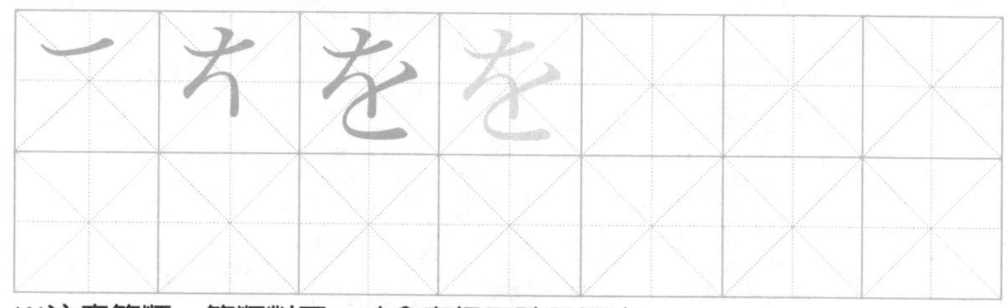

※注意筆順，筆順對了，才會寫得正確又漂亮。

◎「を」的讀音和「お」的讀音一樣是「wo」，這個字母只會當助詞用，不會單獨出現在單字中，它必須和及物動詞使用，表示動作作用的對象。

字源「无」無字的草書　同樣唸[n]音的片假名➜[ン]請見P.168

※注意筆順，筆順對了，才會寫得正確又漂亮。

◎「ん」這個字母不是清音，它是日文中唯一的鼻音，也稱為「撥音」。「ん」必須和其他假名連用，不會單獨使用。

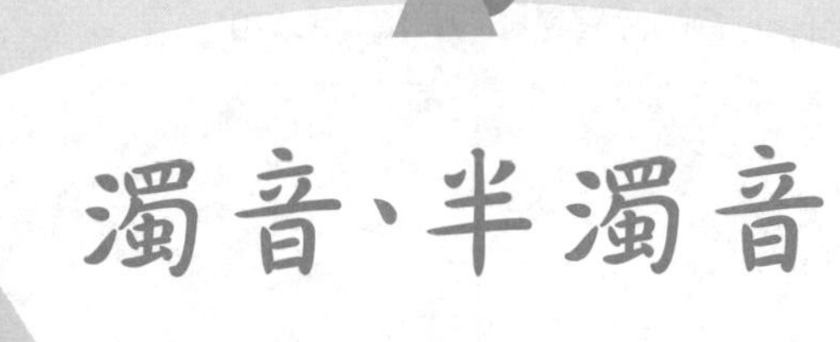

濁音爲「か」行、「さ」行、「た」行、「は」行清音假名的右上角加兩點「〃」。而「ざ行」的「じ」、「ず」和「だ行」的「ぢ」、「づ」同音，通常使用前者。

半濁音爲「は」行的清音假名的右上角加一個小圈圈「。」。

024

が

羅馬讀音 ga

ㄅㄆㄇ讀音 ㄍㄚ

がっこう

學校

同樣唸[ga]音的片假名→[ガ]請見P.170

※以「か」的筆順先寫好「か」，接著在右上角加上「〟」。

單語唸一唸 先聽聽CD或掃左邊的QR碼，再自己唸看看，最後自己寫一遍，邊寫邊唸，就能加強記憶。

1 がん[1] ㄍㄚ ㄣ → がん ga n → がん ga n .... 癌

2 おんがく[1] ㄡ ㄣ ㄍㄚ ㄎㄨ → おんがく o n ga ku .... 音樂

3 がっこう[0] ㄍㄚ・ㄎㄡ — → がっこう ga・ko — .... 學校

一日一句

寝（ね）すぎて学校（がっこう）に遅（おく）れてしまった。

因爲睡過頭上學遲到了。

ne su gi te ga・ko — ni o ku re te shi ma・ta

漢字嘛也通 がまん[1] 【ga ma n】

【我慢】 這個字是指忍耐、忍受的意思，【我慢強（がまんづよ）い】是指忍耐力強的。「あの人（ひと）にはもう我慢（がまん）できない」對他我再也忍受不了了。

ぎ

羅馬讀音 gi

ㄅㄆㄇ讀音 ㄍㄧ

たまねぎ

洋蔥

同樣唸[gi]音的片假名➜[ギ]請見P.171

※以「き」的筆順先寫好「き」，接著在右上角加上「〝」。

單語唸一唸

先聽聽CD或掃左邊的QR碼，再自己唸看看，最後自己寫一遍，邊寫邊唸，就能加強記憶。

1. ぎり② ㄍㄧ ㄌㄧ ➜ ぎり gi ri ➜ ぎり gi ri .... 人情
2. かいぎ① ㄎㄚ ㄧ ㄍㄧ ➜ かいぎ ka i gi .... 會議
3. たまねぎ③ ㄊㄚ ㄇㄚ ㄋㄟ ㄍㄧ ➜ たまねぎ ta ma ne gi .... 洋蔥

一日一句

バレンタインデーで，上司（じょうし）にぎりチョコを贈（おく）りました。

情人節時送了上司人情巧克力。

ba re n ta i n de — de ， jo — shi ni gi ri cho ko wo o ku ri ma shi ta

漢字嘛也通

ぎり② 【gi ri】

【義理】

這個漢字的意思是指人情、道義、情分、情面或是因婚姻而建立的親屬關係如：【義理（ぎり）の兄（あに）】指姐夫或是丈夫的哥哥。【義理（ぎり）を欠（か）く】指失禮。【義理（ぎり）にほだされる】指礙於情面。

025

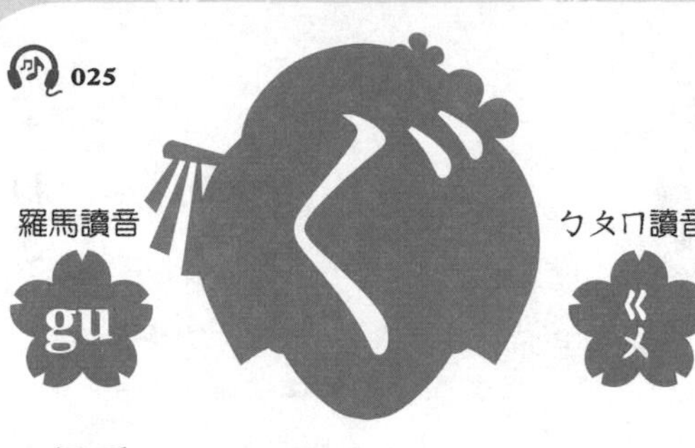

家具

同樣唸[gu]音的片假名➜[グ]請見P.172

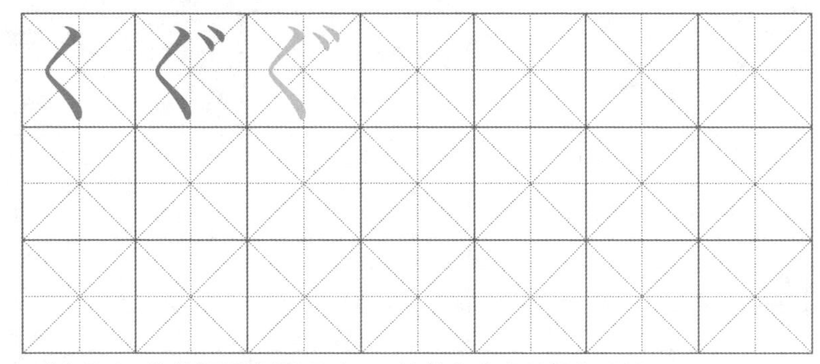

※以「く」的筆順先寫好「く」，接著在右上角加上「〝」。

單語唸一唸 先聽聽CD或掃左邊的QR碼，再自己唸看看，最後自己寫一遍，邊寫邊唸，就能加強記憶。

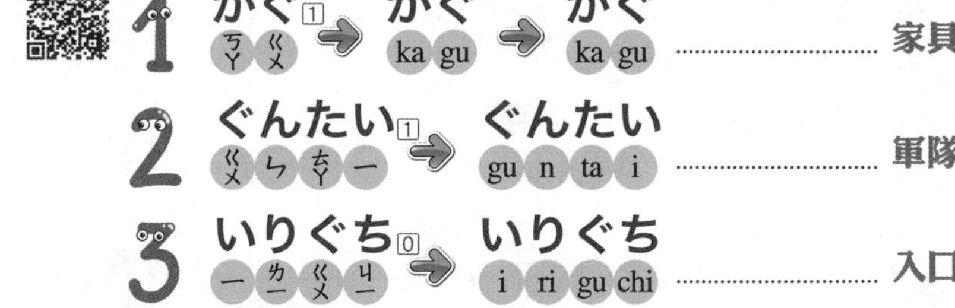

一日一句

遊園地(ゆうえんち)の入(い)り口(ぐち)はどこですか？

請問遊樂園的入口在哪裡？

yu — e n chi no i ri gu chi wa do ko de su ka

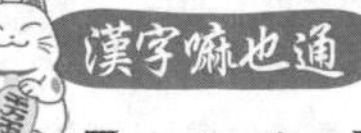

ぐあい 0 【gu a i】

【具合】

這個漢字的意思是（事情的）情況、（身體的）狀況等順利與否。「どんな具合(ぐあい)ですか」是說：情況怎麼樣。「今日(きょう)はお具合(ぐあい)はどうですか」是說：今天您的身體如何？

げた

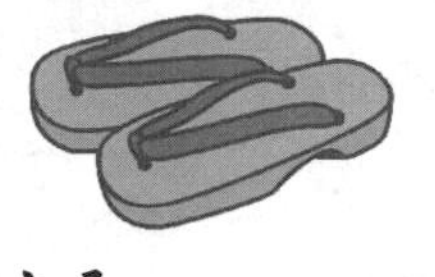

木屐

同樣唸[ge]音的片假名➜[ゲ]請見P.173

※以「け」的筆順先寫好「け」，接著在右上角加上「〝」。

單語唸一唸 先聽聽CD或掃左邊的QR碼，再自己唸看看，最後自己寫一遍，邊寫邊唸，就能加強記憶。

1 げり[0]（ㄍㄟ ㄌㄧ）➜ げり（ge ri）➜ げり（ge ri）………… 拉肚子

2 げき[1]（ㄍㄟ ㄎㄧ）➜ げき（ge ki）➜ げき（ge ki）………… 戲劇

3 げた[0]（ㄍㄟ ㄊㄚ）➜ げた（ge ta）➜ げた（ge ta）………… 木屐

一日一句

下痢（げり）ですから何（なに）も食（た）べないほうがいいです。

因爲拉肚子，還是什麼都不要吃比較好。

ge ri de su ka ra na ni mo ta be na i ho — ga i i de su

漢字嘛也通

きげん[0]　【ki ge n】

【機嫌】

這個是指心情、情緒、快活、高興的意思。【機嫌（きげん）がよい】是指心情好、高興。【機嫌（きげん）をとる】是指取悅、討好；【機嫌取（きげんと）り】是指逢迎拍馬的人。

同樣唸[go]音的片假名→[ゴ]請見P.174

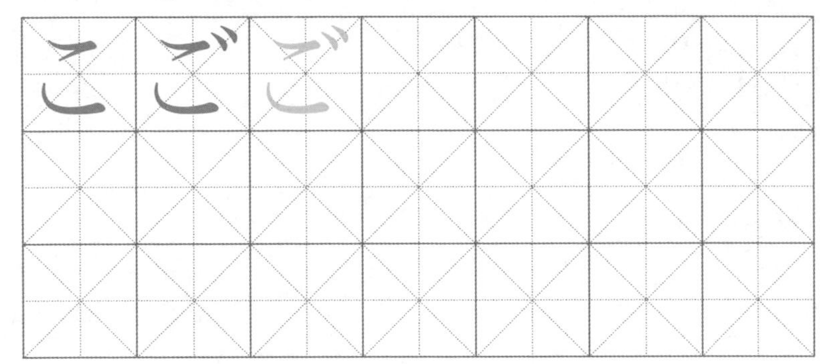

※以「こ」的筆順先寫好「こ」，接著在右上角加上「 〃」。

單語唸一唸 先聽聽CD或掃左邊的QR碼，再自己唸看看，最後自己寫一遍，邊寫邊唸，就能加強記憶。

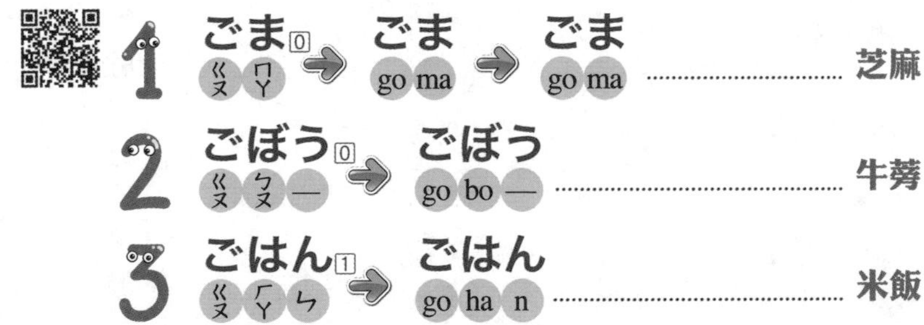

一日一句

テレビを見(み)ながら、ご飯(はん)を食(た)べます。

一邊吃飯，一邊看電視。

te re bi wo mi na ga ra , go ha n wo ta be ma su

漢字嘛也通

しんごう0 【shi n go —】

【信号】

這個漢字是信號的意思。【交通信号(こうつうしんごう)】指紅綠燈。綠燈是【青信号(あおしんごう)】；紅燈是【赤信号(あかしんごう)】。「信号(しんごう)をよく見(み)て渡(わた)りましょう」這句是說：要確實看好紅綠燈再過馬路。

とざん

登山

同樣唸[za]音的片假名→[ザ]請見P.175

※以「さ」的筆順先寫好「さ」，接著在右上角加上「 〝」。

單語唸一唸 先聽聽CD或掃左邊的QR碼，再自己唸看看，最後自己寫一遍，邊寫邊唸，就能加強記憶。

1 ざっし⓪ ㄗㄚ・ㄒㄧ → ざっし za・shi .... 雜誌

2 ざせき⓪ ㄗㄚ ㄙㄟ ㄎㄧ → ざせき za se ki .... 座位

3 とざん① ㄊㄡ ㄗㄚ ㄣ → とざん to za n .... 登山

一日一句

登山(とざん)ツアーに参加(さんか)します。

報名參加登山行程。

to za n tsu a — ni sa n ka shi ma su

漢字嘛也通

ざんぎょう⓪ 【za n gyo —】

【残業】這個字是加班的意思。「仕事(しごと)が多(おお)いので残業(ざんぎょう)をしなければなりません」這句是說因為工作太多不得不加班。

027

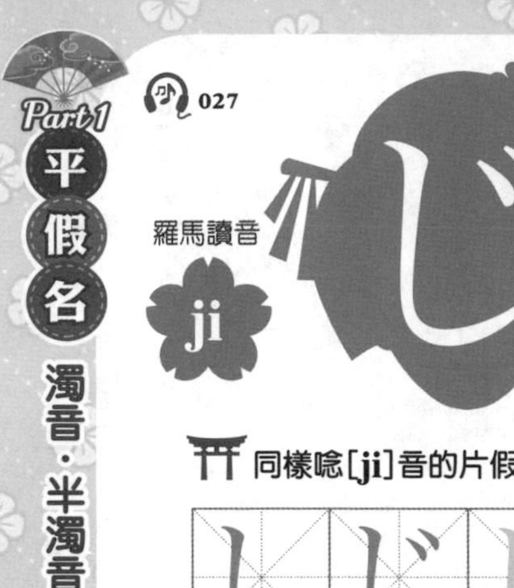

同樣唸[ji]音的片假名→[ジ]請見P.176

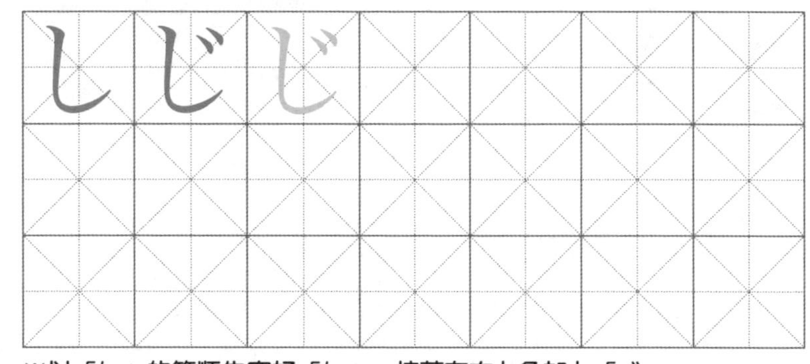

※以「し」的筆順先寫好「し」，接著在右上角加上「〝」。

單語唸一唸 先聽聽CD或掃左邊的QR碼，再自己唸看看，最後自己寫一遍，邊寫邊唸，就能加強記憶。

1. じてん⓪ ㄐㄧ ㄊㄝ ㄣ → じてん ji te n .... 字典
2. じかん⓪ ㄐㄧ ㄎㄚ ㄣ → じかん ji ka n .... 時間
3. じてんしゃ② ㄐㄧ ㄊㄝ ㄣ ㄒㄧㄚ → じてんしゃ ji te n sha .... 腳踏車

一日一句

ここからホテルまでバスで何時間（なんじかん）かかりますか？

這裡到飯店要花多少小時？

ko ko ka ra ho te ru ma de ba su de na n ji ka n ka ka ri ma su ka

漢字嘛也通

じまん⓪ 【ji ma n】

【自慢】

這個漢字是自滿、自誇的意思。【自分（じぶん）の手柄（てがら）を自慢（じまん）する】

這句是說：自誇自己的功勞。【あまり自慢（じまん）にもならない】

這句是指沒什麼了不起的。

あ行 か行 さ行 た行 な行 は行 ま行 や行 ら行 わ行 其他

すずしい

涼爽的

同樣唸[zu]音的片假名➜[ズ]請見P.177

※以「す」的筆順先寫好「す」，接著在右上角加上「〝」。

單語唸一唸 先聽聽CD或掃左邊的QR碼，再自己唸看看，最後自己寫一遍，邊寫邊唸，就能加強記憶。

1. すずめ⓪ ㄙㄨ ㄗㄨ ㄇㄟ ➜ すずめ su zu me ………… 麻雀
2. ずぼし⓪ ㄗㄨ ㄅㄡ ㄒㄧ ➜ ずぼし zu bo shi ………… 靶心
3. すずしい③ ㄙㄨ ㄗㄨ ㄒㄧ — ➜ すずしい su zu shi — ………… 涼爽的

一日一句

朝夕(あさゆう)は涼(すず)しくなりました。 早晚變得比較涼了。

a sa yu — wa su zu shi ku na ri ma shi ta

漢字嘛也通

ずぼし⓪ 【zu bo shi】

【図星】這個漢字是指靶心的意思，也被引申為（某人的）心事、企圖。【図星(ずぼし)をつく】是指正中靶心。「それは図星(ずぼし)です」這句的意思是：你說的正對。「どうです、図星(ずぼし)でしょう」這句是指：如何，我猜對了吧？

028

同樣唸[ze]音的片假名➜[ゼ]請見P.178

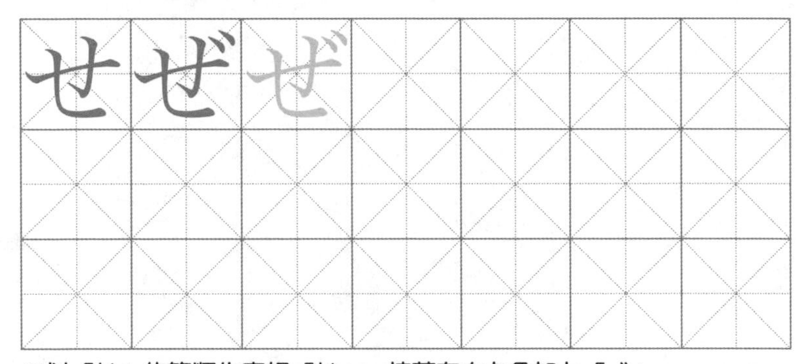

※以「せ」的筆順先寫好「せ」，接著在右上角加上「 〞」。

單語唸一唸 先聽聽CD或掃左邊的QR碼，再自己唸看看，最後自己寫一遍，邊寫邊唸，就能加強記憶。

1 こぜに⓪ ㄎㄡ ㄗㄟ ㄋㄧ ➜ こぜに ko ze ni .... 零錢

2 ぜんぶ① ㄗㄟ ㄣ ㄅㄨ ➜ ぜんぶ ze n bu .... 全部

3 ぜいきん⓪ ㄗㄟ ㄧ ㄎㄧ ㄣ ➜ ぜいきん ze i ki n .... 稅金

一日一句 全部(ぜんぶ)でいくらですか？ 全部要多少錢？
ze n bu de i ku ra de su ka

漢字嘛也通 ぜひ① 【ze hi】

【是非】 這個漢字當副詞用，表示務必、一定的意思。【是非(ぜひ)におよばず】是不得已、沒辦法的意思。「是非(ぜひ)あの人(ひと)に会(あ)いたいです」這句是說：一定要見到他。

同樣唸[zo]音的片假名➜[ゾ]請見P.179

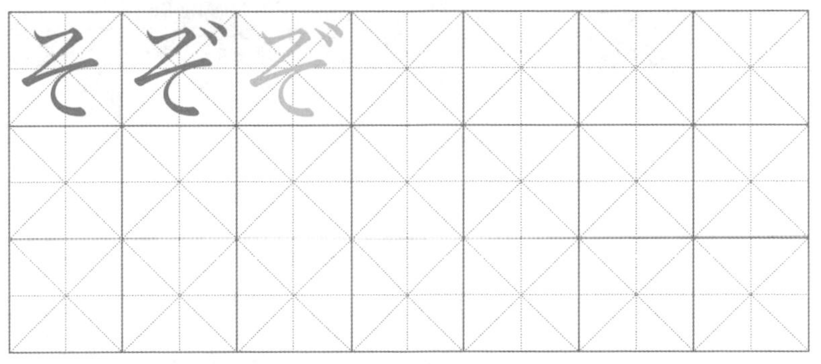

※以「そ」的筆順先寫好「そ」，接著在右上角加上「〝」。

單語唸一唸 先聽聽CD或掃左邊的QR碼，再自己唸看看，最後自己寫一遍，邊寫邊唸，就能加強記憶。

1 ぞう[1] ㄗㄡ ― ➜ ぞう zo ― ➜ ぞう zo ― .... 大象

2 ぞうきん[0] ㄗㄡ ― ㄎㄧ ㄣ ➜ ぞうきん zo ― ki n .... 抹布

3 ぞうか[0] ㄗㄡ ― ㄎㄚ ➜ ぞうか zo ― ka .... 增加

一日一句

地球(ちきゅう)の人口(じんこう)が増加(ぞうか)しています。

地球的人口正在增加中。

chi kyu ― no ji n ko ― ga zo ― ka shi te i ma su

漢字嘛也通

ぞうさく[0] 【zo ― sa ku】

【造作】

這個漢字是修建、室內裝潢、家具的意思。【台所(だいどころ)を造作(ぞうさく)する】是指修建廚房。【造作付(ぞうさくつ)きの貸家(かしや)】是指有附家具的出租房屋。

029

同樣唸[**da**]音的片假名➜[ダ]請見P.180

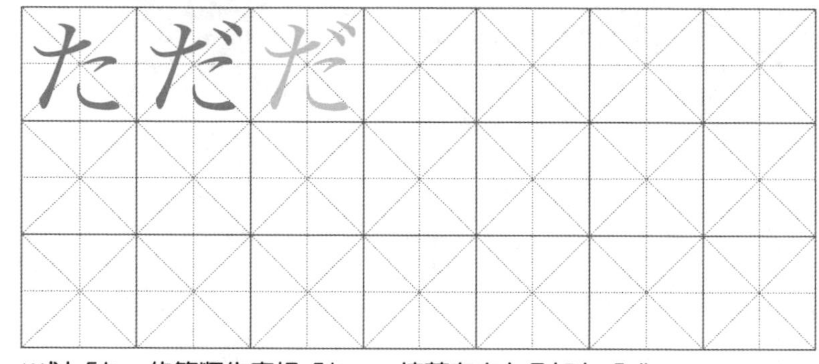

※以「た」的筆順先寫好「た」，接著在右上角加上「〝」。

單語唸一唸 先聽聽**CD**或掃左邊的**QR**碼，再自己唸看看，最後自己寫一遍，邊寫邊唸，就能加強記憶。

1. だいこん⓪ ㄉㄚ ㄧ ㄎㄡ ㄣ ➜ だいこん da i ko n ………… 白蘿蔔
2. だいなし⓪ ㄉㄚ ㄧ ㄋㄚ ㄒㄧ ➜ だいなし da i na shi ………… 浪費
3. だいがく⓪ ㄉㄚ ㄧ ㄍㄚ ㄎㄨ ➜ だいがく da i ga ku ………… 大學

一日一句

せっかくのお休(やす)みが台無(だいな)しになってしまう。

大好的休假竟白白地過去了。

se • ka ku no o ya su mi ga da i na shi ni na • te shi ma u

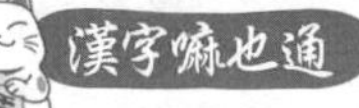

だめ② 【da me】

【駄目】 這個漢字有沒用和禁止的意思。「いくら忠告(ちゅうこく)したって駄目(だめ)です」意思是說：再怎麼勸也是白費。「もっと早起(はやお)きしなければ駄目(だめ)です」這句是說：再不早點起床是不行的。

羅馬讀音 de

で

ㄅㄆㄇ讀音 ㄉㄟ

でんわ

電話

同樣唸[de]音的片假名➜[デ]請見P.181

※以「て」的筆順先寫好「て」，接著在右上角加上「〝」。

單語唸一唸 先聽聽CD或掃左邊的QR碼，再自己唸看看，最後自己寫一遍，邊寫邊唸，就能加強記憶。

1 でんわ⓪ ㄉㄟ ㄣ ㄨㄚ ➜ でんわ de n wa .... 電話

2 でんち① ㄉㄟ ㄣ ㄐㄧ ➜ でんち de n chi .... 電池

3 でんしゃ⓪ ㄉㄟ ㄣ ㄒㄧㄚ ➜ でんしゃ de n sha .... 電車

一日一句

お電話（でんわ）ですよ。 您的電話（請接一下）。

o de n wa de su yo

漢字嘛也通

【出鱈目】 でたらめ⓪ 【de ta ra me】

這個漢字是胡亂、胡來的意思。【出鱈目（でたらめ）に言（い）う】是指胡說八道；【出鱈目（でたらめ）に数（かぞ）える】是胡亂、隨便數。

030

羅馬讀音 do

ど

ㄅㄆㄇ讀音 ㄉㄡ

どうぶつえん

動物園

同樣唸[do]音的片假名➜[ド]請見P.182

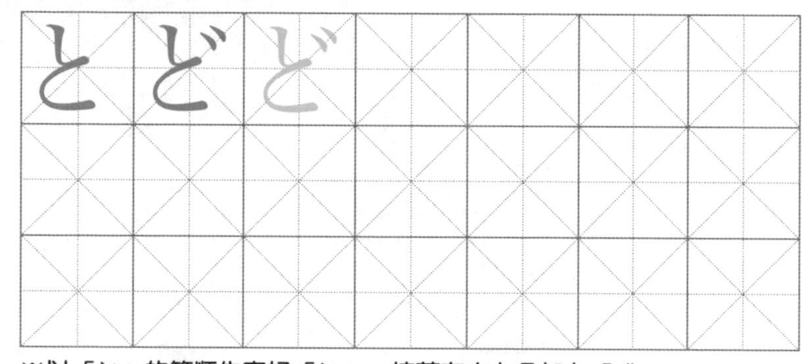

※以「と」的筆順先寫好「と」，接著在右上角加上「〃」。

單語唸一唸 先聽聽CD或掃左邊的QR碼，再自己唸看看，最後自己寫一遍，邊寫邊唸，就能加強記憶。

1. とど[1] ㄊㄡ ㄉㄡ ➜ とど to do ➜ とど to do …… 海獅
2. どくしん[0] ㄉㄡ ㄎㄨ ㄒㄧ ㄣ ➜ どくしん do ku shi n …… 單身
3. どうぶつえん[4] ㄉㄡ ― ㄅㄨ ㄗ せ ㄣ ➜ どうぶつえん do ― bu tsu e n …… 動物園

一日一句

日曜日(にちようび)に子供(こども)を連(つ)れて動物園(どうぶつえん)に行(い)きました。

星期天帶小孩去動物園。

ni chi yo ― bi ni ko do mo wo tsu re te do ― bu tsu e n ni i ki ma shi ta

漢字嘛也通 どろぼう[0]【do ro bo ―】

【泥棒】這個漢字是小偷的意思。【泥棒(どろぼう)を捕(つか)まえる】是指捉小偷；【泥棒(どろぼう)を捕(と)らえて縄(なわ)を綯(な)う】是指臨時抱佛腳。

羅馬讀音 ba

ば

ㄅㄚ讀音 ㄅㄚ

おばあさん

奶奶

同樣唸[ba]音的片假名➜[バ]請見P.183

※以「は」的筆順先寫好「は」，接著在右上角加上「〝」。

單語唸一唸 先聽聽CD或掃左邊的QR碼，再自己唸看看，最後自己寫一遍，邊寫邊唸，就能加強記憶。

1. ばか[1] ㄅㄚ ㄎㄚ ➜ ばか ba ka ➜ ばか ba ka ………… 愚蠢
2. ばんごう[3] ㄅㄚ ㄣ ㄍㄡ — ➜ ばんごう ba n go — ………… 號碼
3. おばあさん[2] ㄡ ㄅㄚ — ㄙㄚ ㄣ ➜ おばあさん o ba — sa n ………… 奶奶

一日一句

御祖母(おばあ)さんの誕生日(たんじょうび)にマフラーを贈(おく)ってあげました。

奶奶的生日我送了圍巾。

o ba — sa n no ta n jo — bi ni ma fu ra — wo o ku • te a ge ma shi ta

漢字嘛也通

ばあい[0] 【ba a i】

【場合】

這個漢字是指場合、（某種）情形。【困(こま)った場合(ばあい)には】是指遇到困難的時候。「こんな場合何(ばあいなん)とも仕方(しかた)がない」這句是說：這種情形實在是沒辦法。

031

び

羅馬讀音 bi

ㄅㄆㄇ讀音 ㄅㄧ

同樣唸[bi]音的片假名→[ビ]請見P.184

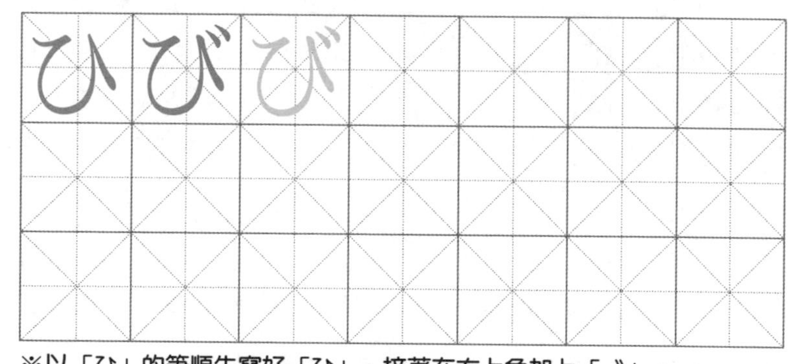

※以「ひ」的筆順先寫好「ひ」，接著在右上角加上「〞」。

單語唸一唸 先聽聽CD或掃左邊的QR碼，再自己唸看看，最後自己寫一遍，邊寫邊唸，就能加強記憶。

1. かびん⓪ ㄎㄚ ㄅㄧ ㄣ → かびん ka bi n ……… 花瓶
2. ゆうびん⓪ ㄧㄨ — ㄅㄧ ㄣ → ゆうびん yu — bi n ……… 郵件
3. びょういん② ㄅㄧ ㄧㄡ — ㄧ ㄣ → びょういん bi yo — i n ……… 美容院

一日一句

この近(ちか)くに美容院(びよういん)がありますか？

這附近有美容院嗎？

ko no chi ka ku ni bi yo — i n ga a ri ma su ka

漢字嘛也通

ゆうびん⓪ 【yu — bin】

【郵便】 這個漢字是指郵件的意思。【郵便局(ゆうびんきょく)】是指郵局；【郵便屋(ゆうびんや)さん】是指郵差；【郵便料(ゆうびんりょう)】是指郵資。

同樣唸[bu]音的片假名➜[ブ]請見P.185

※以「ふ」的筆順先寫好「ふ」，接著在右上角加上「〝」。

單語唸一唸 先聽聽CD或掃左邊的QR碼，再自己唸看看，最後自己寫一遍，邊寫邊唸，就能加強記憶。

1. ぶどう⓪（ㄅㄨ ㄉㄡ —）➜ ぶどう（bu do —）…… 葡萄
2. ぶた⓪（ㄅㄨ ㄊㄚ）➜ ぶた（bu ta）➜ ぶた（bu ta）…… 豬
3. しんぶん⓪（ㄒㄧ ㄣ ㄅㄨ ㄣ）➜ しんぶん（shi n bu n）…… 報紙

一日一句

音楽（おんがく）を聴（き）きながら、新聞（しんぶん）を読（よ）んでいます。

邊聽音樂，邊看報紙。

o n ga ku wo ki ki na ga ra ， shi n bu n wo yo n de i ma su

漢字嘛也通

きぶん①【ki bu n】

【気分】 這個漢字是指心情、情緒，另外還有指身體舒服與否的意思。【映画（えいが）を見（み）る気分（きぶん）になれない】意思是說：沒有看電影的心情。【気分（きぶん）が悪（わる）い】是指身體不舒服。

032

羅馬讀音 be

ㄅㄆㄇ讀音 ㄅㄟ

海邊

同樣唸[be]音的片假名➜[ベ]請見P.186

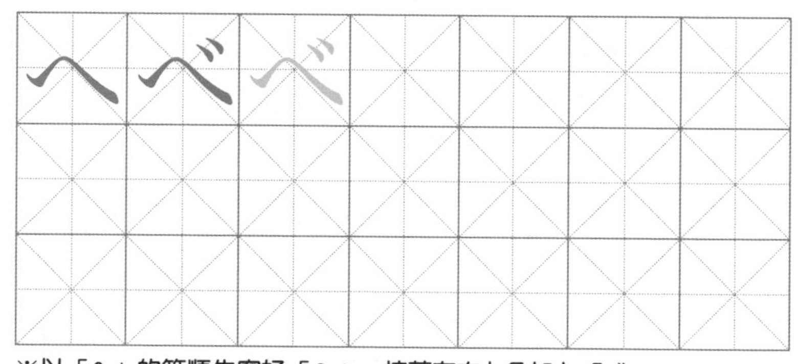

※以「へ」的筆順先寫好「へ」，接著在右上角加上「〃」。

單語唸一唸 先聽聽CD或掃左邊的QR碼，再自己唸看看，最後自己寫一遍，邊寫邊唸，就能加強記憶。

1 うみべ⓪ ㄨ ㄇㄧ ㄅㄟ ➜ うみべ u mi be .... 海邊

2 べんり① ㄅㄟ ㄣ ㄌㄧ ➜ べんり be n ri .... 便利

3 べんとう③ ㄅㄟ ㄣ ㄊㄡ — ➜ べんとう be n to — .... 便當

一日一句

この辺(へん)の交通(こうつう)はとても便利(べんり)です。

這一帶的交通相當便利。

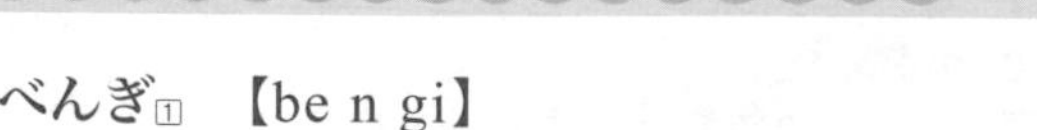

漢字嘛也通 べんぎ① 【be n gi】

【便宜】 這個漢字可不是便宜的意思，這個字是指方便、權宜的意思。「入場(にゅうじょう)の便宜(べんぎ)を与(あた)える」這句是說給與入場的方便。【便宜的(べんぎてき)】是指權宜的；【便宜的(べんぎてき)な方法(ほうほう)】指權宜的方法。

帽子

同樣唸[bo]音的片假名➔[ボ]請見P.187

※以「ほ」的筆順先寫好「ほ」，接著在右上角加上「〝」。

單語唸一唸 先聽聽CD或掃左邊的QR碼，再自己唸看看，最後自己寫一遍，邊寫邊唸，就能加強記憶。

1. ぼうし⓪（ㄅㄡ — ㄒㄧ）➔ ぼうし（bo — shi）…… 帽子
2. ぼうず①（ㄅㄡ — ㄗㄨ）➔ ぼうず（bo — zu）…… 和尚
3. ぼうえき⓪（ㄅㄡ — ㄝ ㄎㄧ）➔ ぼうえき（bo — e ki）…… 貿易

一日一句

姉(あね)は貿易会社(ぼうえきがいしゃ)に勤(つと)めています。

姐姐在貿易公司上班。

a ne wa bo — e ki ga i sha ni tsu to me te i ma su

漢字嘛也通

かなぼう⓪ 【ka na bo —】

【金棒】這個漢字是指鐵棒、鐵棍的意思。【鬼(おに)に金棒(かなぼう)】是指如虎添翼，比喻越發得勢。

033

羅馬讀音 pa

ぱ

ㄅㄆㄇ讀音 ㄆㄚ

はっぱ

葉子

同樣唸[pa]音的片假名➜[パ]請見P.188

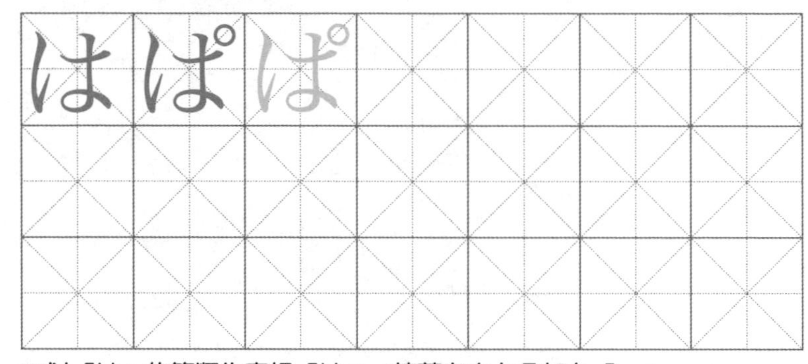

※以「は」的筆順先寫好「は」，接著在右上角加上「゜」。

單語唸一唸 先聽聽CD或掃左邊的QR碼，再自己唸看看，最後自己寫一遍，邊寫邊唸，就能加強記憶。

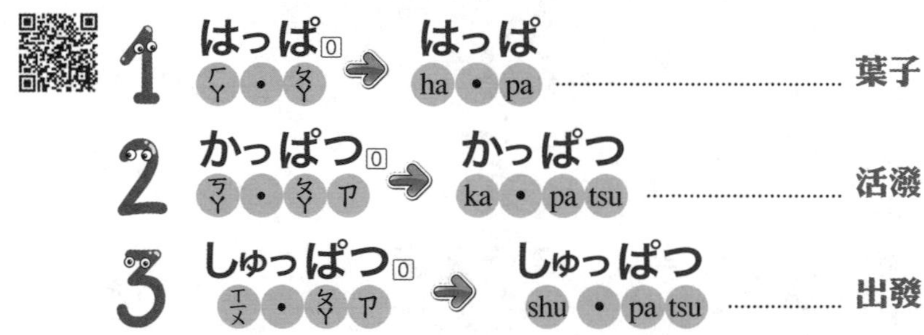

一日一句

出発時間(しゅっぱつじかん)が午後六時(ごごろくじ)にします。

出發時間定在下午六點。

shu・pa tsu ji ka n ga go go ro ku ji ni shi ma su

漢字嘛也通

【関白】

かんぱく 1 【ka n pa ku】

這個漢字是指關白，這是日本的古官名，是輔佐天皇的大臣。【亭主関白(ていしゅかんぱく)】是指男人當家，丈夫在家裡很跋扈的意思。

羅馬讀音 pi

ぴ

ㄅㄆㄇ讀音 ㄆㄧ

えんぴつ

鉛筆

⛩ 同樣唸[**pi**]音的片假名➜[ピ]請見P.189

※以「ひ」的筆順先寫好「ひ」，接著在右上角加上「。」。

單語唸一唸 先聽聽**CD**或掃左邊的**QR**碼，再自己唸看看，最後自己寫一遍，邊寫邊唸，就能加強記憶。

1 えんぴつ [0] ㄝ ㄣ ㄆㄧ ㄗ ➜ えんぴつ e n pi tsu .... 鉛筆

2 べんぴ [0] ㄅㄟ ㄣ ㄆㄧ ➜ べんぴ be n pi .... 便秘

3 ぴかぴか [2] ㄆㄧ ㄎㄚ ㄆㄧ ㄎㄚ ➜ ぴかぴか pi ka pi ka .... 亮晶晶

一日一句

鏡(かがみ)をぴかぴかに磨(みが)いています。

鏡子擦得亮晶晶的。

ka ga mi wo pi ka pi ka ni mi ga i te i ma su

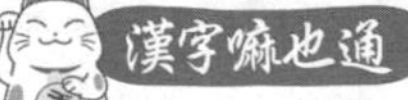

漢字嘛也通

【大っぴら】

おおっぴら [0] 【o o • pi ra】

這個漢字是指公開、大剌剌的。「おおっぴらに手(て)を取(と)り合(あ)って散歩(さんぽ)する」這句是指公開地手牽手散步。

034

ぷ

羅馬讀音 pu

ㄅㄆㄇ讀音 ㄆㄨ

電風扇

同樣唸[pu]音的片假名➜[プ]請見P.190

※以「ふ」的筆順先寫好「ふ」，接著在右上角加上「。」。

單語唸一唸 先聽聽CD或掃左邊的QR碼，再自己唸看看，最後自己寫一遍，邊寫邊唸，就能加強記憶。

1. てんぷら⓪（ㄊㄝ ㄣ ㄆㄨ ㄌㄚ）➜ てんぷら（te n pu ra）……天婦羅
2. きっぷ⓪（ㄎㄧ・ㄆㄨ）➜ きっぷ（ki・pu）……車票
3. せんぷうき③（ㄙㄝ ㄣ ㄆㄨ — ㄎㄧ）➜ せんぷうき（se n pu — ki）……電風扇

一日一句

切符（きっぷ）はどのように買（か）うのですか？

請問車票要怎麼買？

ki・pu wa do no yo — ni ka u no de su ka

漢字嘛也通

じっぷ⓪【ji・pu】

【実父】這個漢字是指親生的父親，而養父則要用【義父（ぎふ）】。【実母（じつぼ）】是親生母親。【実家（じっか）】是指的是娘家。

羅馬讀音 pe

ㄅㄆㄇ讀音 ㄆㄟ

ぺ

けんぺい

憲兵

同樣唸[pe]音的片假名→[ペ]請見P.191

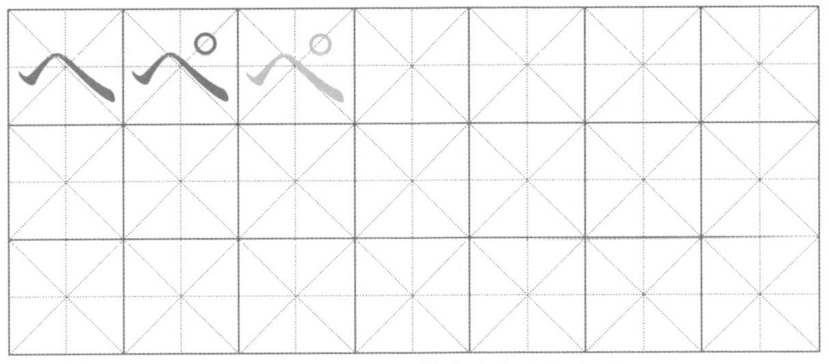

※以「へ」的筆順先寫好「へ」，接著在右上角加上「ｏ」。

單語唸一唸 先聽聽CD或掃左邊的QR碼，再自己唸看看，最後自己寫一遍，邊寫邊唸，就能加強記憶。

1 けんぺい① ㄎㄟ ㄣ ㄆㄟ — → けんぺい ke n pe — …………………… 憲兵

2 ぺたん② ㄆㄟ ㄊㄚ ㄣ → ぺたん pe ta n …………………… 蹲坐

3 ぺらぺら① ㄆㄟ ㄌㄚ ㄆㄟ ㄌㄚ → ぺらぺら pe ra pe ra …………………… 流利

一日一句

娘(むすめ)は英語(えいご)がぺらぺらです。

(我)女兒的英文說得很流利。

mu su me wa e — go ga pe ra pe ra de su

漢字嘛也通 かんぺき⓪【ka n pe ki】

【完璧】 這個漢字是指完善、完美、嚴整的意思。【完璧(かんぺき)を期(き)する】這是指力求完善的意思。

035

てんぽ

店舗

同樣唸[po]音的片假名➜[ポ]請見P.192

※以「ほ」的筆順先寫好「ほ」，接著在右上角加上「゜」。

單語唸一唸 先聽聽CD或掃左邊的QR碼，再自己唸看看，最後自己寫一遍，邊寫邊唸，就能加強記憶。

1 しっぽ3 （ㄒㄧ・ㄆㄡ） ➜ しっぽ （shi・po） ……… 尾巴

2 さんぽ0 （ㄙㄚ ㄣ ㄆㄡ） ➜ さんぽ （sa n po） ……… 散步

3 てんぽ1 （ㄊㄟ ㄣ ㄆㄡ） ➜ てんぽ （te n po） ……… 店舗

一日一句

時間(じかん)があるから町(まち)を散歩(さんぽ)しましょう。

因爲還有時間我們到街上去散散步吧。

ji ka n ga a ru ka ra ma chi wo sa n po shi ma sho—

漢字嘛也通

てっぽう0 【te・po—】

【鉄砲】

這個漢字是指槍枝的意思。【鉄砲玉(てっぽうだま)】是指槍彈，子彈。也可以用來比喻一去不返；「出(で)かけると鉄砲玉(てっぽうだま)でこまります」這句是說：一出去就不見踪影，眞沒辦法。

拗音

日文的清音中的い段音（き、し、ち、に、ひ、み、り）和濁音與半濁音中的い段音（ぎ、じ、ぢ、び、ぴ）這些字音每個字與清音や行的三個音（や、ゆ、よ）加起來合成一個音節，以拚音方式拚成新的唸法，這些字爲拗音。其中「じゃ」「じゅ」「じょ」與「ぢゃ」「ぢゅ」「ぢょ」發音相同，通常用前者。拗音的第二個字，必須小寫。如「きゃ」：「き」大寫，「ゃ」小寫於「き」字的右下方。

036

「ㄎㄧ」+「ㄧㄚ」的結合音。同樣唸[**kya**]音的片假名➜[キャ]請見P.194

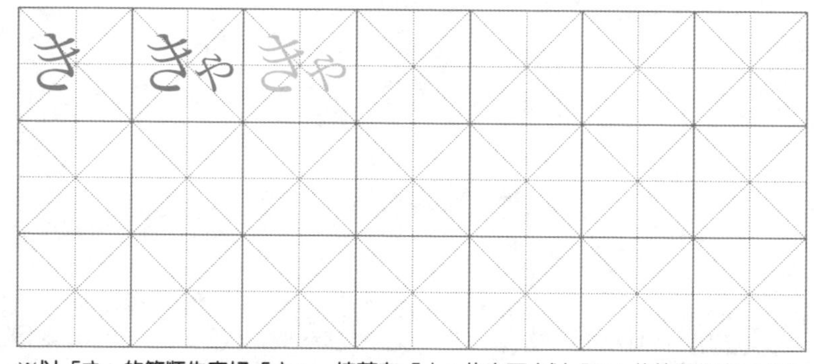

※以「き」的筆順先寫好「き」，接著在「き」的右下方以「や」的筆順先寫下「や」。

單語唸一唸 先聽聽**CD**或掃左邊的**QR**碼，再自己唸看看，最後自己寫一遍，邊寫邊唸，就能加強記憶。

1 きゃくま⓪ ㄎㄧㄚ ㄎㄨ ㄇㄚ ➜ きゃくま kya ku ma ……………… 客廳

2 きゃくほん⓪ ㄎㄧㄚ ㄎㄨ ㄏㄡ ㄣ ➜ きゃくほん kya ku ho n ……………… 腳本

3 れいきゃく⓪ ㄌㄟ — ㄎㄧㄚ ㄎㄨ ➜ れいきゃく re — kya ku ……………… 冷卻

一日一句

来客(らいきゃく)を客間(きゃくま)に通(とお)してください。

請將訪客帶到客廳。

ra i kya ku wo kya ku ma ni to — shi te ku da sa i

漢字嘛也通

【お釣り】

おつり⓪ 【o tsu ri】

這個字是指（付款時）找的錢的意思。「お釣(つ)りです」是指這是要找你的錢。「お釣(つ)りを下(くだ)さい」這句是說：請找錢。「御釣(おつ)りは取(と)っておいてください」是說：不用找了。

「ㄎ」+「ㄡ」的結合音。同樣唸[kyu]音的片假名➜[キュ]請見P.195

※以「き」的筆順先寫好「き」，接著在「き」的右下方以「ゆ」的筆順先寫下「ゆ」。

單語唸一唸 先聽聽CD或掃左邊的QR碼，再自己唸看看，最後自己寫一遍，邊寫邊唸，就能加強記憶。

1. きゅうに[1]（ㄎㄧㄨ — ㄋㄧ）➜ きゅうに kyu — ni ………… 突然
2. きゅうり[1]（ㄎㄧㄨ — ㄌㄧ）➜ きゅうり kyu — ri ………… 小黃瓜
3. きゅうきゅうしゃ[3]（ㄎㄧㄨ — ㄎㄧㄨ — ㄒㄧㄚ）➜ きゅうきゅうしゃ kyu — kyu — sha ….. 救護車

一日一句

急(きゅう)に大雨(おおあめ)が降(ふ)ってきました。

突然下起了大雨。

kyu — ni o — a me ga fu • te ki ma shi ta

漢字嘛也通　きゅうこう[0]　【kyu — ko —】

【急行】 這個漢字有急行和快車兩個意思。【急行券(きゅうこうけん)】是快車車票。【急行料金(きゅうこうりょうきん)】是快車車費。【急行列車(きゅうこうれっしゃ)】是指快車。【特急列車(とっきゅうれっしゃ)】是特快車。

037

「ㄎ」+「ㄡ」的結合音。同樣唸[kyo]音的片假名➜[キョ]請見P.196

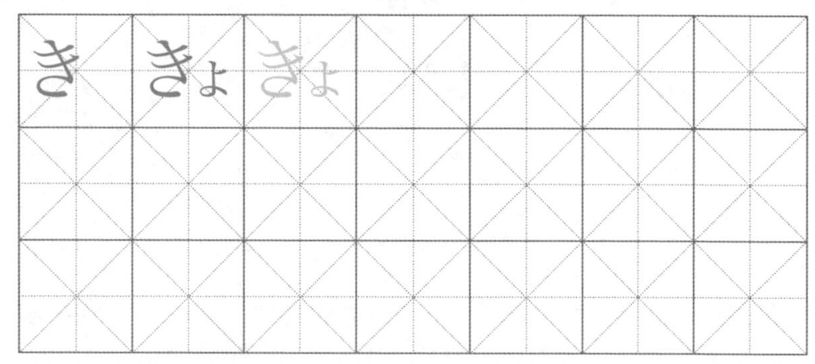

※以「き」的筆順先寫好「き」，接著在「き」的右下方以「よ」的筆順先寫下「よ」。

單語唸一唸 先聽聽CD或掃左邊的QR碼，再自己唸看看，最後自己寫一遍，邊寫邊唸，就能加強記憶。

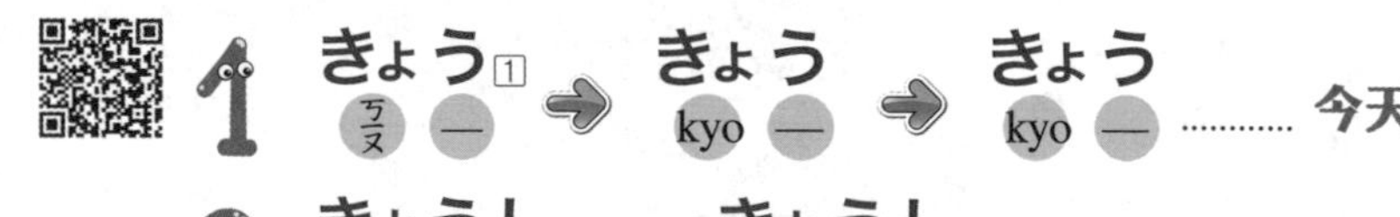

1 きょう① ㄎㄡ — ➜ きょう kyo — ➜ きょう kyo — ………… 今天

2 きょうし① ㄎㄡ — ㄒㄧ ➜ きょうし kyo — shi ………… 老師

3 べんきょう⓪ ㄅㄟ ㄣ ㄎㄡ — ➜ べんきょう be n kyo — ………… 用功

一日一句

夜遅(よるおそ)くまで、勉強(べんきょう)しています。

唸書唸到很晚。

yo ru o so ku ma de ， be n kyo — shi te i ma su

漢字嘛也通 きょうみ① 【kyo — mi】

【興味】這個字是興趣、興致的意思。【興味(きょうみ)のある仕事(しごと)】是指有興趣的工作。「日本語(にほんご)に興味(きょうみ)を持(も)っています」這句是說：對日文感興趣。【興味(きょうみ)をそぐ】是指掃興。

「ㄒㄧ」+「ㄧㄚ」的結合音。同樣唸[sha]音的片假名➜[シャ]請見P.197

※以「し」的筆順先寫好「し」，接著在「し」的右下方以「や」的筆順先寫下「や」。

單語唸一唸 先聽聽CD或掃左邊的QR碼，再自己唸看看，最後自己寫一遍，邊寫邊唸，就能加強記憶。

1. しゃこ① (ㄒㄧㄚ ㄎㄡ) ➜ しゃこ (sha ko) ➜ しゃこ (sha ko) ………… 車庫
2. しゃしん⓪ (ㄒㄧㄚ ㄒㄧ ㄣ) ➜ しゃしん (sha shi n) ………… 照片
3. しゃべる② (ㄒㄧㄚ ㄅㄟ ㄌㄨ) ➜ しゃべる (sha be ru) ………… 聊天

一日一句

彼氏(かれし)とお喋(しゃべ)りで時間(じかん)を潰(つぶ)します。

和男朋友聊天打發時間。

ka re si to o sha be ri de ji ka n wo tsu bu shi ma su

漢字嘛也通 しゃれ⓪ 【sha re】

【洒落】 這個是指說俏皮話、詼諧話的意思。【洒落(しゃれ)を言(い)う】是指說俏皮話。【お洒落(しゃれ)】則是指漂亮服裝；【お洒落(しゃれ)な娘(むすめ)】是指漂亮的姑娘；【お洒落(しゃれ)をする】是指精心打扮。

038

羅馬讀音 shu

しゅ

ㄅㄆㄇ讀音 ㄒㄧㄡ

「ㄒ」+「ㄡ」的結合音。同樣唸[shu]音的片假名➜[シュ]請見P.198

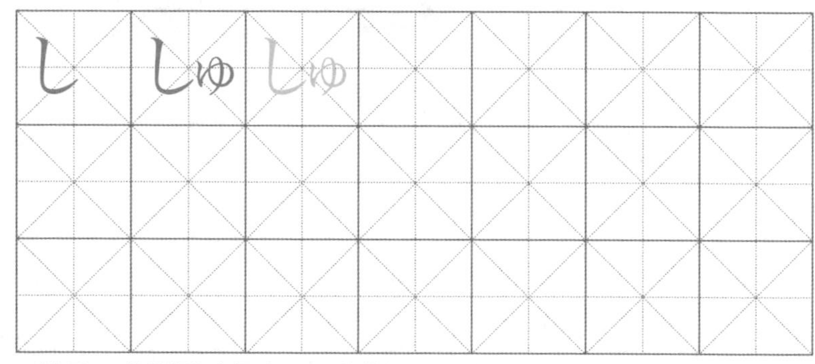

※以「し」的筆順先寫好「し」，接著在「し」的右下方以「ゆ」的筆順先寫下「ゆ」。

單語唸一唸 先聽聽CD或掃左邊的QR碼，再自己唸看看，最後自己寫一遍，邊寫邊唸，就能加強記憶。

1 しゅみ[1] ➜ しゅみ（shu mi）➜ しゅみ（shu mi）………… 嗜好

2 しゅじん[1] ➜ しゅじん（shu ji n）………… 老公

3 かしゅ[1] ➜ かしゅ（ka shu）➜ かしゅ（ka shu）………… 歌手

一日一句

姉（あね）の趣味（しゅみ）はピアノを弾（ひ）くことです。

姐姐的嗜好是彈鋼琴。

a ne no shu mi wa pi a no wo hi ku ko to de su

漢字嘛也通 しゅじん[1]　【shu ji n】

【主人】 這個漢字的意思有丈夫和主人的意思。【店（みせ）の主人（しゅじん）】是指店主。【うちの主人（しゅじん）】是指我先生；「御主人（ごしゅじん）はどちらにお勤（つと）めですか」這句是說：您先生在哪裡高就呢？

「ㄒ」+「ㄡ」的結合音。同樣唸[sho]音的片假名➜[ショ]請見P.199

※以「し」的筆順先寫好「し」，接著在「し」的右下方以「よ」的筆順先寫下「よ」。

單語唸一唸 先聽聽CD或掃左邊的QR碼，再自己唸看看，最後自己寫一遍，邊寫邊唸，就能加強記憶。

1 しょうゆ⓪ ㄒㄡ — ㄧㄨ ➜ しょうゆ sho — yu ………… 醬油

2 しょっき⓪ ㄒㄡ • ㄎㄧ ➜ しょっき sho • ki ………… 餐具

3 いっしょ⓪ ㄧ • ㄒㄡ ➜ いっしょ i • sho ………… 一起

一日一句

人(ひと)と一緒(いっしょ)に温泉(おんせん)に入(はい)ったことがありません。

不曾和人一起泡過溫泉。

hi to to i • sho ni o n se n ni ha i • ta ko to ga a ri ma se n

漢字嘛也通

【一所懸命】

いっしょけんめい④ 【i • sho ke n me —】

這個字是拚命地的意思。【一所懸命(いっしょけんめい)に勉強(べんきょう)する】是指拚命地用功。「彼(かれ)は何(なに)をやっても一所懸命(いっしょけんめい)になる」這句是說：他無論做什麼事都很拚命。

「ㄑㄧ」+「ㄧㄚ」的結合音。同樣唸[cha]音的片假名➜[チャ]請見P.200

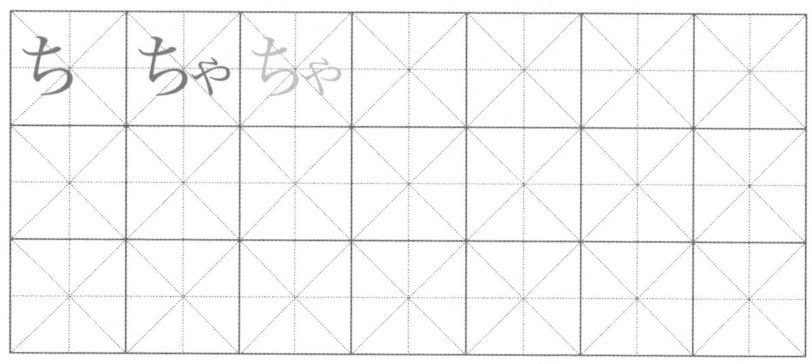

※以「ち」的筆順先寫好「ち」，接著在「ち」的右下方以「ゃ」的筆順先寫下「ゃ」。

單語唸一唸 先聽聽CD或掃左邊的QR碼，再自己唸看看，最後自己寫一遍，邊寫邊唸，就能加強記憶。

1 こうちゃ⓪ ㄎㄡ — ㄑㄧㄚ ➜ こうちゃ ko — cha …… 紅茶

2 おもちゃ② ㄡ ㄇㄡ ㄑㄧㄚ ➜ おもちゃ o mo cha …… 玩具

3 しちゃく⓪ ㄒㄧ ㄑㄧㄚ ㄎㄨ ➜ しちゃく shi cha ku …… 試穿

一日一句

このワンピースを試着(しちゃく)してもいいですか？

這件洋裝可以試穿嗎？

ko no wa n pi — su wo shi cha ku shi te mo i i de su ka

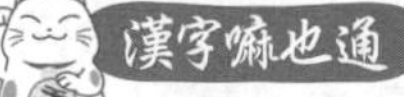

むちゃ① 【mu cha】

【無茶】 這個漢字是毫無道理、胡亂的意思。【無茶(むちゃ)にお金(かね)を使(つか)う】是指亂花錢。【無茶苦茶(むちゃくちゃ)】是指亂七八糟；「仕事(しごと)を無茶(むちゃ)苦茶(くちゃ)にする」這句是說：把工作弄得亂七八糟。

「ㄑ」+「ㄡ」的結合音。同樣唸[chu]音的片假名➜[チュ]請見P.201

※以「ち」的筆順先寫好「ち」，接著在「ち」的右下方以「ゆ」的筆順先寫下「ゆ」。

單語唸一唸 先聽聽CD或掃左邊的QR碼，再自己唸看看，最後自己寫一遍，邊寫邊唸，就能加強記憶。

1. ちゅうがく① ㄑㄩ — ㄍㄚ ㄎㄨ ➜ ちゅうがく chu — ga ku ……………… 中學
2. ちゅうもん⓪ ㄑㄩ — ㄇㄡ ㄣ ➜ ちゅうもん chu — mo n ……………… 訂購
3. ちゅうい① ㄑㄩ — ㄧ ➜ ちゅうい chu — i ……………… 注意

一日一句

風邪（かぜ）を引（ひ）かないように注意（ちゅうい）しなさい。

請小心不要感冒了。

ka ze wo hi ka na i yo — ni chu — i shi na sa i

漢字嘛也通 むちゅう⓪ 【mu chu —】

【夢中】 這個漢字是指熱衷、著迷的意思。「小説（しょうせつ）に夢中（むちゅう）になる」這句的意思是：看小說看得入迷。「仕事（しごと）に夢中（むちゅう）になる」這句的意思是：埋頭工作。

040

羅馬讀音 cho

ちょ

ㄅㄆㄇ讀音 ㄑㄡ

「ㄑ」+「ㄡ」的結合音。同樣唸[cho]音的片假名➜[チョ]請見P.202

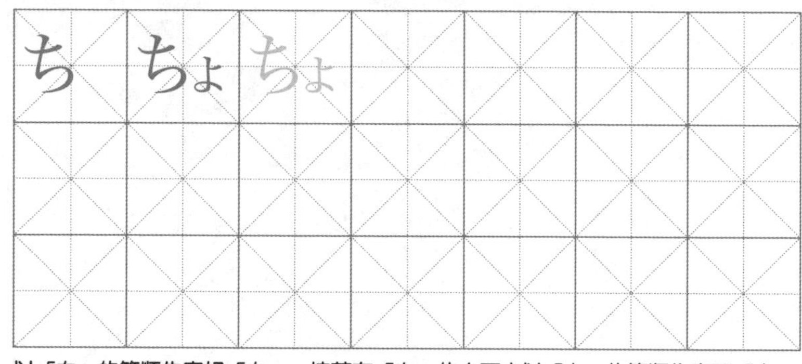

以「ち」的筆順先寫好「ち」，接著在「ち」的右下方以「よ」的筆順先寫下「よ」。

單語唸一唸 先聽聽CD或掃左邊的QR碼，再自己唸看看，最後自己寫一遍，邊寫邊唸，就能加強記憶。

1 ちょう[1]（ㄑㄡ —）➜ ちょう（cho —）➜ ちょう（cho —）……蝴蝶

2 ちょきん[0]（ㄑㄡ ㄎㄧ ㄣ）➜ ちょきん（cho ki n）……儲金

3 ちょうど[0]（ㄑㄡ — ㄉㄡ）➜ ちょうど（cho — do）……正好

一日一句 今（いま）ちょうど十二時（じゅうにじ）です。 現在正好12點。

i ma cho — do ju — ni ji de su

漢字嘛也通 ちょうし[0] 【cho — shi】

【調子】 這個漢字是音調、狀態、情況的意思。【ピアノに調子（ちょうし）を合（あ）わせて歌（うた）う】這句是說：隨著鋼琴的音調唱歌。「体（からだ）の調子（ちょうし）がよい」這句是說：身體狀況很好。「ミシンの調子（ちょうし）が悪（わる）い」是指縫紉機不好用。

羅馬讀音 nya

にゃ

ㄅㄆㄇ讀音 ㄋㄧㄚ

「ㄋ」＋「ㄧㄚ」的結合音。同樣唸[**nya**]音的片假名➔[ニャ]請見P.203

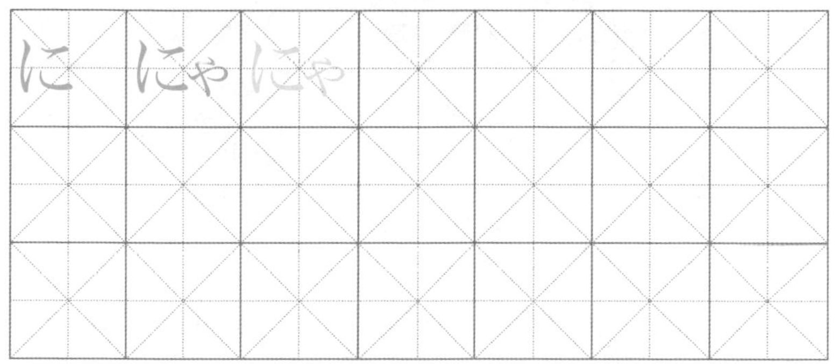

※以「に」的筆順先寫好「に」，接著在「に」的右下方以「や」的筆順先寫下「ゃ」。

單語唸一唸 先聽聽**CD**或掃左邊的**QR**碼，再自己唸看看，最後自己寫一遍，邊寫邊唸，就能加強記憶。

1 こんにゃく③ ㄎㄡ ㄣ ㄋㄧㄚ ㄎㄨ ➔ こんにゃく ko n nya ku ………… 蒟蒻

2 にゃあにゃあ① ㄋㄧㄚ — ㄋㄧㄚ — ➔ にゃあにゃあ nya — nya — ………… 貓叫聲

一日一句

早(はや)く行(い)かにゃ、時間(じかん)に遅(おく)れますよ。

快點去吧，不然會遲到的。

ha ya ku i ka nya ， ji ka n ni o ku re ma su yo

漢字嘛也通

かっこう⓪ 【ka • ko —】

【格好】 這個漢字是樣子、姿態、裝扮的意思。「歩(ある)く格好(かっこう)がおもしろい」是說走路的樣子很有趣。「あの男(おとこ)は格好(かっこう)がいい」是指那個男子體態很不錯。

041

「ㄋㄧ」+「ㄡ」的結合音。同樣唸[**nyu**]音的片假名➜[ニュ]請見P.204

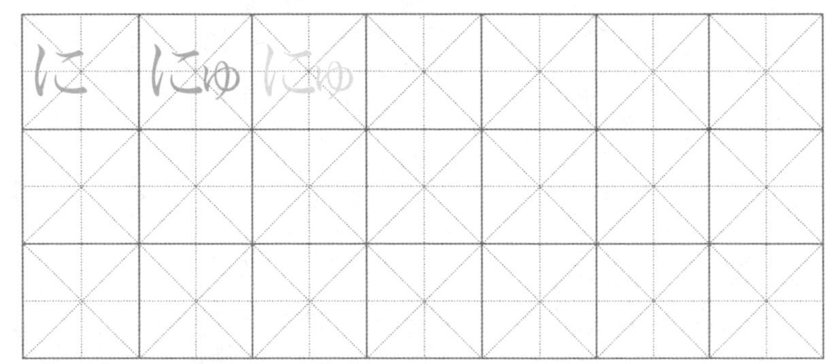

※以「に」的筆順先寫好「に」，接著在「に」的右下方以「ゆ」的筆順先寫下「ゆ」。

單語唸一唸 先聽聽CD或掃左邊的QR碼，再自己唸看看，最後自己寫一遍，邊寫邊唸，就能加強記憶。

1. にゅういん⓪（ㄋㄧㄡ — ㄧ ㄣ）➜ にゅういん（nyu — i n）……住院
2. にゅうがく⓪（ㄋㄧㄡ — ㄍㄚ ㄎㄨ）➜ にゅうがく（nyu — ga ku）……入學
3. ぎゅうにゅう⓪（ㄍㄧㄡ — ㄋㄧㄡ —）➜ ぎゅうにゅう（gyu — nyu —）……牛乳

一日一句

入学試験(にゅうがくしけん)の面接(めんせつ)の時(とき)は、どのような服装(ふくそう)で行(い)けばいいのでしょうか?

入學考試的面試時要穿什麼樣的服裝好呢？

nyu — ga ku shi ke n no me n se tsu no to ki wa，do no yo — na fu ku so — de i ke ba i i no de sho — ka

漢字嘛也通

にゅうよう⓪ 【nyu — yo —】

【入用】這個漢字是需要的意思。「旅行(りょこう)に入用(にゅうよう)なものを買(か)いそろえる」意思是說：買齊旅行需要的用品。「今入用(いまにゅうよう)ですから、すぐ届(とど)けてください」這句是說：現在正等著用，請馬上送過來。

「ㄋㄧ」+「ㄡ」的結合音。同樣唸[**nyo**]音的片假名➜[ニョ]請見P.205

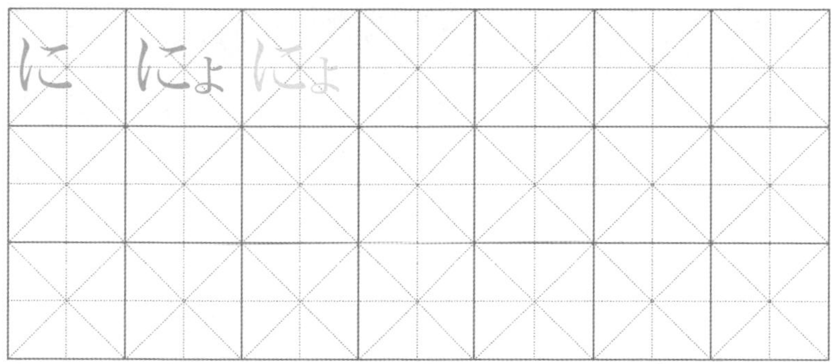

※以「に」的筆順先寫好「に」，接著在「に」的右下方以「よ」的筆順先寫下「ょ」。

單語唸一唸 先聽聽**CD**或掃左邊的**QR**碼，再自己唸看看，最後自己寫一遍，邊寫邊唸，就能加強記憶。

1 にょい[1] ㄋㄧㄡ ㄧ ➜ にょい nyo i ➜ にょい nyo i ………… **如意**

2 てんにょ[1] ㄊㄟ ㄣ ㄋㄧㄡ ➜ てんにょ te n nyo ………………………… **天仙**

3 にょうぼう[1] ㄋㄧㄡ — ㄅㄡ — ➜ にょうぼう nyo — bo — ………………… **老婆**

一日一句

俺(おれ)は女房(にょうぼう)以外(いがい)の女(おんな)と付(つ)き合(あ)ったことがないです。

我不曾和老婆以外的女人交往過。

o re wa nyo — bo — i ga i no o n na to tsu ki a • ta ko to ga na i de su

漢字嘛也通 めんせつ[0] 【me n se tsu】

【面接】 這個漢字是會面、接見的意思。特別是用在入學考試、企業員工甄試【面接試驗(めんせつしけん)】是口試。

042

羅馬讀音 hya

ひゃ

ㄅㄆㄇ讀音 ㄏㄚ

「ㄏ」+「ㄚ」的結合音。同樣唸[hya]音的片假名➜[ヒャ]請見P.206

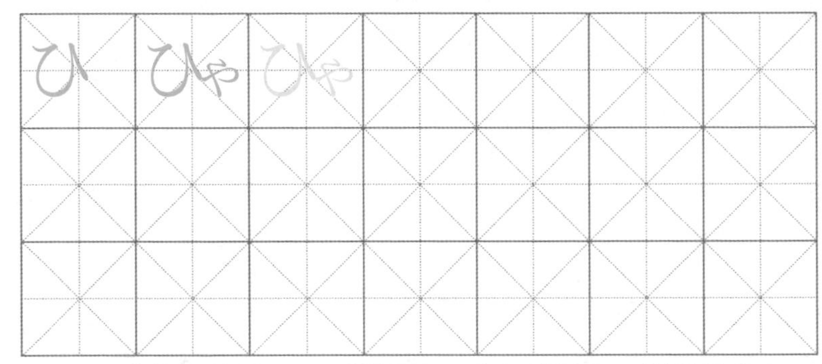

※以「ひ」的筆順先寫好「ひ」，接著在「ひ」的右下方以「ゃ」的筆順先寫下「ゃ」。

單語唸一唸 先聽聽CD或掃左邊的QR碼，再自己唸看看，最後自己寫一遍，邊寫邊唸，就能加強記憶。

1. ひゃく[2]（ㄏㄚ ㄎㄨ）➜ ひゃく（hya ku）➜ ひゃく（hya ku）………… 一百
2. ひゃっか[1]（ㄏㄚ・ㄎㄚ）➜ ひゃっか（hya・ka）………… 百科
3. ひゃっかてん[3]（ㄏㄚ・ㄎㄚ ㄊㄟ ㄣ）➜ ひゃっかてん（hya・ka te n）………… 百貨公司

一日一句

財布(さいふ)には百円(ひゃくえん)しかありません。

皮包裡只有100元。

sa i fu ni wa hya ku e n shi ka a ri ma se n

漢字嘛也通 へんじ[3]【he n ji】

【返事】 這個漢字是回答、回應、回覆的意思。「いくら呼(よ)んでも返事(へんじ)がない」是指怎麼叫也沒有人應答。

羅馬讀音 hyu

ㄅㄆㄇ讀音 ㄏㄨ

「ㄏ」+「ㄡ」的結合音。同樣唸[hyu]音的片假名➜[ヒュ]請見P.207

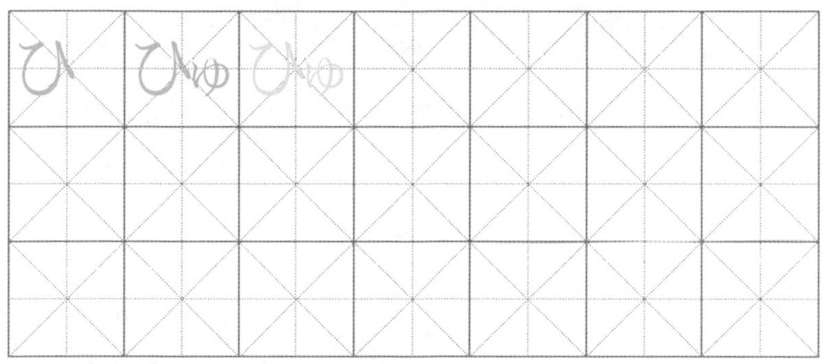

※以「ひ」的筆順先寫好「ひ」，接著在「ひ」的右下方以「ゅ」的筆順先寫下「ゅ」。

單語唸一唸 先聽聽CD或掃左邊的QR碼，再自己唸看看，最後自己寫一遍，邊寫邊唸，就能加強記憶。

1 ひゅうひゅう⓪ ㄏㄨ — ㄏㄨ — ➜ ひゅうひゅう hyu — hyu — …… 咻咻的（風吹的聲音）

2 ひゅうがし③ ㄏㄨ — ㄍㄚ ㄒㄧ ➜ ひゅうがし hyu — ga shi …… 日向市（日本地名）

3 ひゅうがみずき④ ㄏㄨ — ㄍㄚ ㄇㄧ ㄗㄨ ㄎㄧ ➜ ひゅうがみずき hyu — ga mi zu ki …… 小葉瑞木（花名）

一日一句

北風（きたかぜ）がひゅうひゅうと吹（ふ）いています。

北風咻咻地吹著。

ki ta ka ze ga hyu — hyu — to fu i te i ma su

漢字嘛也通

へんぴん⓪ 【he n pi n】

【返品】這個漢字是指退貨。「雑誌（ざっし）の返品（へんぴん）が多い」是說雜誌的退貨很多。「どうやって返品（へんぴん）したらいいのか分（わ）かりません」這句是說：不知道怎麼辦退貨。【返金（へんきん）】是指退款、退費。

043

「ㄏ」+「ㄡ」的結合音。同樣唸[**hyo**]音的片假名➜[ヒョ]請見P.208

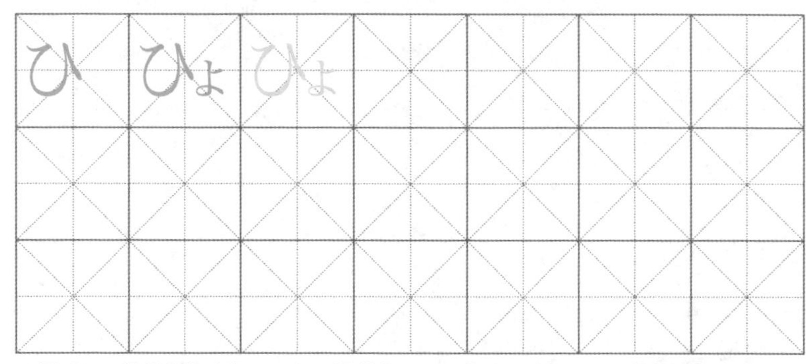

※以「ひ」的筆順先寫好「ひ」，接著在「ひ」的右下方以「よ」的筆順先寫下「よ」。

單語唸一唸 先聽聽**CD**或掃左邊的**QR**碼，再自己唸看看，最後自己寫一遍，邊寫邊唸，就能加強記憶。

1 ひょうし③ ㄏㄡ — ㄒㄧ ➜ ひょうし hyo — shi ………… **表皮、封面**

2 ひょうじょう③ ㄏㄡ — ㄐㄡ — ➜ ひょうじょう hyo — jo — ………… **表情**

3 ひょっとして⓪ ㄏㄡ • ㄊㄡ ㄒㄧ ㄊㄟ ➜ ひょっとして hyo • to shi te ………… **萬一**

一日一句

ひょっとして落(お)としでもしたらどうしよう？

萬一弄丟了可怎麼辦啊？

hyo • to shi te o to shi de mo shi ta ra do — shi yo —

漢字嘛也通 ひょうばん⓪ 【hyo — ba n】

【評判】

這個漢字是指評價、名聲。【評判(ひょうばん)がいい】是指風評很好；【評判(ひょうばん)になる】是指出名了；【評判(ひょうばん)を落(お)とす】是指名聲下滑。

「ㄇ」+「ㄚ」的結合音。同樣唸[myu]音的片假名➜[ミャ]請見P.209

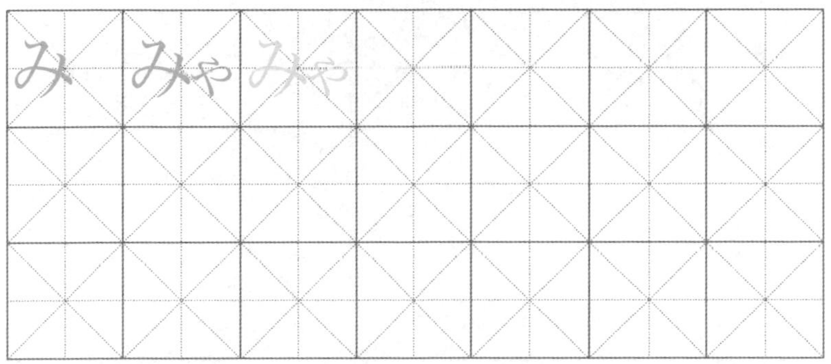

※以「み」的筆順先寫好「み」，接著在「み」的右下方以「ゃ」的筆順先寫下「ゃ」。

單語唸一唸 先聽聽**CD**或掃左邊的**QR**碼，再自己唸看看，最後自己寫一遍，邊寫邊唸，就能加強記憶。

1 みゃく② ㄇㄚ ㄎㄨ ➜ みゃく mya ku ➜ みゃく mya ku ………… 脈搏

2 みゃくしん⓪ ㄇㄚ ㄎㄨ ㄒㄧ ㄣ ➜ みゃくしん mya ku shi n ………………… 把脈

3 さんみゃく⓪ ㄙㄚ ㄣ ㄇㄚ ㄎㄨ ➜ さんみゃく sa n mya ku ………………… 山脈

一日一句 まだ脈（みゃく）があります。 還有一絲希望。
ma da mya ku ga a ri ma su

漢字嘛也通 はんたい⓪ 【ha n ta i】

【反対】 這個漢字是指相反、相對及反對的意思。【反対（はんたい）の手（て）】意思是說：另外一隻手。「反対（はんたい）の方向（ほうこう）に行（い）く」於句是說：朝反方向走去。「その説（せつ）には反対（はんたい）する」這句是指反對那個主張。

044

みゅ

羅馬讀音 myu　ㄅㄆㄇ讀音 ㄇㄧㄡ

「ㄇㄧ」+「ㄧㄡ」的結合音。同樣唸[myu]音的片假名➜[ミュ]請見P.210

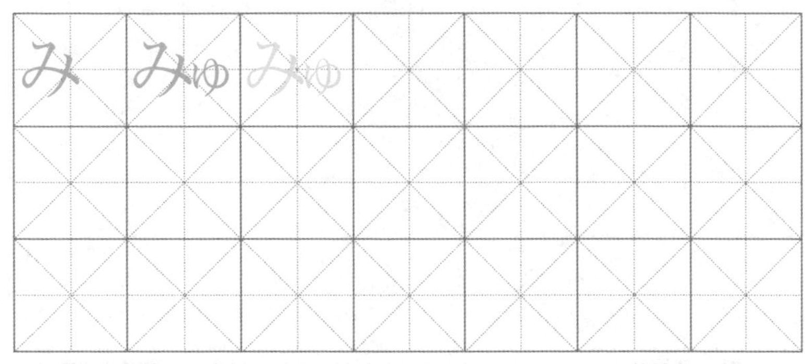

※以「み」的筆順先寫好「み」，接著在「み」的右下方以「ゅ」的筆順先寫下「ゅ」。

單語唸一唸

先聽聽CD或掃左邊的QR碼，再自己唸看看，最後自己寫一遍，邊寫邊唸，就能加強記憶。

1 みゅうじ⓪ ㄇㄧㄡ — ㄐㄧ ➜ みゅうじ myu — ji ………… 美勇士（人名）

2 おおまみゅうだ⓪ ㄡ — ㄇㄚ ㄇㄧㄡ — ㄉㄚ ➜ おおまみゅうだ o — mamyu — da …… 大豆生田（人名）

一日一句

この地図（ちず）でここはどう行（い）けばいいですか？

請問地圖上的這個地方要怎麼去？

ko no chi zu de ko ko wa do — i ke ba i i de su ka

漢字嘛也通

ほうがく⓪ 【ho — ga ku】

【方角】 這個漢字指方向、方位的意思。「方角（ほうがく）が分（わ）からなくなりました」這句是說迷失了方向，不知東南西北。「駅（えき）の方角（ほうがく）に向（む）かって歩（ある）き出（だ）す」是指朝著車站的方向走去。

「ㄇ」+「ㄡ」的結合音。同樣唸[**myo**]音的片假名➔[ミョ]請見P.211

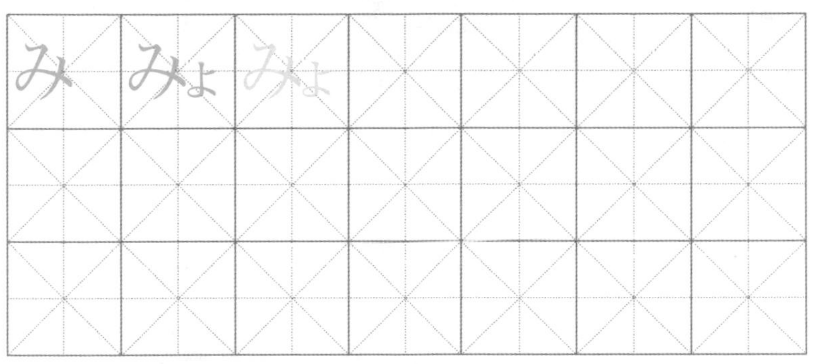

※以「み」的筆順先寫好「み」，接著在「み」的右下方以「よ」的筆順先寫下「よ」。

單語唸一唸 先聽聽**CD**或掃左邊的**QR**碼，再自己唸看看，最後自己寫一遍，邊寫邊唸，就能加強記憶。

1 みょう[1] (ㄇㄡ —) ➔ みょう (myo —) ➔ みょう (myo —) ………… 奇妙

2 みょうり[1] (ㄇㄡ — ㄌㄧ) ➔ みょうり (myo — ri) ………… 名利

3 ぜつみょう[0] (ㄗㄟ ㄗ ㄇㄡ —) ➔ ぜつみょう (ze tsu myo —) ………… 絕妙

一日一句

母（はは）のことが妙（みょう）に気（き）にかかります。

分外地掛念起母親來了。

ha ha no ko to ga myo— ni ki ni ka ka ri ma su

漢字嘛也通

ほんば[0] 【ho n ba】

【本場】 這個漢字是指眞正產地、主要產地、發源地的意思。【りんごの本場（ほんば）】是指蘋果的主要產地。「彼（かれ）の英語（えいご）は本場（ほんば）で習（なら）ったのです」這句是說他的英語是在英國學的。

045

「ㄌㄧ」+「ㄧㄚ」的結合音。同樣唸[rya]音的片假名➔[リャ]請見P.212

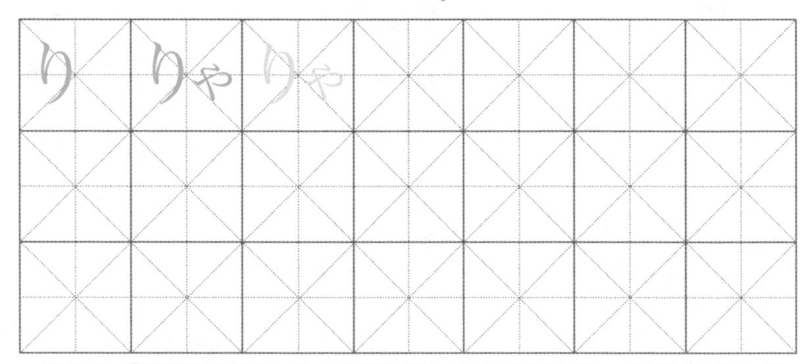

※以「り」的筆順先寫好「り」，接著在「り」的右下方以「や」的筆順先寫下「や」。

單語唸一唸 先聽聽CD或掃左邊的QR碼，再自己唸看看，最後自己寫一遍，邊寫邊唸，就能加強記憶。

1 りゃく[2] ㄌㄧㄚ ㄎㄨ ➔ りゃく rya ku ➔ りゃく rya ku ………… 省略

2 がいりゃく[0] ㄍㄚ ㄧ ㄌㄧㄚ ㄎㄨ ➔ がいりゃく ga i rya ku ………………… 概略

3 せんりゃく[0] ㄙㄝ ㄣ ㄌㄧㄚ ㄎㄨ ➔ せんりゃく se n rya ku ………………… 戰略

一日一句 もう沢山(たくさん)選(えら)んだ、全部(ぜんぶ)でいくらですか？

已經選了很多，那這些全部要多少錢？

mo — ta ku sa n e ra n da , ze n bu de i ku ra de su ka

漢字嘛也通 たくさん[3] 【ta ku sa n】

【沢山】這個漢字是指許多、很多的意思。【沢山(たくさん)の用事(ようじ)がある】是指有好多事。【時間(じかん)が沢山(たくさん)ある】是指還有很多的時間。

「ㄌㄧ」+「ㄡ」的結合音。同樣唸[ryu]音的片假名➜[リュ]請見P.213

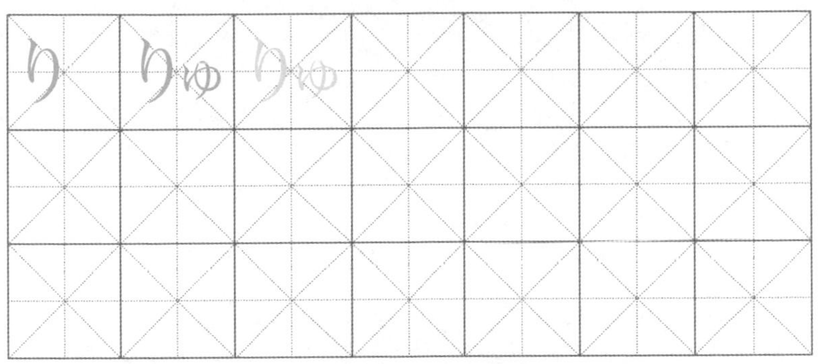

※以「り」的筆順先寫好「り」，接著在「り」的右下方以「ゆ」的筆順先寫下「ゆ」。

單語唸一唸 先聽聽**CD**或掃左邊的**QR**碼，再自己唸看看，最後自己寫一遍，邊寫邊唸，就能加強記憶。

1 りゅうがん⓪ ㄌㄧㄡ — ㄍㄚ ㄣ ➜ りゅうがん ryu — ga n ……………… 龍眼

2 りゅうがく⓪ ㄌㄧㄡ — ㄍㄚ ㄎㄨ ➜ りゅうがく ryu — ga ku ……………… 留學

3 りゅうこう⓪ ㄌㄧㄡ — ㄎㄡ — ➜ りゅうこう ryu — ko — ……………… 流行

一日一句

今年(ことし)ミニスカートが流行(りゅうこう)しています。

今年流行迷你裙。

ko to shi mi ni su ka — to ga ryu — ko shi te i ma su

漢字嘛也通 きりょう① 【ki ryo —】

【器量】

這個漢字是指才幹、姿色、容貌的意思。【器量(きりょう)がある】是指有才能（或姿色）的人。【器量(きりょう)がよい】是指長得漂亮；【器量人(きりょうじん)】是指有才能（或姿色）的人。

046

羅馬讀音 ryo

りょ

ㄅㄆㄇ讀音 ㄌㄧㄡ

「ㄌㄧ」+「ㄡ」的結合音。同樣唸[ryo]音的片假名➜[リョ]請見P.214

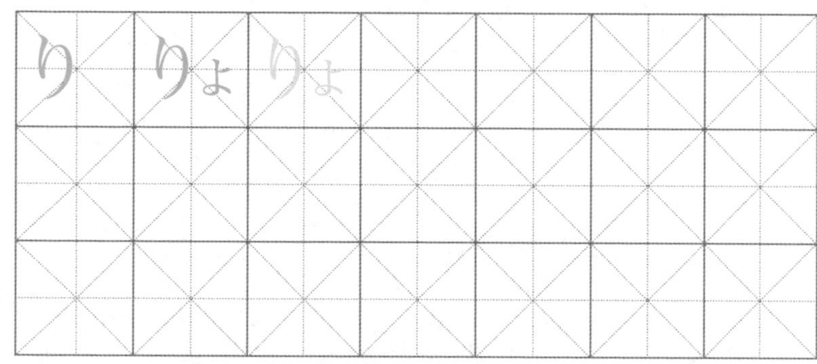

※以「り」的筆順先寫好「り」，接著在「り」的右下方以「よ」的筆順先寫下「よ」。

單語唸一唸 先聽聽CD或掃左邊的QR碼，再自己唸看看，最後自己寫一遍，邊寫邊唸，就能加強記憶。

1 りょうてい⓪ ㄌㄧㄡ — ㄊㄟ — ➜ りょうてい ryo — te — …… 飯館

2 りょけん⓪ ㄌㄧㄡ ㄎㄟ ㄣ ➜ りょけん ryo ke n …… 護照

3 りょうがえ⓪ ㄌㄧㄡ — ㄍㄚ せ ➜ りょうがえ ryo — ga e …… 兌換幣別

一日一句

ここで両替（りょうがえ）できますか？

請問這裡可以兌換幣別嗎？

ko ko de ryo — ga e de ki ma su ka

漢字嘛也通 りょうり① 【ryo — ri】

【料理】 這個漢字是指烹飪、做菜。「母（はは）は料理（りょうり）が上手（じょうず）です」是說我媽媽很會做菜。【フランス風（ふう）の料理（りょうり）】是指法國菜。【料理人（りょうりにん）】是指廚師。

「ㄍㄧ」+「ㄧㄚ」的結合音。同樣唸[gya]音的片假名➔[ギャ]請見P.215

※以「ぎ」的筆順先寫好「ぎ」，接著在「ぎ」的右下方以「ゃ」的筆順先寫下「ゃ」。

單語唸一唸 先聽聽CD或掃左邊的QR碼，再自己唸看看，最後自己寫一遍，邊寫邊唸，就能加強記憶。

1 ぎゃくうん⓪ ㄍㄧㄚ ㄎㄨ ㄨ ㄣ ➔ ぎゃくうん gya ku u n ………… 厄運

2 ぎゃくてん⓪ ㄍㄧㄚ ㄎㄨ ㄊㄝ ㄣ ➔ ぎゃくてん gya ku te n ………… 逆轉

3 ぎゃくじょう⓪ ㄍㄧㄚ ㄎㄨ ㄐㄧㄡ — ➔ ぎゃくじょう gya ku jo — ………… 頭暈

一日一句 手数料（てすうりょう）はいくらですか？ 手續費是多少呢？
te su — ryo — wa i ku ra de su ka

漢字嘛也通 てすう② 【te su —】

【手数】這個漢字是指手續、麻煩的意思。【手数料（てすうりょう）】這是指手續費。「お手数（てすう）をかけてすみません」這句是說：麻煩您真是對不起！

あ行 か行 さ行 た行 な行 は行 ま行 や行 ら行 わ行 其他

047

羅馬讀音 gyu

ぎゅ

ㄅㄆㄇ讀音 ㄍㄧㄨ

「ㄍㄧ」＋「ㄡ」的結合音。同樣唸[gyu]音的片假名➜[ギュ]請見P.216

※以「ぎ」的筆順先寫好「ぎ」，接著在「ぎ」的右下方以「ゆ」的筆順先寫下「ゆ」。

單語唸一唸 先聽聽CD或掃左邊的QR碼，再自己唸看看，最後自己寫一遍，邊寫邊唸，就能加強記憶。

1 すいぎゅう⓪ ㄙㄨ ㄧ ㄍㄧㄨ — ➜ すいぎゅう su i gyu — ………… 水牛

2 ぎゅうどん⓪ ㄍㄧㄨ — ㄉㄡ ㄣ ➜ ぎゅうどん gyu — do n ………… 牛丼

3 ぎゅうにく⓪ ㄍㄧㄨ — ㄋㄧ ㄎㄨ ➜ ぎゅうにく gyu — ni ku ………… 牛肉

一日一句

牛丼定食(ぎゅうどんていしょく)って何(なん)ですか？

「牛丼定食」是什麼呢？

gyu — do n te i sho ku • te na n de su ka

漢字嘛也通

りょうしゅうしょ⓪ 【ryo — shu — sho】

【領收書】 這個漢字是指收據的意思。「領収書(りょうしゅうしょ)をもらえますか」這句是說：可以給我收據嗎；「領収書(りょうしゅうしょ)はまだもらっていません」這句是說：我還沒有拿到收據。

「ㄍ」+「ㄡ」的結合音。同樣唸[gyo]音的片假名➔[ギュ]請見P.217

※以「ぎ」的筆順先寫好「ぎ」，接著在「ぎ」的右下方以「よ」的筆順先寫下「よ」。

單語唸一唸 先聽聽CD或掃左邊的QR碼，再自己唸看看，最後自己寫一遍，邊寫邊唸，就能加強記憶。

1. しょうぎょう①（ㄒㄡ — ㄍㄡ —）➔ しょうぎょう sho — gyo — ……… 商業
2. ぎょうぎ⓪（ㄍㄡ — ㄍㄧ）➔ ぎょうぎ gyo — gi ……… 禮貌
3. えいぎょう⓪（せ — ㄍㄡ —）➔ えいぎょう e — gyo — ……… 營業

一日一句

お店(みせ)は何時(なんじ)まで営業(えいぎょう)していますか？

請問你們營業到幾點？

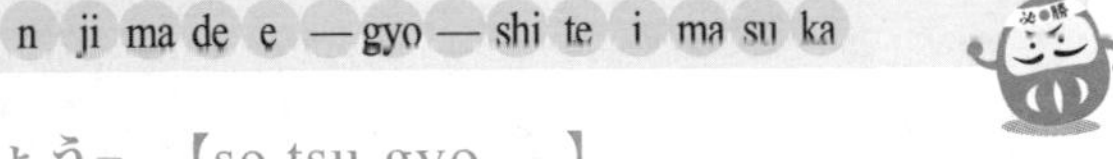

漢字嘛也通 そつぎょう⓪ 【so tsu gyo —】

【卒業】 這個漢字是指畢業的意思。【卒業式(そつぎょうしき)】是指畢業典禮。【卒業証書(そつぎょうしょうしょ)】是指畢業證書。「大学(だいがく)を卒業(そつぎょう)したばかりです」這句是說：剛剛大學畢業。

048

「ㄐㄧ」+「ㄧㄚ」的結合音。同樣唸[ja]音的片假名➜[ジャ]請見P.218

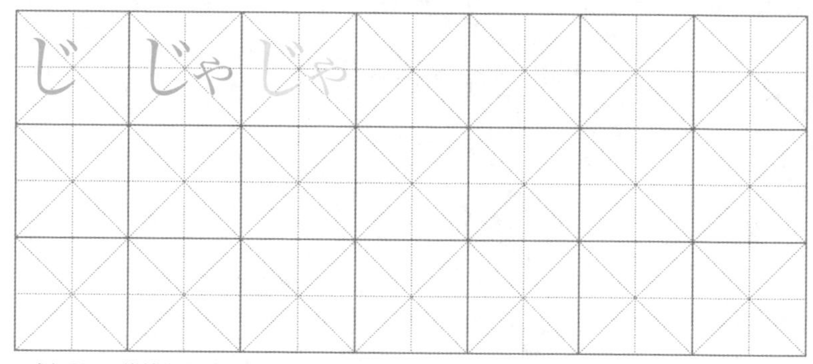

※以「じ」的筆順先寫好「じ」，接著在「じ」的右下方以「や」的筆順先寫下「や」。

單語唸一唸 先聽聽CD或掃左邊的QR碼，再自己唸看看，最後自己寫一遍，邊寫邊唸，就能加強記憶。

1. じゃぐち⓪ ㄐㄧㄚ ㄍㄨ ㄐㄧ ➜ じゃぐち ja gu chi ………… 水龍頭
2. じんじゃ① ㄐㄧ ㄣ ㄐㄧㄚ ➜ じんじゃ ji n ja ………… 神社
3. じゃくてん③ ㄐㄧㄚ ㄎㄨ ㄊㄟ ㄣ ➜ じゃくてん ja ku te n ………… 弱點

一日一句

バスルームの蛇口(じゃぐち)が壊(こわ)れたみたいですが。

浴室的水龍頭好像壞了。

ba su ru — mu no ja gu chi ga ko wa re ta mi ta i de su ga

漢字嘛也通 じゃま⓪ 【ja ma】

【邪魔】 這個漢字是打擾、防礙的意思。【仕事(しごと)を邪魔(じゃま)する】是指防礙工作的意思；「お邪魔(じゃま)します」這句是說：打擾了（通常用於在進入人家家裡時）。【邪魔者(じゃまもの)】是指累贅、眼中釘。

あ行 か行 さ行 た行 な行 は行 ま行 や行 ら行 わ行 其他

「ㄐ」＋「ㄡ」的結合音。同樣唸[ju]音的片假名→[ジュ]請見P.219

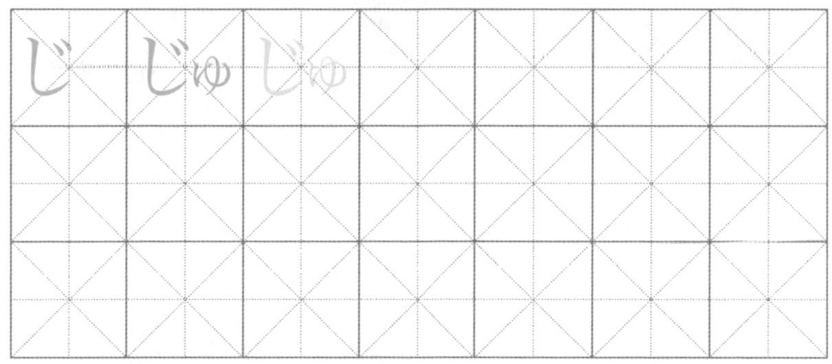

※以「じ」的筆順先寫好「じ」，接著在「じ」的右下方以「ゆ」的筆順先寫下「ゆ」。

單語唸一唸 先聽聽CD或掃左邊的QR碼，再自己唸看看，最後自己寫一遍，邊寫邊唸，就能加強記憶。

1 じゅうしょ[1] ㄐㄨ — ㄒㄡ → じゅうしょ ju — sho ………… 住址

2 しんじゅ[0] ㄒㄧ ㄣ ㄐㄨ → しんじゅ shi n ju ………… 珍珠

3 じゅうよう[0] ㄐㄨ —ㄧㄡ— → じゅうよう ju —yo— ………… 重要

一日一句

この真珠(しんじゅ)のネックレスをプレゼント用(よう)に包(つつ)んで下(くだ)さい。

請將這條珍珠項鍊包成禮物。

ko no shi n ju no ne • ku re su wo pu re ze n to yo u ni tsu tsu n de ku da sa i

漢字嘛也通 じゅうたい[0] 【ju — ta i】

【渋滞】這個漢字是指遲滯、阻塞意思。【交通渋滞(こうつうじゅうたい)】是指塞車。「事務(じむ)が渋滞(じゅうたい)する」這句是說：工作遲滯不前。

羅馬讀音 jo

じょ

ㄅㄆㄇ讀音 ㄐㄡ

「ㄐ」+「ㄡ」的結合音。同樣唸[jo]音的片假名➔[ジョ]請見P.220

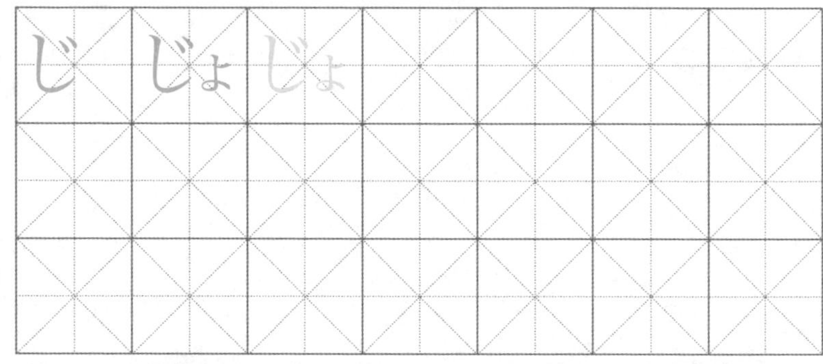

※以「じ」的筆順先寫好「じ」，接著在「じ」的右下方以「よ」的筆順先寫下「よ」。

單語唸一唸 先聽聽CD或掃左邊的QR碼，再自己唸看看，最後自己寫一遍，邊寫邊唸，就能加強記憶。

1. かんじょう③ ㄎㄚ ㄣ ㄐㄡ — ➔ かんじょう ka n jo — ………… 帳單
2. じょうだん③ ㄐㄡ — ㄉㄚ ㄣ ➔ じょうだん jo — da n ………… 開玩笑
3. きんじょ① ㄎㄧ ㄣ ㄐㄡ ➔ きんじょ ki n jo ………… 附近

一日一句 お勘定(かんじょう)をお願(ねが)いします？ 請算一下多少錢？
o ka n jo — wo o ne ga i shi ma su

漢字嘛也通 じょうぶ⓪ 【jo — bu】

【丈夫】 這個漢字是指強壯、結實、穩固的意思。「体(からだ)が丈夫(じょうぶ)です」是指身體強壯；【大丈夫(だいじょうぶ)】是指：不要緊、靠得住的意思。「大丈夫(だいじょうぶ)、うまく行(い)くよ」這句是說：「不要緊，一定行的。」

「ㄅㄧ」+「ㄧㄚ」的結合音。同樣唸[bya]音的片假名➜[ビャ]請見P.221

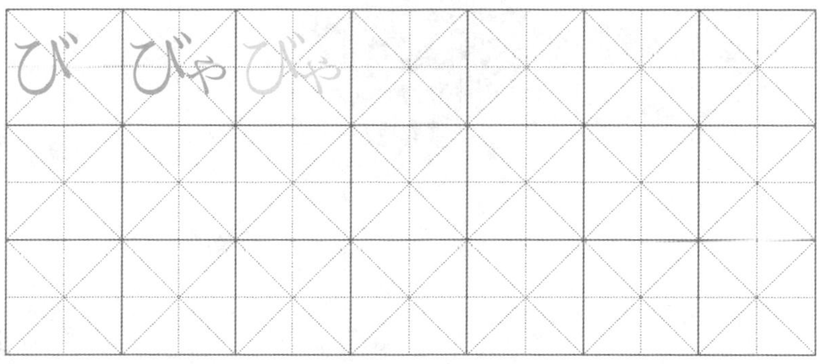

※以「び」的筆順先寫好「び」，接著在「び」的右下方以「や」的筆順先寫下「や」。

單語唸一唸 先聽聽CD或掃左邊的QR碼，再自己唸看看，最後自己寫一遍，邊寫邊唸，就能加強記憶。

1 こくびゃく⓪ ㄎㄡ ㄎㄨ ㄅㄧㄚ ㄎㄨ ➜ こくびゃく ko ku bya ku ……………… 黑白

2 びゃくし① ㄅㄧㄚ ㄎㄨ ㄒㄧ ➜ びゃくし bya ku shi ……………… 白芷

3 びゃくえ① ㄅㄧㄚ ㄎㄨ せ ➜ びゃくえ bya ku e ……………… 白衣

一日一句

気(き)にしないで、大丈夫(だいじょうぶ)ですから。

別介意，不要緊的。

ki ni shi na i de , da i jo — bu de su ka ra

漢字嘛也通 しかた⓪ 【shi ka ta】

【仕方】 這個漢字是指做法、方法、辦法的意思。【仕方(しかた)がない】是指沒辦法。「後悔(こうかい)しても仕方(しかた)がない」是指後悔也沒有用。「眠(ねむ)くて仕方(しかた)がない」這句是說：睏得要命。

050

「ㄅ」+「ㄡ」的結合音。同樣唸[byu]音的片假名➜[ビュ]請見P.222

※以「び」的筆順先寫好「び」，接著在「び」的右下方以「ゅ」的筆順先寫下「ゅ」。

單語唸一唸 先聽聽CD或掃左邊的QR碼，再自己唸看看，最後自己寫一遍，邊寫邊唸，就能加強記憶。

1 びゅうけん⓪ ㄅㄨ—ㄎㄟㄣ ➜ びゅうけん byu—ke n ………… 錯誤見解

2 びゅうでん⓪ ㄅㄨ—ㄉㄟㄣ ➜ びゅうでん byu—de n ………… 誤傳

3 びゅうろん⓪ ㄅㄨ—ㄌㄡㄣ ➜ びゅうろん byu—ro n ………… 謬論

一日一句 この料理(りょうり)は注文(ちゅうもん)したものと違(ちが)います。
這不是我點的料理。
ko no ryo — ri wa chu — mo n shi ta mo no to chi ga i ma su

漢字嘛也通 ちゅうもん⓪ 【chu — mo n】

【注文】這個漢字是叫、訂做、訂購的意思。【料理(りょうり)を注文(ちゅうもん)する】是指點菜。【注文(ちゅうもん)して作(つく)った洋服(ようふく)】是指訂做的西裝。

「ㄅ」+「ㄡ」的結合音。同樣唸[byo]音的片假名→[ビョ]請見P.223

※以「び」的筆順先寫好「び」，接著在「び」的右下方以「よ」的筆順先寫下「よ」。

單語唸一唸 先聽聽CD或掃左邊的QR碼，再自己唸看看，最後自己寫一遍，邊寫邊唸，就能加強記憶。

1. びょういん[0] ㄅㄡ — ㄧ ㄣ → びょういん byo — i n .... 醫院
2. びょうき[0] ㄅㄡ — ㄎㄧ → びょうき byo — ki .... 生病
3. いびょう[0] ㄧ ㄅㄡ — → いびょう i byo — .... 胃病

一日一句

喉(のど)が痒(かゆ)いし食欲(しょくよく)もないし、病気(びょうき)になりそうです。

喉嚨癢、沒食欲，好像是生病了。

no do ga ka yu i shi sho ku yo ku mo na i shi , byo — ki ni na ri so — de su

漢字嘛也通

【中途半端】

ちゅうとはんぱ[4]【chu — to ha n pa】

這個漢字是指半途而廢的意思。【中途半端(ちゅうとはんぱ)な仕事(しごと)】是指半途而廢的工作；【中途半端(ちゅうとはんぱ)なやりかた】是指做法不夠徹底。【中途半端(ちゅうとはんぱ)な人間(にんげん)】是指做事半吊子的人。

051

「ㄆㄧ」+「ㄚ」的結合音。同樣唸[**pya**]音的片假名➜[ピャ]請見P.224

※以「ぴ」的筆順先寫好「ぴ」，接著在「ぴ」的右下方以「や」的筆順先寫下「や」。

單語唸一唸 先聽聽CD或掃左邊的QR碼，再自己唸看看，最後自己寫一遍，邊寫邊唸，就能加強記憶。

1. はっぴゃく4（ㄏㄚ・ㄆㄧㄚ ㄎㄨ）➜ はっぴゃく ha • pya ku ………… 八百
2. ろっぴゃく4（ㄌㄡ・ㄆㄧㄚ ㄎㄨ）➜ ろっぴゃく ro • pya ku ………… 六百
3. うそはっぴゃく1（ㄨ ㄙㄡ ㄏㄚ・ㄆㄧㄚ ㄎㄨ）➜ うそはっぴゃく u so ha • pya ku …… 滿是謊話

一日一句

この近(ちか)くにコインロッカーがありますか？

請問這附近有投幣式的置物櫃嗎？

ko no chi ka ku ni ko i n ro • ka — ga a ri ma su ka

漢字嘛也通 にんげん0 【ni n ge n】

【人間】 這個漢字是指人類、人類的的意思。【人間嫌い(にんげんぎらい)】是指不擅交際的。【人間(にんげん)ドック】是健康檢查的意思；「人間(にんげん)ドックに入(はい)る」是指去做全身健康檢查。

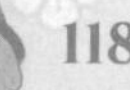

「ㄆㄧ」+「ㄧㄡ」的結合音。同樣唸[**pyu**]音的片假名➜[ピュ]請見P.225

※以「ぴ」的筆順先寫好「ぴ」，接著在「ぴ」的右下方以「ゆ」的筆順先寫下「ゆ」。

單語唸一唸 先聽聽**CD**或掃左邊的**QR**碼，再自己唸看看，最後自己寫一遍，邊寫邊唸，就能加強記憶。

1 ぴゅう[1]（ㄆㄧㄨ —）➜ ぴゅう（pyu —）➜ ぴゅう（pyu —）………… **風吹的聲音**

2 ぴゅうぴゅう[1]（ㄆㄧㄨ — ㄆㄧㄨ —）➜ ぴゅうぴゅう（pyu — pyu —）………… **強風吹的聲音**

一日一句

ステーキの焼き加減はレアですか、ミディアムですか？

牛排的熟度是要五分熟還是七分熟的呢？

su te — ki no ya ki ka ge n wa re a de su ka ，mi di a mu de su ka

漢字嘛也通

かげん[0]【ka ge n】

【加減】

這個漢字是指調整、斟酌、程度等的意思。「彼女の言うことは加減して聞かないといけない」這句是說她說的話不可以盡信；【湯の加減】是指熱水的冷熱程度。【焼き加減】是指烹調的熟度。

052

「ㄆㄧ」+「ㄡ」的結合音。同樣唸[pyo]音的片假名➜[ピョ]請見P.226

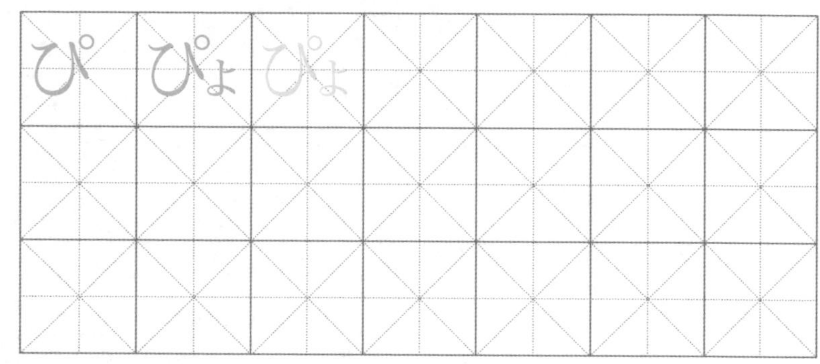

※以「ぴ」的筆順先寫好「ぴ」，接著在「ぴ」的右下方以「よ」的筆順先寫下「よ」。

單語唸一唸 先聽聽CD或掃左邊的QR碼，再自己唸看看，最後自己寫一遍，邊寫邊唸，就能加強記憶。

1 ぴょんと[1] ㄆㄧㄡ ㄣ ㄊㄡ ➜ ぴょんと pyo n to ………… 跳躍貌

2 はっぴょう[0] ㄏㄚ・ㄆㄧㄡ — ➜ はっぴょう ha・pyo — ………… 發表

3 でんぴょう[0] ㄉㄟ ㄣ ㄆㄧㄡ — ➜ でんぴょう de n pyo — ………… 傳票

一日一句 ステーキをウェルダンにして下(くだ)さい。
牛排我要全熟的。
su te — ki wo we ru da n ni shi te ku da sa i

漢字嘛也通

わりかん[0] 【wa ri ka n】

【割り勘】這個漢字是指分擔費用、大家均攤的意思。【費用(ひよう)は割(わ)り勘(かん)にする】是指費用平均分攤。「割(わ)り勘(かん)にしましょうね」這句是說：我們各付各的吧。

あ行 か行 さ行 た行 な行 は行 ま行 や行 ら行 わ行 其他

memo

Part 2 片假名

日本在古代並沒有文字，直到和中國有文化交流之後，才引進中國的漢字做爲書寫的工具。後來因爲漢字筆劃繁複書寫不便，爲了因應實際需要，才又利用漢字草書簡化成「平假名」，另外又利用漢字的偏旁造出「片假名」。家永三郎教授在所著《日本文化史》中指出：「片假名、平假名是將漢字簡化而成的。這是自八世紀起，歷經數百年之久，人們爲了實際上的便利逐漸將漢字簡化，並加以固定下來的結果。」

片假名（かたがな，katagana）是日語中表音符號的一種。片假名則用以標示外來語、外國地名、外國人名、擬聲語、擬態語或需要特別強調的語彙。

清音

清音原有五十音，但由於「ヤ行」イ段的【yi】被「イ」取代、エ段的【ye】被「エ」取代；「ワ行」う段的「う」是重覆的，另外「ヰ【wi】」「ヱ【we】」二字在現代日語也不使用了，目前已經廢止使用。因此，加上鼻音「ン」，如今實際使用的只有四十六音，通稱為五十音。

053

字源「阿」阿字的偏旁　同様唸[a]音的平假名→[あ]請見P.018

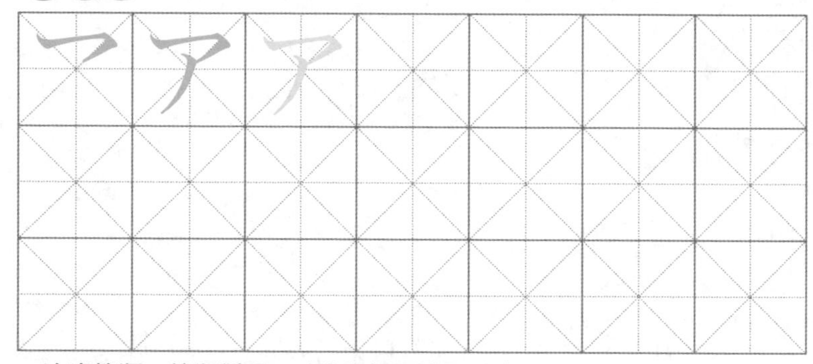

※注意筆順，筆順對了，才會寫得正確又漂亮。

單語唸一唸　先聽聽CD或掃左邊的QR碼，再自己唸看看，最後自己寫一遍，邊寫邊唸，就能加強記憶。

1 アイ① ㄚㄧ → アイ a i → アイ a i ………… 眼睛

2 アイロン⓪ ㄚㄧㄌㄡˊㄣ → アイロン a i ro n ………… 熨斗

3 アメリカ⓪ ㄚㄇㄟˋㄌㄧˊㄎㄚ → アメリカ a me ri ka ………… 美國

一日一句　今、アメリカの天気（てんき）はどうですか？
現在美國那邊的天氣如何？
i ma , a me ri ka no te n ki wa do — de su ka

漢字嘛也通　あさって② 【a sa • te】

【明後日】是指後天的意思。【明後日（あさって）出発（しゅっぱつ）する】/後天出發。【紺屋（こんや）の明後日（あさって）】意思是指：再三拖延，一天延過一天。

イ

①②

羅馬讀音 i

ㄅㄆㄇ讀音 ㄧ

字源「伊」伊字的偏旁　同樣唸[i]音的平假名→[い]請見P.019

※注意筆順，筆順對了，才會寫得正確又漂亮。

單語唸一唸　先聽聽CD或掃左邊的QR碼，再自己唸看看，最後自己寫一遍，邊寫邊唸，就能加強記憶。

1 イルカ⓪ ㄧ ㄌㄨ ㄎㄚ → イルカ i ru ka .... 海豚

2 イラスト⓪ ㄧ ㄌㄚ ㄙㄨ ㄊㄡ → イラスト i ra su to .... 插圖

3 イヤリング① ㄧ ㄧㄚ ㄌㄧ ㄣ ㄍㄨ → イヤリング i ya ri n gu .... 耳環

一日一句　イヤリングをどこにおいたかしら？

耳環是放在哪裡了呢？

i ya ri n gu wo do ko ni o i ta ka shi ra

漢字嘛也通　いなか⓪【i na ka】

【田舎】鄉下、農村的意思。【田舎くさい】是指土裡土氣的；「田舎育ち」意思是指在鄉下長大的；【田舎訛り】則是指（說話有）鄉下口音的腔調。

054

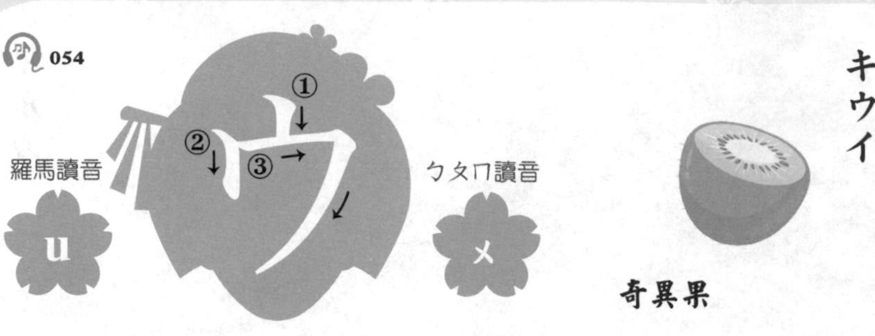

キウイ

奇異果

字源 「宇」字字的頂部　同樣唸[u]音的平假名→[う]請見P.020

※注意筆順，筆順對了，才會寫得正確又漂亮。

單語唸一唸 先聽聽CD或掃左邊的QR碼，再自己唸看看，最後自己寫一遍，邊寫邊唸，就能加強記憶。

1 キウイ① ㄎㄧ ㄨ ㄧ → キウイ ki u i …… 奇異果

2 ウエスト⓪ ㄨ ㄝ ㄙ ㄊㄛ → ウエスト u e su to …… 腰圍

3 ウイスキー① ㄨ ㄧ ㄙ ㄎㄧ — → ウイスキー u i su ki — …… 威士忌

一日一句

果物（くだもの）ではキウイが大好（だいす）きです。

水果中我最喜歡奇異果。

ku da mo no de wa ki u i ga da i su ki de su

漢字嘛也通　うわさ⓪　【u wa sa】

【噂】

傳說、風聲、流言的意思。【噂（うわさ）が立（た）っている】有風聲正在流傳著；【根（ね）も葉（は）もない噂（うわさ）」意思是指毫無根據的謠傳。日文中有句俗語「【噂（うわさ）すれば影（かげ）が差（さ）す】就是我們常說的：說曹操曹操到。

字源「江」江字的偏旁　同樣唸[e]音的平假名→[え]請見P.021

※注意筆順，筆順對了，才會寫得正確又漂亮。

單語唸一唸 先聽聽CD或掃左邊的QR碼，再自己唸看看，最後自己寫一遍，邊寫邊唸，就能加強記憶。

1 エアコン⓪ → エアコン
せ ㄚ ㄎㄡ ㄣ　e a ko n ……………… 冷氣

2 エレベーター③ → エレベーター
せ ㄌㄟ ㄅㄟ — ㄊㄚ —　e re be — ta — …… 電梯

3 エスカレーター④ → エスカレーター
せ ㄙㄨ ㄍㄚ ㄌㄟ — ㄊㄚ —　e su ka re — ta — …… 手扶梯

一日一句
この近(ちか)くにエレベーターがありますか？
請問這附近有電梯嗎？
ko no chi ka ku ni e re be — ta — ga a ri ma su ka

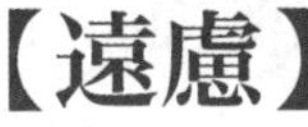

【遠慮】
えんりょ⓪　【e n ryo】
這個字是有客氣、謝絕的意思。有客人來時，要說別客氣請坐時就要說：「遠慮(えんりょ)しないで座(すわ)ってください」。我們常在日本的公車、地下鐵看到這句「車内(しゃない)での喫煙(きつえん)はご遠慮下(えんりょくだ)さい」意思是指：請勿在車內抽煙。

字源 「お」於字的偏旁　同樣唸[o]音的平假名→[お]請見P.022

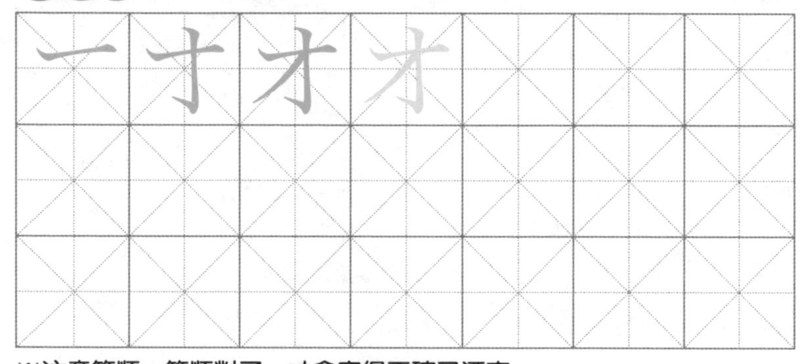

※注意筆順，筆順對了，才會寫得正確又漂亮。

單語唸一唸 先聽聽CD或掃左邊的QR碼，再自己唸看看，最後自己寫一遍，邊寫邊唸，就能加強記憶。

1 オイル[1] ㄡ 一 ㄌㄨ → オイル o i ru ………… 油

2 オーブン[1] ㄡ — ㄅㄨ ㄣ → オーブン o — bu n ………… 烤箱

3 オートバイ[3] ㄡ — ㄊㄡ ㄅㄚ 一 → オートバイ o — to ba i ………… 摩托車

一日一句
このオーブンはどう使（つか）いますか？
這個烤箱要怎麼使用呢？
ko no o — bu n wa do — tsu ka i ma su ka

漢字嘛也通
おせいぼ[0]　【o se i bo】
【お歳暮】這個字是年底、年終的意思。【お歳暮大売出し（せいぼおおうりだ）】就是我們常說的年終大拍賣。

ア行 カ行 サ行 タ行 ナ行 ハ行 マ行 ヤ行 ラ行 ワ行 其他

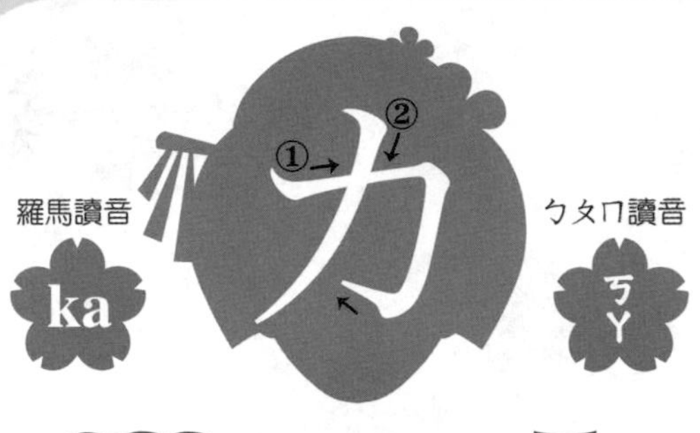

カード

卡片

字源 「加」加字的左半部 同樣唸[ka]音的平假名➜[か]請見P.023

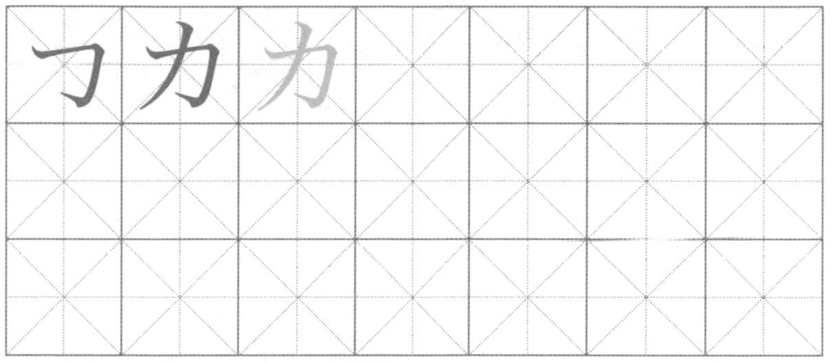

※注意筆順，筆順對了，才會寫得正確又漂亮。

單語唸一唸 先聽聽CD或掃左邊的QR碼，再自己唸看看，最後自己寫一遍，邊寫邊唸，就能加強記憶。

1 カード[1]（ㄎㄚ ― ㄉㄡ）➜ カード（ka ― do）…… 卡片

2 カメラ[1]（ㄎㄚ ㄇㄟ ㄌㄚ）➜ カメラ（ka me ra）…… 照相機

3 カクテル[1]（ㄎㄚ ㄎㄨ ㄊㄟ ㄌㄨ）➜ カクテル（ka ku te ru）…… 雞尾酒

一日一句

このカメラは値段(ねだん)が高(たか)いですが、買(か)いたいです。

這台照相機雖然很貴，但我想買。

ko no ka me ra wa ne da n ga ta ka i de su ga , ka i ta i de su

漢字嘛也通

【勝手】

かって[0]　【ka • te】

這個字的意思有：隨便、情況、方法、廚房等意思。【勝手(かって)仕事(しごと)をする】是指做廚房的工作。「この辺(へん)の勝手(かって)が，よく分(わ)からないです」這句是說這邊的狀況我不是很清楚；「行(い)くも行かぬも君(きみ)の勝手(かって)だ」這句是說要去不去隨你便。

ア行 カ行 サ行 タ行 ナ行 ハ行 マ行 ヤ行 ラ行 ワ行 其他

056

字源「幾」幾字的部分　同樣唸[ki]音的平假名➜[き]請見P.024

※注意筆順，筆順對了，才會寫得正確又漂亮。

單語唸一唸　先聽聽CD或掃左邊的QR碼，再自己唸看看，最後自己寫一遍，邊寫邊唸，就能加強記憶。

1 キス[1] ㄎㄧ ㄙㄨ ➜ キス ki su ➜ キス ki su ………… 接吻

2 キー[1] ㄎㄧ — ➜ キー ki — ➜ キー ki — ………… 鑰匙

3 キッチン[1] ㄎㄧ・ㄐㄧ ㄣ ➜ キッチン ki・chi n ………… 廚房

一日一句
今週（こんしゅう）の土曜日（どようび）キッチンを掃除（そうじ）する予定（よてい）です。
這個週末我預計要打掃廚房。
ko n shu — no do yo — bi ki・chi n wo so — ji su ru yo te — de su

漢字嘛也通　きしゃ[2]　【ki sya】

【汽車】這個漢字的意思可不是我們中文的汽車，在日語中這個字是指火車的意思。不過這個詞比較少用了，現在一般都是用【地下鉄（ちかてつ）】或【電車（でんしゃ）】。而日語中要表達汽車是用【自動車（じどうしゃ）】。

ア行 カ行 サ行 タ行 ナ行 ハ行 マ行 ヤ行 ラ行 ワ行 其他

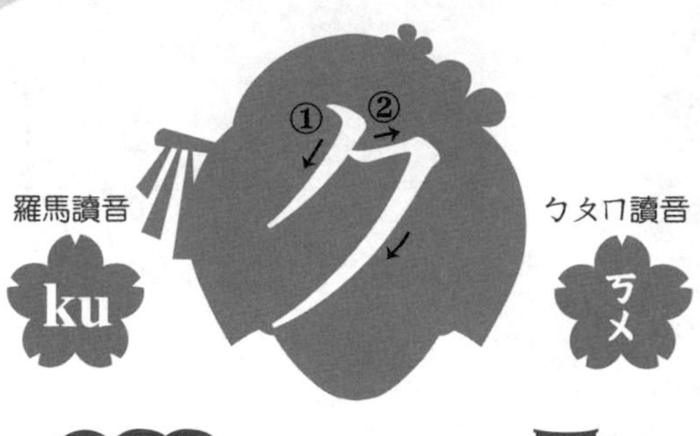

クレヨン

蠟筆

字源「久」久字的部分　同樣唸[ku]音的平假名→[く]請見P.025

※注意筆順，筆順對了，才會寫得正確又漂亮。

單語唸一唸　先聽聽CD或掃左邊的QR碼，再自己唸看看，最後自己寫一遍，邊寫邊唸，就能加強記憶。

1 クラス① ㄎㄨ ㄌㄚ ㄙㄨ → クラス ku ra su .... 班級

2 クッキー① ㄎㄨ・ㄎㄧ— → クッキー ku・ki— .... 餅乾

3 クレヨン② ㄎㄨ ㄌㄟ ㄧㄡ ㄣ → クレヨン ku re yo n .... 蠟筆

一日一句　クッキーの作(つく)り方(かた)を教(おし)えてくださいませんか？

可以請你教我做餅乾嗎？

ku・ki— no tsu ku ri ka ta wo o shi e te ku da sa i ma se n ka

漢字嘛也通　くもり③　【ku mo ri】

【曇り】這個漢字的意思是指陰天、模糊不清。「今日(きょう)は曇(くも)りです」這句是說：今天是陰天。把玻璃擦亮要用「ガラスの曇(くも)りを拭(ふ)く」。【曇(くも)り勝(が)ち】則是動不動就陰天的意思。

057

字源「介」介字的部分 同樣唸[ke]音的平假名➔[け]請見P.026

※注意筆順，筆順對了，才會寫得正確又漂亮。

單語唸一唸 先聽聽CD或掃左邊的QR碼，再自己唸看看，最後自己寫一遍，邊寫邊唸，就能加強記憶。

1 ケーキ[1] ㄎㄟ — ㄎㄧ ➔ ケーキ ke — ki .... 蛋糕

2 ケース[1] ㄎㄟ — ㄙㄨ ➔ ケース ke — su .... 盒子

3 ケチャップ[2] ㄎㄟ ㄑㄧㄚ • ㄆㄨ ➔ ケチャップ ke cha • pu .... 番茄醬

一日一句 ケチャップを二(ふた)つ下(くだ)さい。 請給我2包番茄醬。

ke cha • pu wo fu ta tsu ku da sa i

漢字嘛也通

【結構】

けっこう[1] 【ke • ko —】

這個漢字有很好、可以、夠了的意思。【結構(けっこう)な考(かんが)え】是說這個想法很好；「結構(けっこう)ですね」意思是好的、可以的。「寄(き)付(ふ)はいくらでも結構(けっこう)です」是說捐款不拘、多少都好。如果是說「もう結構(けっこう)です」就表示夠了，這樣可以了的意思。

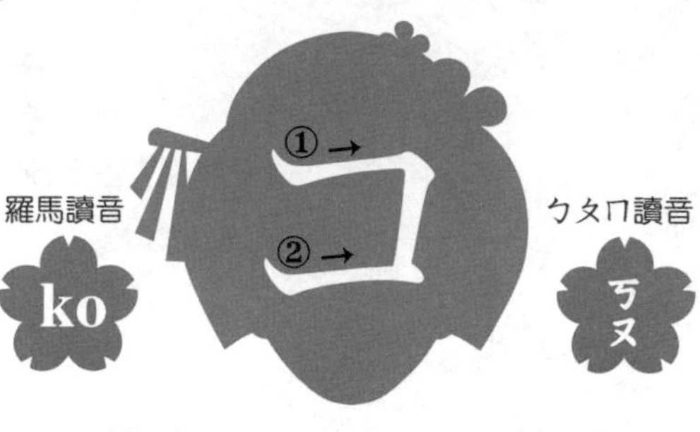

咖啡

字源「こ」己字的部分　同樣唸[ko]音的平假名➜[こ]請見P.027

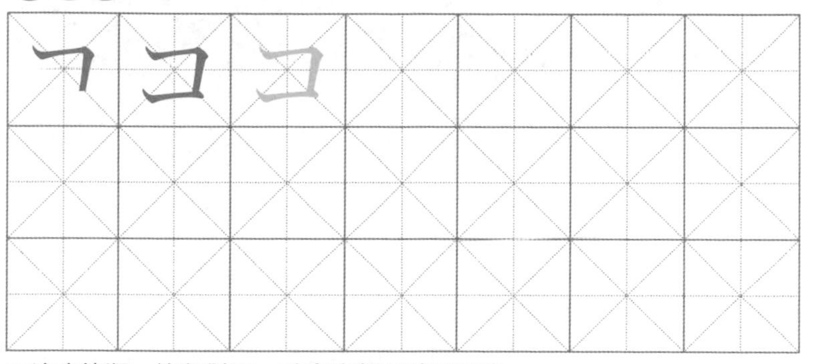

※注意筆順，筆順對了，才會寫得正確又漂亮。

單語唸一唸 先聽聽CD或掃左邊的QR碼，再自己唸看看，最後自己寫一遍，邊寫邊唸，就能加強記憶。

1 コーヒー③ ㄎㄡ — ㄏㄧ — ➜ コーヒー ko — hi — .... 咖啡

2 コンビニ⓪ ㄎㄡ ㄣ ㄅㄧ ㄋㄧ ➜ コンビニ ko n bi ni .... 便利商店

3 コンタクトレンズ⑥ ㄎㄡ ㄣ ㄊㄚ ㄎㄨ ㄉㄡ ㄌㄟ ㄣ ㄗㄨ ➜ コンタクトレンズ ko n ta ku to re n zu ..... 隱形眼鏡

一日一句

帰（かえ）りにコンビニに寄（よ）ってビールを買（か）って来（き）てください。

回家時請順道去超商買瓶啤酒。

ka e ri ni ko n bi ni ni yo • te bi — ru wo ka • te ki te ku da sa i

漢字嘛也通

こぜに⓪ 【ko ze ni】

【小銭】這個漢字的意思是指零錢，可不是字面上的錢很少的意思哦。「小銭（こぜに）で百円（ひゃくえん）ありますか」這句是說你有一百元的零錢嗎？

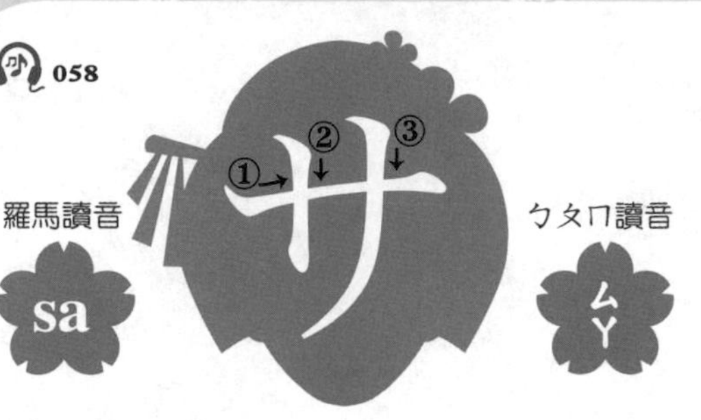

字源 「散」散字的左上部分 同樣唸[sa]音的平假名➔[さ]請見P.028

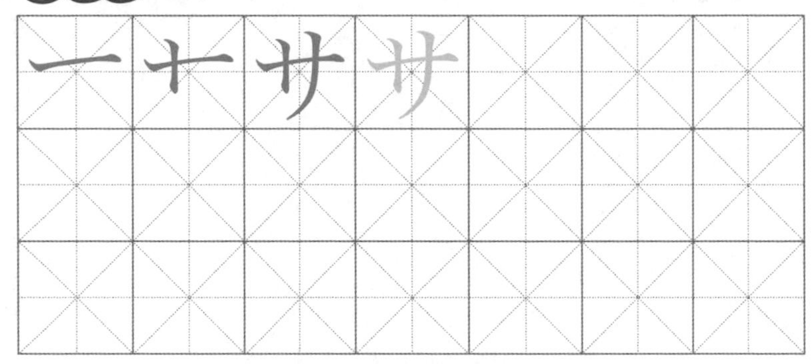

※注意筆順，筆順對了，才會寫得正確又漂亮。

單語唸一唸 先聽聽CD或掃左邊的QR碼，再自己唸看看，最後自己寫一遍，邊寫邊唸，就能加強記憶。

1 サラダ[1]（ㄙㄚ ㄌㄚ ㄉㄚ）➔ サラダ（sa ra da）……沙拉

2 サイン[1]（ㄙㄚ 一 ㄣ）➔ サイン（sa i n）……簽名

3 サイズ[1]（ㄙㄚ 一 ㄗㄨ）➔ サイズ（sa i zu）……尺寸

一日一句

すみません、このスカートはM（エム）サイズがありますか？

請問這件裙子有M尺寸的嗎？

su mi ma se n , ko no su ka — to wa e mu sa i zu ga a ri ma su ka

さいちゅう[1] 【sa i chu —】

【最中】 這個字是最盛時期、正在進行中的意思。「今（いま）は熱（あつ）い最中（さいちゅう）です」這句的意思是：現在是正熱的時候；「試験（しけん）の最中（さいちゅう）に風邪（かぜ）を引（ひ）きました」是指正在考試期間感冒了。

字源「之」之字的草書　同樣唸[shi]音的平假名➜[し]請見P.029

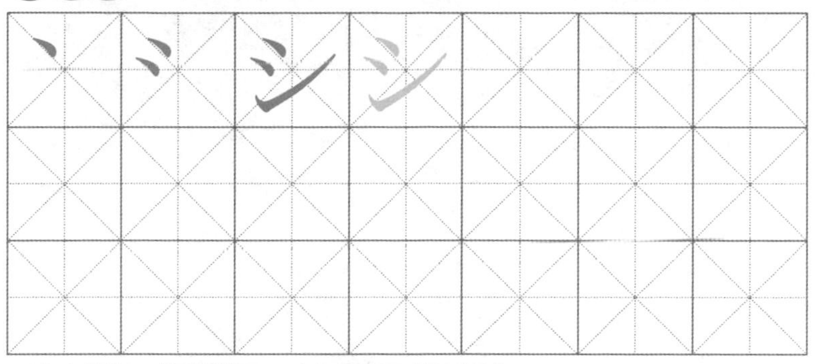

※注意筆順，筆順對了，才會寫得正確又漂亮。

單語唸一唸 先聽聽CD或掃左邊的QR碼，再自己唸看看，最後自己寫一遍，邊寫邊唸，就能加強記憶。

1 シー[1] ㄒㄧ — ➜ シー shi — ➜ シー shi — .... 海

2 シーソー[1] ㄒㄧ — ㄙㄡ — ➜ シーソー shi — so — .... 蹺蹺板

3 シートベルト[4] ㄒㄧ — ㄊㄡ ㄅㄟ ㄌㄨ ㄊㄡ ➜ シートベルト shi — to be ru to ..... 安全帶

一日一句

飛行機(ひこうき)に乗(の)る時(とき)シートベルトを締(し)めなくてはいけません。

搭乘飛機時一定要繫安全帶。

hi ko — ki ni no ru to ki shi — to be ru to wo shi me na ku te wa i ke ma se n

漢字嘛也通　しあい[0]　【shi a i】

【試合】這個漢字是指運動類的比賽。「野球(やきゅう)の試合(しあい)」是指棒球比賽。而【試験(しけん)】則是指考試。

059

字源「須」須字的右下部分 同樣唸[su]音的平假名➜[す]請見P.030

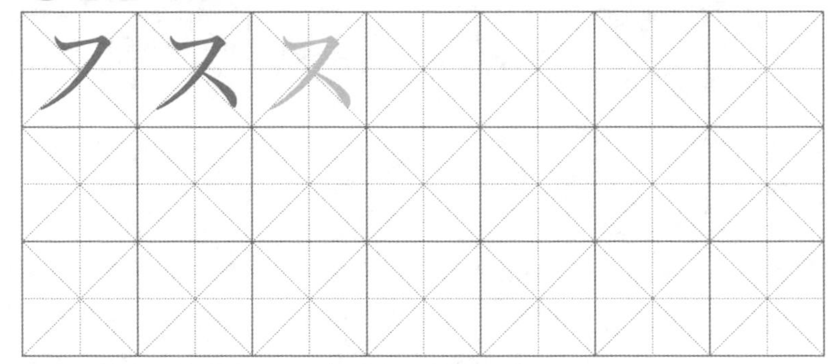

※注意筆順，筆順對了，才會寫得正確又漂亮。

單語唸一唸

先聽聽CD或掃左邊的QR碼，再自己唸看看，最後自己寫一遍，邊寫邊唸，就能加強記憶。

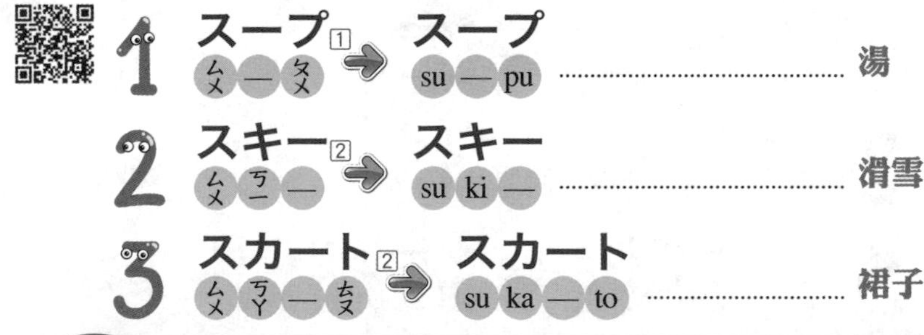

1 スープ[1] ㄙㄨ — ㄆㄨ ➜ スープ su — pu .... 湯

2 スキー[2] ㄙㄨ ㄎㄧ — ➜ スキー su ki — .... 滑雪

3 スカート[2] ㄙㄨ ㄎㄚ — ㄊㄡ ➜ スカート su ka — to .... 裙子

一日一句

4歳(よんさい)の子供(こども)を連(つ)れて、スキーに行(い)きたいと思(おも)います。

想帶4歲的小孩去滑雪。

yo n sa i no ko do mo wo tsu re te ，su ki — ni i ki ta i to o mo i ma su

漢字嘛也通

【助兵衛】

すけべえ[2]　【su ke be —】

這個漢字的意思是指色鬼的意思。「助兵衛(すけべえ)な話(はな)をする」這句的意思是：說些猥褻的話。「あいつは助兵衛(すけべえ)だ」這句的意思是：他是個色鬼。

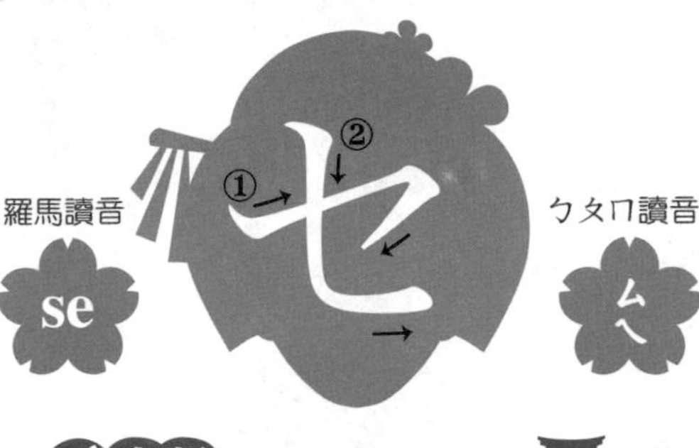

セロリ

芹菜

字源「世」世字的部分　同樣唸[se]音的平假名➜[せ]請見P.031

※注意筆順，筆順對了，才會寫得正確又漂亮。

單語唸一唸 先聽聽CD或掃左邊的QR碼，再自己唸看看，最後自己寫一遍，邊寫邊唸，就能加強記憶。

1 セロリ[1] ㄙㄟ ㄌㄡ ㄌㄧ ➜ セロリ se ro ri ………… 芹菜

2 セット[1] ㄙㄟ・ㄊㄡ ➜ セット se・to ………… 設定

3 セーター[1] ㄙㄟ — ㄊㄚ — ➜ セーター se — ta — ………… 毛衣

一日一句

目覚(めざ)ましをセットして置(お)いてください。

請先把鬧鐘設定好。

me za ma shi wo se・to shi te o i te ku da sa i

漢字嘛也通

【先輩】

せんぱい[0]　【se n pa i】

這個漢字是指（在學業、技術、經驗上）的前輩、先進、學長的意思。【大学(だいがく)の先輩(せんぱい)】是指大學的學長。「彼(かれ)は私(わたし)より二年先輩(にねんせんぱい)です」這句是說他是大我兩屆的學長。而它的相反詞是【後輩(こうはい)】就是指晚輩、後進。

060

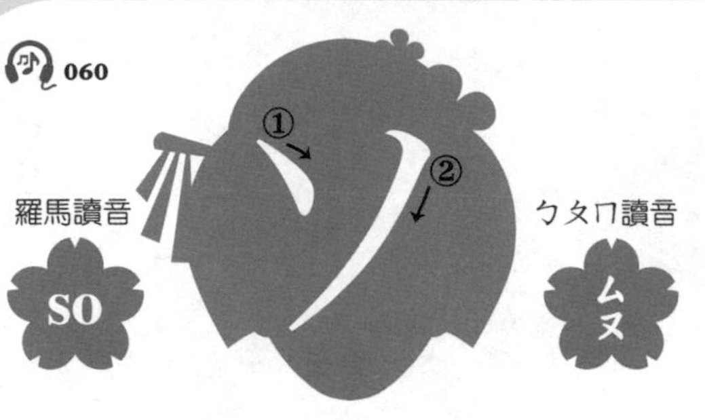

汽水

字源「そ」曾字的最上端部分　同樣唸[so]音的平假名➜[そ]請見P.032

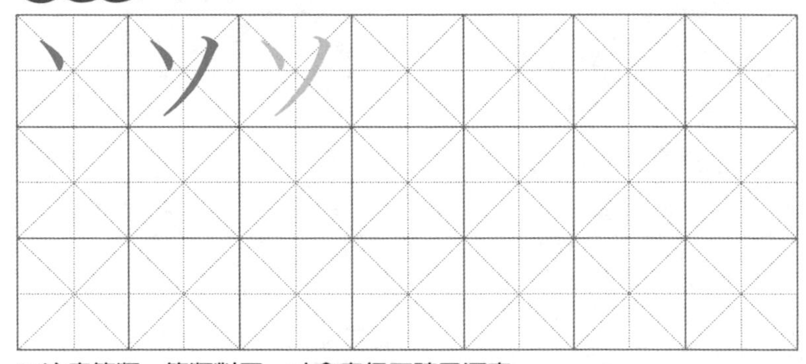

※注意筆順，筆順對了，才會寫得正確又漂亮。

單語唸一唸 先聽聽CD或掃左邊的QR碼，再自己唸看看，最後自己寫一遍，邊寫邊唸，就能加強記憶。

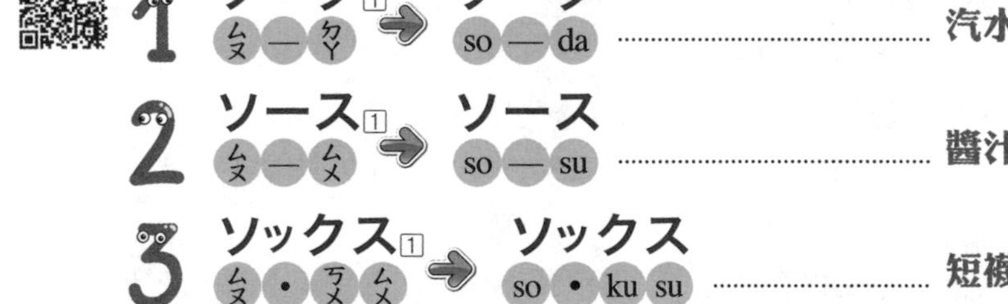

1. ソーダ① ㄙㄡ—ㄉㄚ ➜ ソーダ so — da ……… 汽水
2. ソース① ㄙㄡ—ㄙㄨ ➜ ソース so — su ……… 醬汁
3. ソックス① ㄙㄡ・ㄎㄨ ㄙㄨ ➜ ソックス so ・ ku su ……… 短襪

一日一句

ゆでた麺(めん)にソースをかけて食(た)べてください。

剛煮好的麵請淋醬汁吃。

yu de ta me n ni so — su wo ka ke te ta be te ku da sa i

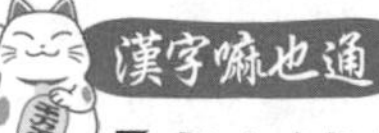

漢字嘛也通　そうだん⓪　【so — da n】

【相談】 這個漢字是商量、商談的意思。【できない相談(そうだん)】是指辦不到的事。【友達(ともだち)と相談(そうだん)する】是指與朋友商量。【相談役(そうだんやく)】是指顧問。

羅馬讀音 ta

タ ① ② ③

ㄅㄆㄇ讀音 ㄊㄚ

タクシー

計程車

字源「[illegible]」多字的部分　同樣唸[ta]音的平假名➜[た]請見P.033

※注意筆順，筆順對了，才會寫得正確又漂亮。

單語唸一唸 先聽聽CD或掃左邊的QR碼，再自己唸看看，最後自己寫一遍，邊寫邊唸，就能加強記憶。

1. タイム[1] ㄊㄚ ㄧ ㄇㄨ ➜ タイム ta i mu ………… 時間
2. タクシー[1] ㄊㄚ ㄎㄨ ㄒㄧ — ➜ タクシー ta ku shi — ………… 計程車
3. カタログ[0] ㄎㄚ ㄊㄚ ㄌㄡ ㄍㄨ ➜ カタログ ka ta ro gu ………… 型錄

一日一句 カタログを見(み)せてください。 請將型錄拿給我看。

ka ta ro gu wo mi se te ku da sa i

漢字嘛也通 たいふう[3]　【ta i fu —】

【台風】這個漢字就是我們所說的颱風，不過寫法不太一樣，要小心哦。【台風(たいふう)の目(め)】就是指颱風眼的意思。

061

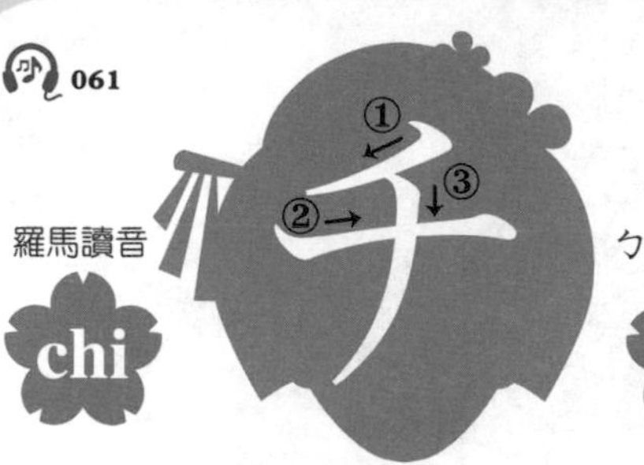

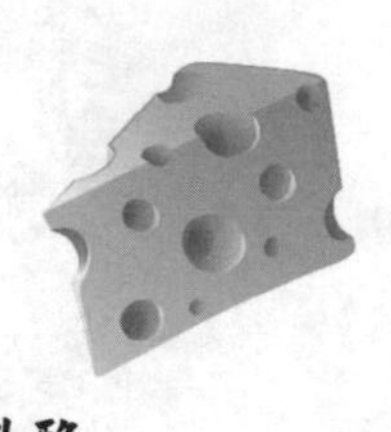

字源「𠂉」千字的變形　同樣唸[chi]音的平假名➜[ち]請見P.034

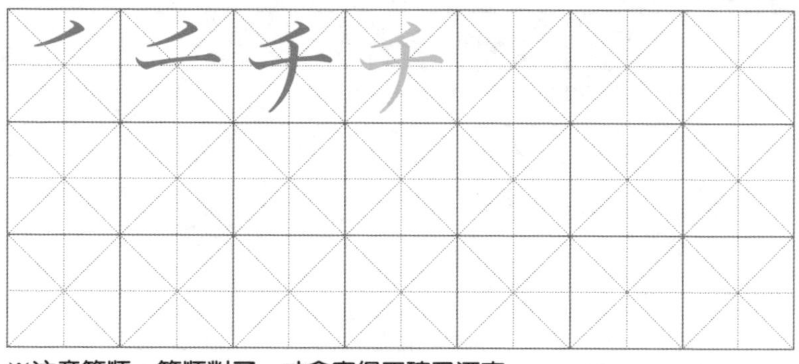

※注意筆順，筆順對了，才會寫得正確又漂亮。

單語唸一唸 先聽聽CD或掃左邊的QR碼，再自己唸看看，最後自己寫一遍，邊寫邊唸，就能加強記憶。

1 チーズ① ㄐㄧ—ㄗㄨ ➜ チーズ chi — zu .... 乳酪

2 スイッチ② ㄙㄨ ㄧ・ㄐㄧ ➜ スイッチ su i・chi .... 開關

3 チケット② ㄐㄧ ㄎㄟ・ㄊㄡ ➜ チケット chi ke・to .... 票

一日一句

スイッチを入(い)れても動(うご)きません。

按下開關也動不了。

su i・chi wo i re te mo u go ki ma se n

漢字嘛也通

【心地】

ここち⓪　【ko ko chi】

這個漢字是指感覺、心情。【心地(ここち)がよい】是指舒服、感覺愉快；字尾加【〜心地(ごこち)】代表（什麼樣）的感覺，是個連語。如：【夢心地(ゆめごこち)がする】意思是：彷彿在夢中；【乗(の)り心地(ごこち)のよい車(くるま)】是指坐起來很舒服的車子。

字源「川」川字的變形　同樣唸[tsu]音的平假名➜[つ]請見P.035

※注意筆順，筆順對了，才會寫得正確又漂亮。

單語唸一唸 先聽聽CD或掃左邊的QR碼，再自己唸看看，最後自己寫一遍，邊寫邊唸，就能加強記憶。

1 ツアー[1] ㄗ ㄚ — ➜ ツアー tsu a — ………… 旅行

2 スポーツ[2] ㄙㄨ ㄆㄡ — ㄗ ➜ スポーツ su po — tsu ………… 運動

3 キャベツ[1] ㄎㄧㄚ ㄅㄟ ㄗ ➜ キャベツ kya be tsu ………… 高麗菜

一日一句

もし秋葉原（あきばはら）へ行（い）ったら「wiiスポーツ」を買（か）って来（き）てください。

如果有去秋葉原的話請買「wii運動軟體」回來。

mo shi a ki ba ha ra he i • ta ra wii su po — tsu wo ka • te ki te ku da sa i

漢字嘛也通　つうしん[0]　【tsu — shi n】

【通信】這個漢字是書信往來、通訊；另外有電信、電話、電腦等資訊傳達的意思。【通信販売（つうしんはんばい）】是指郵購。【通信教育（つうしんきょういく）】是指函授課程。【通信機関（つうしんきかん）】是指通訊機關。

062

字源 「て」天字的部分　同樣唸[te]音的平假名➜[て]請見P.036

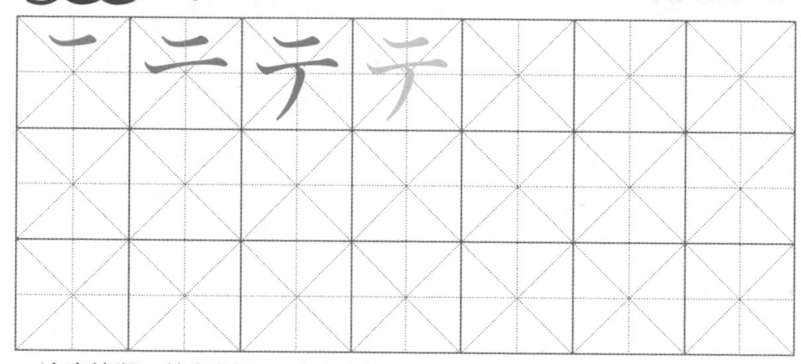

※注意筆順，筆順對了，才會寫得正確又漂亮。

單語唸一唸 先聽聽CD或掃左邊的QR碼，再自己唸看看，最後自己寫一遍，邊寫邊唸，就能加強記憶。

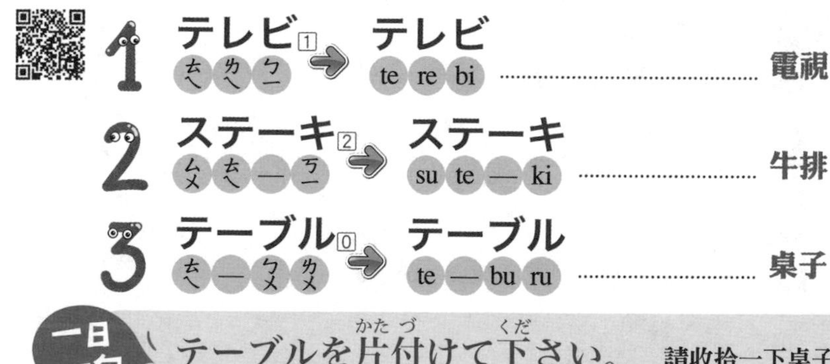

一日一句 テーブルを片付け(かたづ)て下(くだ)さい。　請收拾一下桌子。

te — bu ru wo ka ta zu ke te ku da sa i

きって0　【ki・te】

【切手】這個漢字可不是要切手的意思，這個字是指郵票。【切手(きって)を貼(は)る】是指貼郵票；【切手収集(きってしゅうしゅう)】是集郵的意思。而我們一般所說的車票、入場券則是用【切符(きっぷ)】來表現。

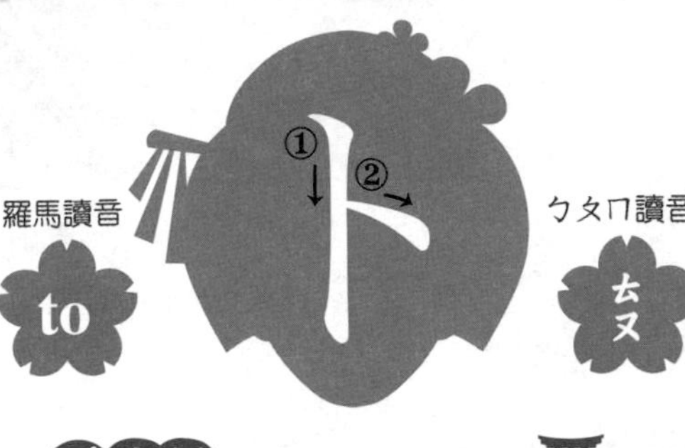

字源 「止」止字的首兩劃 同樣唸[to]音的平假名➜[と]請見P.037

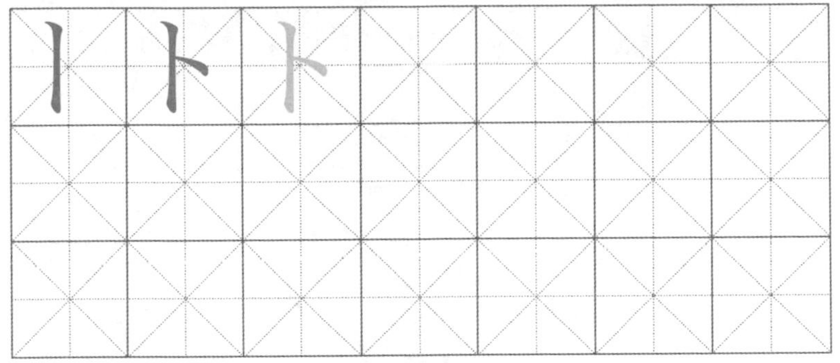

※注意筆順，筆順對了，才會寫得正確又漂亮。

單語唸一唸 先聽聽CD或掃左邊的QR碼，再自己唸看看，最後自己寫一遍，邊寫邊唸，就能加強記憶。

1 トマト[1] ㄊㄡ ㄇㄚ ㄊㄡ ➜ トマト to ma to .... 番茄

2 トイレ[1] ㄊㄡ 一 ㄌㄟ ➜ トイレ to i re .... 廁所

3 コンサート[1] ㄎㄡ ㄣ ㄙㄚ — ㄊㄡ ➜ コンサート ko n sa — to .... 音樂會

一日一句

すみません、トイレはどこですか？

請問廁所在哪裡？

su mi ma se n , to i re wa do ko de su ka

漢字嘛也通

おとしだま[0] 【o to shi da ma】

【お年玉】

這個漢字就是我們過年時都要發的紅包、壓歲錢。【お年玉(としだま)をあげる】是指發紅包。【お年玉(としだま)をもらう】是指收到紅包。

063

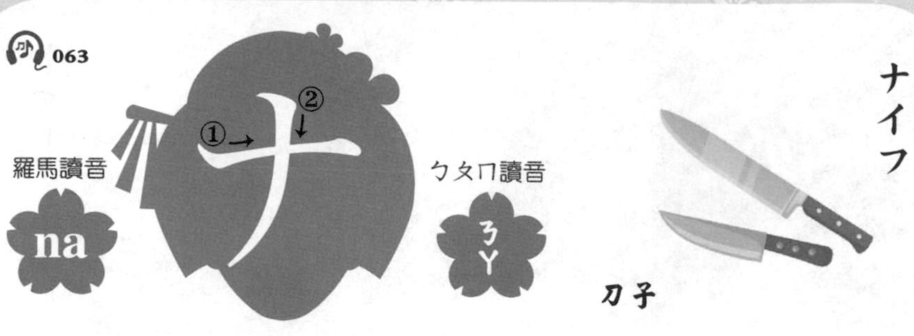

字源「奈」奈字的首兩劃 同樣唸[na]音的平假名➔[な]請見P.038

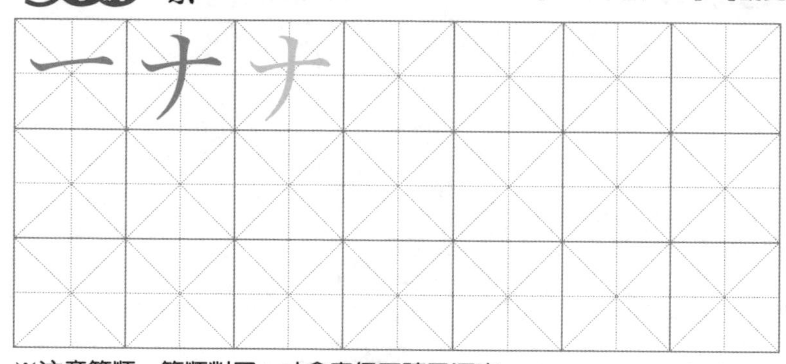

※注意筆順，筆順對了，才會寫得正確又漂亮。

單語唸一唸 先聽聽CD或掃左邊的QR碼，再自己唸看看，最後自己寫一遍，邊寫邊唸，就能加強記憶。

1 ナイフ[1] ㄋㄚ ㄧ ㄏㄨ ➔ ナイフ na i fu ………… 刀子

2 ナプキン[1] ㄋㄚ ㄆㄨ ㄎㄧ ㄣ ➔ ナプキン na pu ki n ………… 餐巾

3 ボーナス[1] ㄅㄡ — ㄋㄚ ㄙㄨ ➔ ボーナス bo — na su ………… 年終獎金

一日一句

ボーナスで車（くるま）を買（か）いました。

我用年終獎金買了車子。

bo — na su de ku ru ma wo ka i ma shi ta

漢字嘛也通 なっとく[0]【na • to ku】

【納得】 這個漢字是指理解、同意、認可的意思。【納得（なっとく）がいかない】是指不能理解。「納得行（なっとくい）くように説明（せつめい）しました」這句是說：說明得令人能夠理解。

羅馬讀音 ni

ニ

①→ ②→

ㄅㄆㄇ讀音 ㄋㄧ

洋蔥

字源「ニ」二字的變形　同樣唸[ni]音的平假名→[に]請見P.039

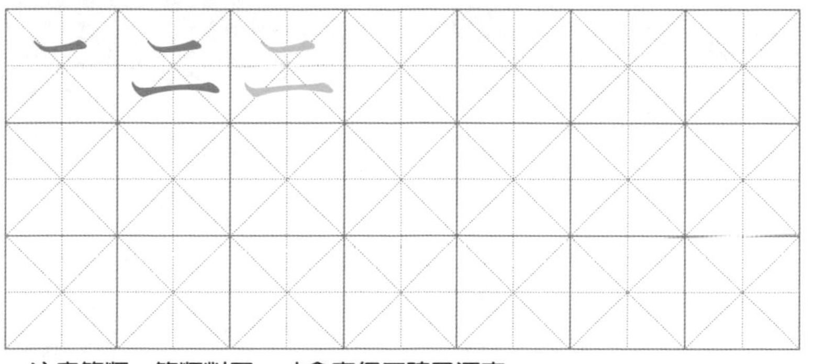

※注意筆順，筆順對了，才會寫得正確又漂亮。

單語唸一唸 先聽聽CD或掃左邊的QR碼，再自己唸看看，最後自己寫一遍，邊寫邊唸，就能加強記憶。

1 ニット① ㄋㄧ・ㄊㄡ → ニット ni・to ……………… 針織的衣服

2 テニス① ㄊㄟ ㄋㄧ ㄙㄨ → テニス te ni su ……………… 網球

3 オニオン① ㄡ ㄋㄧ ㄡ ㄣ → オニオン o ni o n ……………… 洋蔥

一日一句

オニオンが嫌(きら)いだから、オニオンを抜(ぬ)いてください。

因爲我不喜歡洋蔥，請不要放洋蔥。

o ni o n ga ki ra i da ka ra , o ni o n wo nu i te ku da sa i

漢字嘛也通

にあい⓪ 【ni a i】

【似合い】 這個漢字是指相配、合適的意思。【似合(にあ)いカップル】是好相配的一對；「彼(かれ)にはこのスタイルの服(ふく)がよく似合(にあ)います」這句是說他很適合這一類的衣服。

字源 「ㄡ」奴字的右半部 同樣唸[nu]音的平假名➜[ぬ]請見P.040

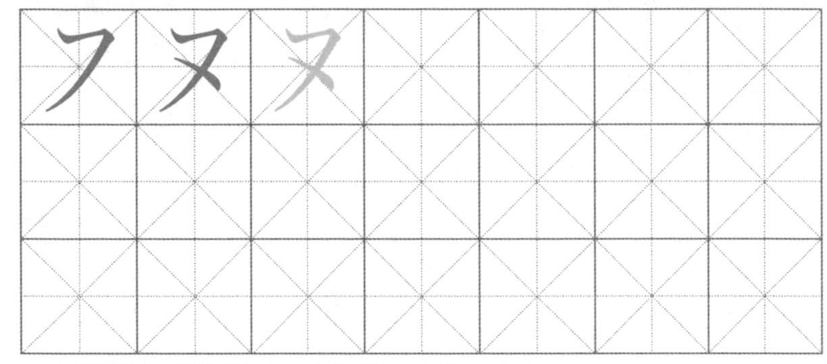

※注意筆順，筆順對了，才會寫得正確又漂亮。

單語唸一唸 先聽聽CD或掃左邊的QR碼，再自己唸看看，最後自己寫一遍，邊寫邊唸，就能加強記憶。

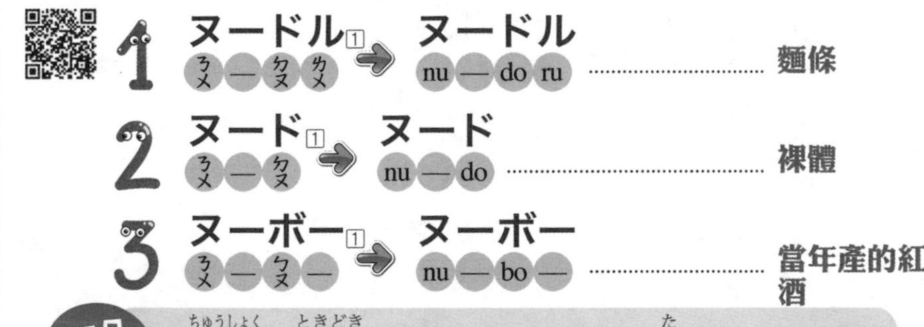

一日一句

昼食(ちゅうしょく)に時々(ときどき)カップヌードルを食(た)べています。

午餐常常會吃杯麵。

chu — sho ku ni to ki do ki ka • pu nu — do ru wo ta be te i ma su

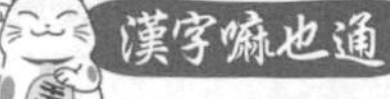

きぬけ⓪ 【ki nu ke】

【気抜け】

這個漢字是指茫然、失神、沮喪、氣餒。【気抜(きぬ)けしたように】是失了神似的意思；「妻(つま)に死(し)なれてすっかり気抜(きぬ)けしています」這句是說：妻子死了非常沮喪。

ア行
カ行
サ行
タ行
ナ行
ハ行
マ行
ヤ行
ラ行
ワ行
其他

羅馬讀音 ne

ネ ①②③④

ㄅㄆㄇ讀音 ㄋㄟ

領帶

字源「祢」祢字的偏旁 同樣唸[ne]音的平假名➜[ね]請見P.041

※注意筆順，筆順對了，才會寫得正確又漂亮。

單語唸一唸 先聽聽CD或掃左邊的QR碼，再自己唸看看，最後自己寫一遍，邊寫邊唸，就能加強記憶。

1 ネーム[1] ㄋㄟ — ㄇㄨ ➜ ネーム ne — mu .... 姓名

2 ネクタイ[1] ㄋㄟ ㄎㄨ ㄊㄚ 一 ➜ ネクタイ ne ku ta i .... 領帶

3 ネックレス[1] ㄋㄟ • ㄎㄨ ㄌㄟ ㄙㄨ ➜ ネックレス ne • ku re su .... 項鍊

一日一句 そのネクタイが気(き)にいったんです。

我喜歡那條領帶。

so no ne ku ta i ga ki ni i • ta n de su

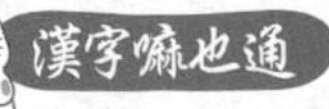

ざんねん[3] 【za n ne n】

【残念】 這個漢字是指遺憾、捨不得、抱歉。「残念(ざんねん)ながら欠席(けっせき)いたします」這句是指很遺憾我不能出席；「残念(ざんねん)ですが私(わたし)は出来(でき)ません」這句的意思是：很抱歉，我辦不到。

065

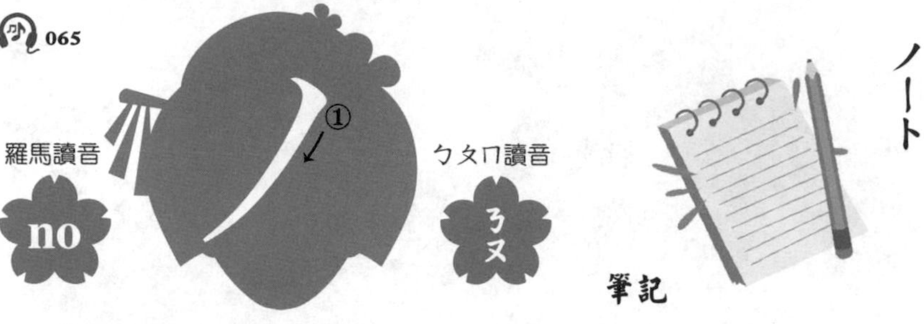

字源「乃」乃字的左半部 同樣唸[no]音的平假名➜[の]請見P.042

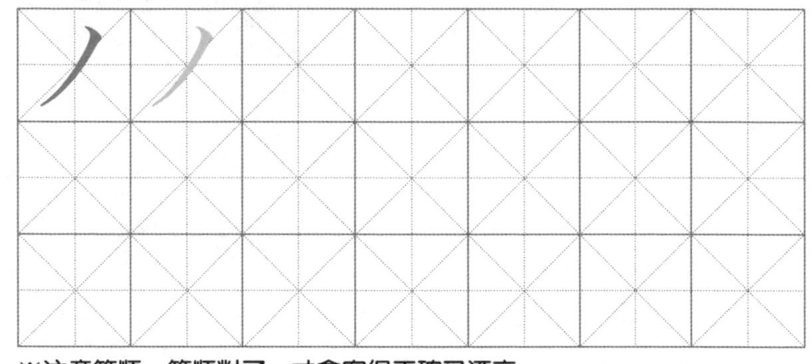

※注意筆順，筆順對了，才會寫得正確又漂亮。

單語唸一唸 先聽聽CD或掃左邊的QR碼，再自己唸看看，最後自己寫一遍，邊寫邊唸，就能加強記憶。

1 ノート[1] ㄋㄡ — ㄊㄡ ➜ ノート no — to ………… 筆記

2 ノック[1] ㄋㄡ・ㄎㄨ ➜ ノック no・ku ………… 敲門

3 ノーベル[1] ㄋㄡ — ㄅㄟ ㄌㄨ ➜ ノーベル no — be ru ………… 諾貝爾

一日一句
先生(せんせい)が話(はな)していたことをノートに書(か)きます。
將老師所說的記在筆記上。
se n se — ga ha na shi te i ta ko to wo no — to ni ka ki ma su

きのどく[3]【ki no do ku】

【気の毒】這個漢字是指可憐、悲慘、可惜。【気(き)の毒(どく)な子供(こども)】是指可憐的小孩。【気(き)の毒(どく)に思(おも)う】覺得很可憐。【実(じつ)に気(き)の毒(どく)ですね】這句是說：眞是悲慘啊。

羅馬讀音 ha

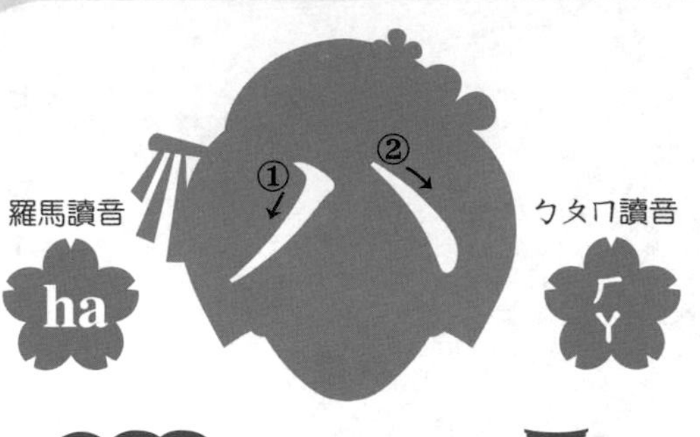

ㄅㄆㄇ讀音 ㄏㄚ

ハンバーガー

漢堡

字源「ノㄟ」八字的變形　同樣唸[ha]音的平假名➜[は]請見P.043

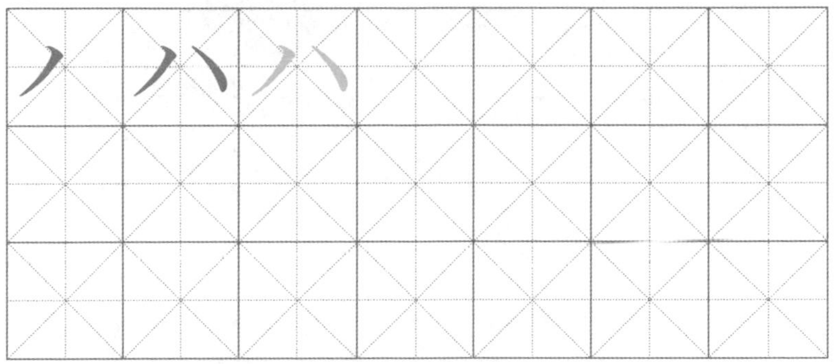

※注意筆順，筆順對了，才會寫得正確又漂亮。

單語唸一唸 先聽聽CD或掃左邊的QR碼，再自己唸看看，最後自己寫一遍，邊寫邊唸，就能加強記憶。

1 ハム[1] ㄏㄚ ㄇㄨ ➜ ハム ha mu ➜ ハム ha mu ………… 火腿

2 ハンカチ[3] ㄏㄚ ㄣ ㄎㄚ ㄐㄧ ➜ ハンカチ ha n ka chi ………… 手帕

3 ハンバーガー[3] ㄏㄚ ㄣ ㄅㄚ — ㄍㄚ — ➜ ハンバーガー ha n ba — ga — ….. 漢堡

一日一句

ハンバーガーとアイスコーヒーをお願(ねが)いします。

我要點漢堡和冰咖啡。

ha n ba — ga — to a i su ko — hi — wo o ne ga i shi ma su

漢字嘛也通

【走る】

はしる[2]　【ha shi ru】

這個漢字是指是指跑、急跑、逃跑的意思，可不是走路的意思。「犬(いぬ)が走(はし)りました」是指小狗跑走了。「廊下(ろうか)を走(はし)ってはいけない」這句是說：不可以在走廊上奔跑。要表達走路要用【歩(ある)く】。

066

英雄

字源 「比」比字的左半部 同樣唸[hi]音的平假名➜[ひ]請見P.044

※注意筆順，筆順對了，才會寫得正確又漂亮。

單語唸一唸 先聽聽CD或掃左邊的QR碼，再自己唸看看，最後自己寫一遍，邊寫邊唸，就能加強記憶。

1 ヒール[1] ㄏㄧ — ㄌㄨ ➜ ヒール hi — ru .... 鞋跟

2 ヒット[1] ㄏㄧ • ㄊㄡ ➜ ヒット hi • to .... 大成功

3 ヒーロー[1] ㄏㄧ — ㄌㄡ — ➜ ヒーロー hi — ro — .... 英雄

一日一句

今度(こんど)の映画(えいが)はヒットしました。

這次的電影大成功。

ko n do no e — ga wa hi • to shi ma shi ta

漢字嘛也通

【昼】

ひる[2] 【hi ru】

這個漢字是指白天，正午的意思。【昼(ひる)ごはん】是指中飯、午餐。【昼休(ひるやす)み】是指午休。【昼寝(ひるね)】是指睡午覺。【昼前(ひるまえ)】是指上午；「昼前(ひるまえ)に仕事(しごと)を片付(かたづ)ける」是說：上午做完工作。

字源 「ふ」不字首兩劃的變形　同樣唸[hu]音的平假名➜[ふ]請見P.045

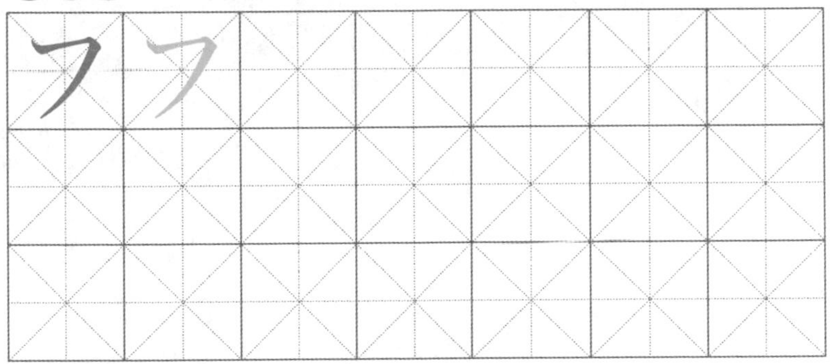

※注意筆順，筆順對了，才會寫得正確又漂亮。

單語唸一唸 先聽聽CD或掃左邊的QR碼，再自己唸看看，最後自己寫一遍，邊寫邊唸，就能加強記憶。

1 フルーツ②（ㄏㄨ ㄌㄨ — ㄗ）➜ フルーツ（fu ru — tsu）……… 水果

2 フランス⓪（ㄏㄨ ㄌㄚ ㄣ ㄙㄨ）➜ フランス（fu ra n su）……… 法國

3 フリー②（ㄏㄨ ㄌㄧ —）➜ フリー（fu ri —）……… 自由

一日一句

最近（さいきん）フランス語（ご）に興味（きょうみ）を持（も）っています。

最近對法語感興趣。

sa i ki n fu ra n su go ni kyo — mi wo mo • te i ma su

漢字嘛也通

【不意】

ふい⓪　【fu i】

這個漢字是指意料之外、沒想到、突然的意思。「不意（ふい）に聞（き）かれて私（わたし）はどきどきした」這句是指：突然被他一問，我緊張起來。【不意打（ふいう）ち】是指突如其來的打擊；【不意打（ふいう）ちを食（く）う】是指遭遇突如其來的襲擊。

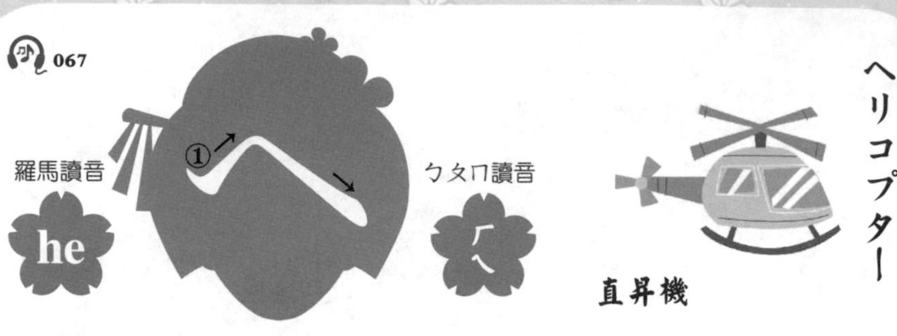

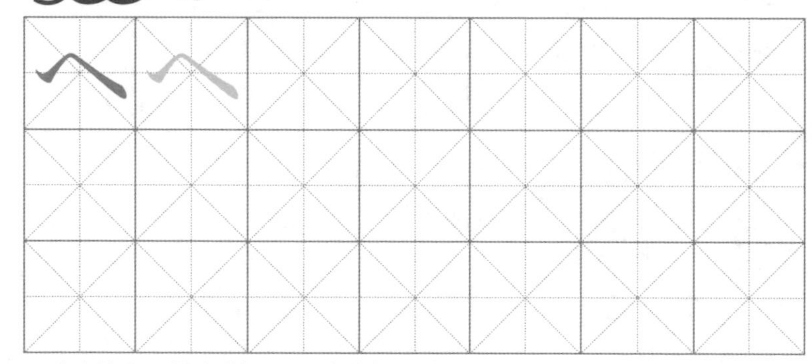

※注意筆順，筆順對了，才會寫得正確又漂亮。

單語唸一唸 先聽聽CD或掃左邊的QR碼，再自己唸看看，最後自己寫一遍，邊寫邊唸，就能加強記憶。

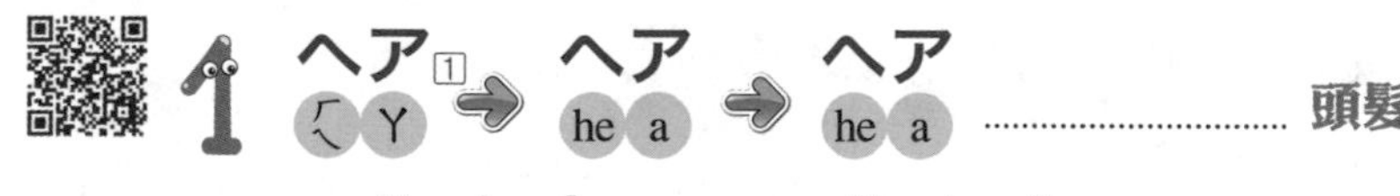

1 ヘア[1] ㄏㄟ ㄚ ➜ ヘア he a ➜ ヘア he a ………… 頭髮

2 ヘルメット[3] ㄏㄟ ㄌㄡ ㄇㄟ・ㄊㄡ ➜ ヘルメット he ru me • to ………… 安全帽

3 ヘリコプター[3] ㄏㄟ ㄌㄧ ㄎㄡ ㄆㄡ ㄊㄚ— ➜ ヘリコプター he ri ko pu ta — ………… 直昇機

一日一句 オートバイの運転（うんてん）には必（かなら）ずヘルメットをかぶりましょう。

騎摩托車時一定要戴安全帽。

o — to ba i no u n te n ni wa ka na ra zu he ru me • to wo ka bu ri ma sho —

漢字嘛也通

たいへん[0] 【ta i he n】

【大変】

這個漢字是指不得了、太厲害、太麻煩等意思。「見（み）つかったら大変（たいへん）です」是說要是被發現就不得了了。「手続（てつづ）きは大（たい）変（へん）だ」是說這個手續太麻煩了。另外若當副詞用表示很、非常的意思。【大変面白（たいへんおもしろ）い】是指很有趣。

ホテル

飯店

字源「保」保字的右下部分 同樣唸[ho]音的平假名→[ほ]請見P.047

※注意筆順，筆順對了，才會寫得正確又漂亮。

單語唸一唸 先聽聽CD或掃左邊的QR碼，再自己唸看看，最後自己寫一遍，邊寫邊唸，就能加強記憶。

1 ホテル 1 ㄏㄡ ㄊㄟ ㄌㄨ → ホテル ho te ru .... 飯店

2 ホール 1 ㄏㄡ — ㄌㄨ → ホール ho — ru .... 會場

3 ホット 1 ㄏㄡ ・ ㄊㄡ → ホット ho ・ to .... 熱的

一日一句

ホテルの部屋(へや)はもう予約(よやく)しましたか？

飯店的房間已經預約好了嗎？

ho te ru no he ya wa mo — yo ya ku shi ma shi ta ka

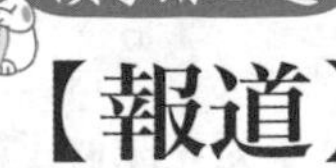

漢字嘛也通

【報道】

ほうどう 0 【ho — do —】

這個漢字是報導的意思和中文的寫法不一樣。「新聞(しんぶん)は毎日(まいにち)の出来(でき)ことを報道(ほうどう)します」這句是指報紙報導每天發生的事情。注意日文中【新聞(しんぶん)】指的是報紙，與我們中文說的新聞是不一樣的。

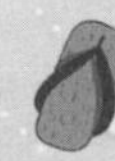

068

マンゴー

芒果

字源「万」萬字的略體 同樣唸[ma]音的平假名➜[ま]請見P.048

ㄱ マ マ

※注意筆順，筆順對了，才會寫得正確又漂亮。

單語唸一唸 先聽聽CD或掃左邊的QR碼，再自己唸看看，最後自己寫一遍，邊寫邊唸，就能加強記憶。

1 マラソン⓪ ㄇㄚ ㄌㄚ ㄙㄡ ㄣ ➜ マラソン ma ra so n ………… 馬拉松

2 マスカラ⓪ ㄇㄚ ㄙㄨ ㄎㄚ ㄌㄚ ➜ マスカラ ma su ka ra ………… 睫毛膏

3 マンゴー① ㄇㄚ ㄣ ㄍㄡ — ➜ マンゴー ma n go — ………… 芒果

一日一句 マスカラをつけたら、まつ毛(げ)が長(なが)くみえます。

擦了睫毛膏，睫毛看起來變長了。

ma su ka ra wo tsu ke ta ra , ma tsu ge ga na ga ku mi e ma su

漢字嘛也通

まじめ⓪ 【ma ji me】

【真面目】這個漢字是指認眞、正經、踏實的意思。【眞面目(まじめ)に考(かんが)える】是指認眞地考慮。【眞面目(まじめ)な人(ひと)】是指認眞正經的人。【眞面目(まじめ)に働(はたら)く】是認眞幹活的意思。

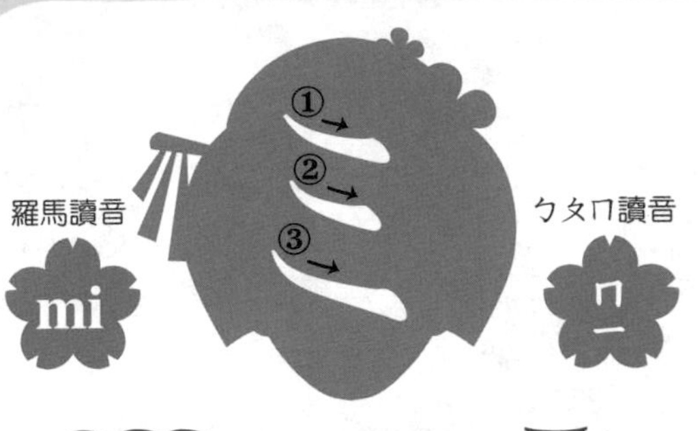

ミルク

牛奶

字源「三」三字的變形　同樣唸[mi]音的平假名→[み]請見P.049

※注意筆順，筆順對了，才會寫得正確又漂亮。

單語唸一唸 先聽聽CD或掃左邊的QR碼，再自己唸看看，最後自己寫一遍，邊寫邊唸，就能加強記憶。

1 ミルク①（ㄇㄧ ㄌㄨ ㄎㄨ）→ ミルク（mi ru ku）........ 牛奶

2 ゴミ②（ㄍㄡ ㄇㄧ）→ ゴミ（go mi）→ ゴミ（go mi）........ 垃圾

3 ミシン①（ㄇㄧ ㄒㄧ ㄣ）→ ミシン（mi shi n）........ 縫紉機

一日一句

ゴミの出(だ)し方(かた)を知(し)っていますか？

你知道倒垃圾的方法嗎？

go mi no da shi ka ta wo shi • te i ma su ka

漢字嘛也通

【味方】

みかた⓪　【mi ka ta】

這個漢字是指（對敵方而言的）我方，自己這一方，同夥，朋友的意思。【味方(みかた)を裏切(うらぎ)る】是指被伙伴出賣了。「夫(おっと)はいつでも妻(つま)の味方(みかた)をするべきだ」這句是說：先生應該一直站在老婆這一邊。

069

ムービー

電影

字源「牟」牟字的上半部 同樣唸[nu]音的平假名➔[む]請見P.050

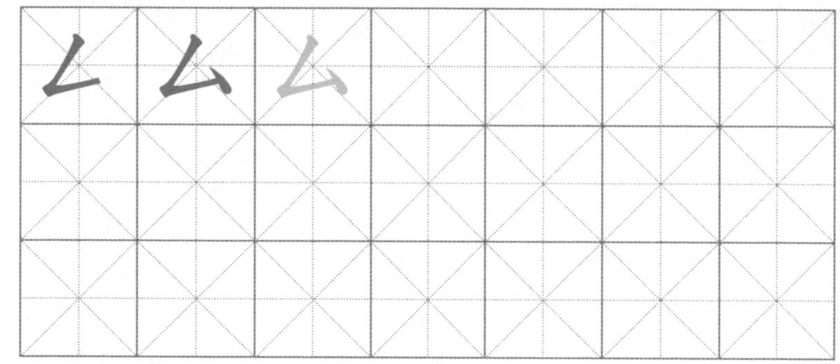

※注意筆順，筆順對了，才會寫得正確又漂亮。

單語唸一唸 先聽聽CD或掃左邊的QR碼，再自己唸看看，最後自己寫一遍，邊寫邊唸，就能加強記憶。

1 チーム① ㄐㄧ—ㄇㄨ ➔ チーム chi—mu ………… 隊伍

2 ムービー① ㄇㄨ—ㄅㄧ— ➔ ムービー mu—bi— ………… 電影

3 オムライス③ ㄡ ㄇㄨ ㄌㄚ ㄧ ㄙㄨ ➔ オムライス o mu ra i su ………… 蛋包飯

一日一句

この店（みせ）のオムライスはおいしいです。

這家店的蛋包飯很好吃。

ko no mi se no o mu ra i su wa o i shi i de su

漢字嘛也通 むり① 【mu ri】

【無理】這個漢字是沒道理、勉強、不合適的意思。【無理往生（むりおうじょう）】是逼迫的意思。「その仕事（しごと）は彼（かれ）には無理（むり）だ」是說：那個工作他做不來。「それは無理（むり）な注文（ちゅうもん）だ」這句是指：那是無理的要求。

ア行 カ行 サ行 タ行 ナ行 ハ行 マ行 ヤ行 ラ行 ワ行 其他

羅馬讀音 me

メ

ㄅㄆㄇ讀音 ㄇㄟ

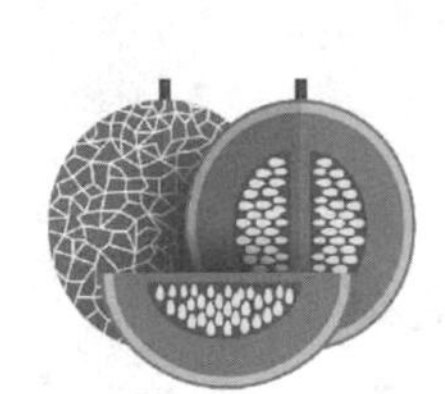

字源「め」女字的下半部 同樣唸[me]音的平假名→[め]請見P.051

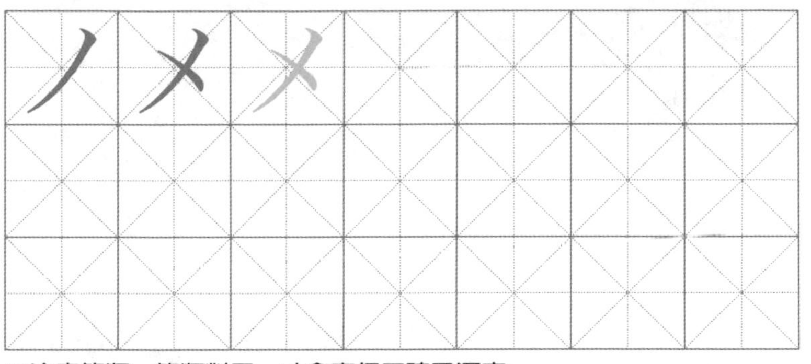

※注意筆順，筆順對了，才會寫得正確又漂亮。

單語唸一唸 先聽聽CD或掃左邊的QR碼，再自己唸看看，最後自己寫一遍，邊寫邊唸，就能加強記憶。

1 メール1 ㄇㄟ — ㄌㄨ → メール me — ru …… 郵件

2 メロン1 ㄇㄟ ㄌㄡ ㄣ → メロン me ro n …… 香瓜

3 メニュー1 ㄇㄟ ㄋㄩ — → メニュー me nyu — …… 菜單

一日一句 メニュー、お願(なが)いします。 請給我菜單。
me nyu — ， o ne ga i shi ma su

漢字嘛也通 めあて1 【me a te】

【目当て】這個漢字是指目標、目的、指望、打算的意思。「大(おお)きいビルを目(め)当(あ)てにして行(い)く」這句是說：以那棟大樓爲目標前進。【目(め)当(あ)てが外(はず)れた】是說指望落空。

ア行 カ行 サ行 タ行 ナ行 ハ行 マ行 ヤ行 ラ行 ワ行 其他

070

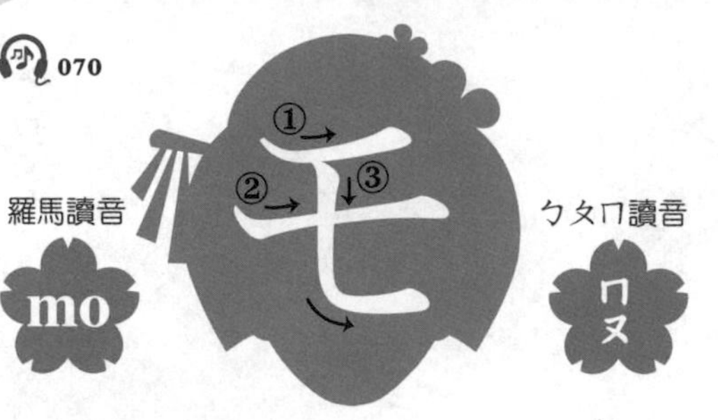

メモ

便條紙

字源 「毛」毛字的下半部 同樣唸[mo]音的平假名➜[も]請見P.052

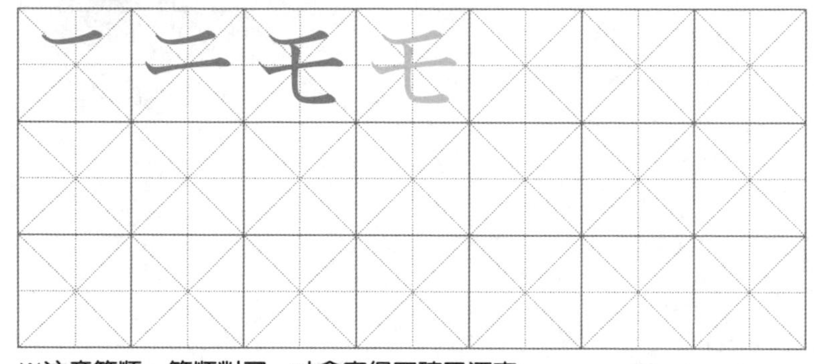

※注意筆順，筆順對了，才會寫得正確又漂亮。

單語唸一唸 先聽聽CD或掃左邊的QR碼，再自己唸看看，最後自己寫一遍，邊寫邊唸，就能加強記憶。

1 メモ① ㄇㄟ ㄇㄡ ➜ メモ me mo ➜ メモ me mo ………… 便條紙

2 モデル① ㄇㄡ ㄉㄟ ㄌㄨ ➜ モデル mo de ru ………… 模特兒

3 モーター① ㄇㄡ — ㄊㄚ — ➜ モーター mo — ta — ………… 馬達

一日一句 課長（かちょう）の婚約者（こんやくしゃ）はモデルをしているそうです。

聽說課長的未婚妻是個模特兒。

ka cho — no ko n ya ku sya wa mo de ru wo shi te i ru so — de su

漢字嘛也通 もんく① 【mo n ku】

【文句】這個漢字是指發牢騷、抱怨的意思。【文句（もんく）を言（い）う】是指發牢騷、提意見；【文句（もんく）なし】是指沒有異議；【文句（もんく）を付（つ）ける】是指吹毛求疵、講歪理。

ア行 カ行 サ行 タ行 ナ行 ハ行 マ行 ヤ行 ラ行 ワ行 其他

字源「や」也字的部分變形 同樣唸[ya]音的平假名➜[や]請見P.053

※注意筆順，筆順對了，才會寫得正確又漂亮。

單語唸一唸 先聽聽CD或掃左邊的QR碼，再自己唸看看，最後自己寫一遍，邊寫邊唸，就能加強記憶。

1 ヤシ[1] ㄧㄚ ㄒㄧ ➜ ヤシ ya shi ➜ ヤシ ya shi ………… 椰子

2 ヤード[1] ㄧㄚ — ㄉㄡ ➜ ヤード ya — do ………… 碼

3 タイヤ[0] ㄊㄚ ㄧ ㄧㄚ ➜ タイヤ ta i ya ………… 輪胎

一日一句

学校(がっこう)に行(い)く途中(とちゅう)でバスのタイヤがパンクしました。

上學的途中公車的輪胎爆胎了。

ga • ko — ni i ku to chu — de ba su no ta i ya ga pa n ku shi ma shi ta

漢字嘛也通

【屋】

や[0] 【ya】

這個漢字是房屋、屋頂的意思。另外，這個字還有一個引申用法，用來表示職業、商家如【八百屋(やおや)】是指賣蔬菜的；【本屋(ほんや)】是指書店；【薬屋(くすりや)】是指藥局；【魚屋(さかなや)】是指賣魚的。

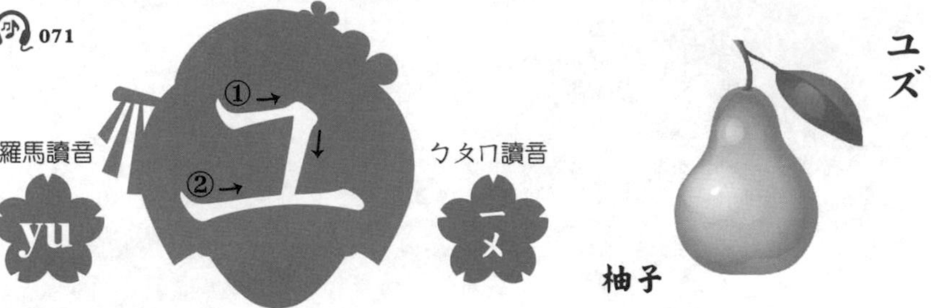

字源「由」由字的下半部變形 同樣唸[yu]音的平假名➜[ゆ]請見P.054

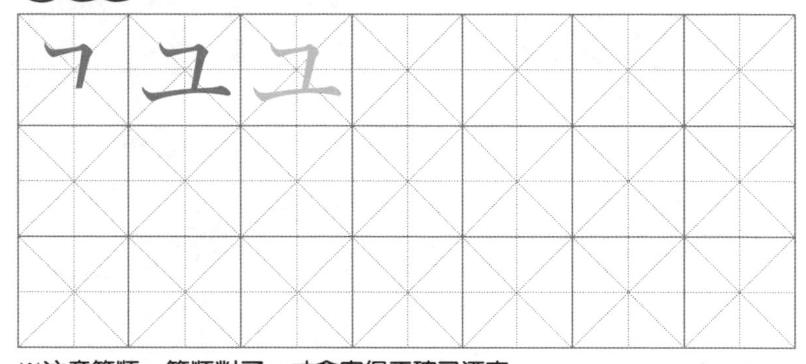

※注意筆順，筆順對了，才會寫得正確又漂亮。

單語唸一唸 先聽聽CD或掃左邊的QR碼，再自己唸看看，最後自己寫一遍，邊寫邊唸，就能加強記憶。

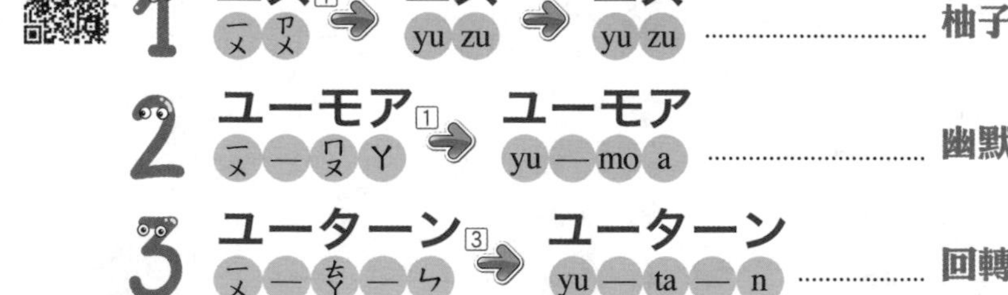

1. ユズ[1] ㄧㄡ ㄗㄨ ➜ ユズ yu zu ➜ ユズ yu zu .... 柚子
2. ユーモア[1] ㄧㄡ — ㄇㄡ ㄚ ➜ ユーモア yu — mo a .... 幽默
3. ユーターン[3] ㄧㄡ — ㄊㄚ — ㄣ ➜ ユーターン yu — ta — n .... 回轉

一日一句

この道（みち）はユーターンしてはいけません。

這條路不能回轉。

ko no mi chi wa yu — ta — n shi te wa i ke ma se n

漢字嘛也通

【有料】

ゆうりょう[0] 【yu — ryo —】

這個漢字是指收費。【有料駐車（ゆうりょうちゅうしゃ）】是指收費停車場；【有料道路（ゆうりょうどうろ）】是指要收費的道路。它的相反詞是【無料（むりょう）】，還有一詞【ただ】是指不用錢。「この新聞（しんぶん）はただです」這份報紙不用錢。

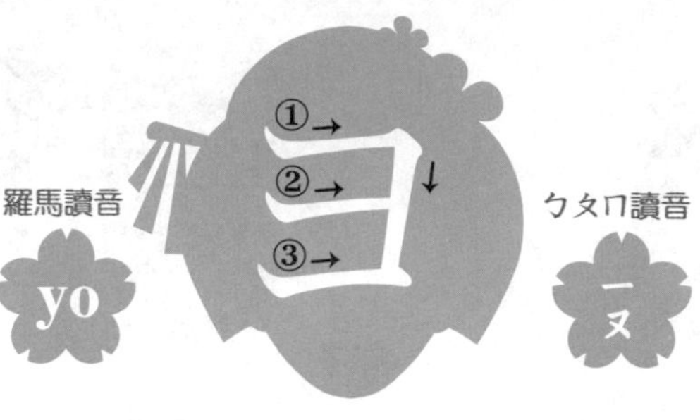

ヨガ

瑜珈

字源「与」与字的下半部 同樣唸[yo]音的平假名➔[よ]請見P.055

※注意筆順，筆順對了，才會寫得正確又漂亮。

單語唸一唸 先聽聽CD或掃左邊的QR碼，再自己唸看看，最後自己寫一遍，邊寫邊唸，就能加強記憶。

1 ヨガ①（一ㄡ ㄍㄚ）➔ ヨガ（yo ga）➔ ヨガ（yo ga）……瑜珈

2 ヨーグルト③（一ㄡ — ㄍㄨ ㄌㄨ ㄊㄡ）➔ ヨーグルト（yo — gu ru to）……優格

3 ヨーロッパ③（一ㄡ — ㄌㄡ・ㄆㄚ）➔ ヨーロッパ（yo — ro・pa）……歐洲

一日一句

新婚旅行（しんこんりょこう）はヨーロッパにしました。

蜜月旅行決定去歐洲。

shi n ko n ryo ko — wa yo — ro・pa ni shi ma shi ta

漢字嘛也通

よやく⓪ 【yo ya ku】

【予約】

這個漢字是預約的意思，但寫法和中文不太一樣，要留意。【予約締め切りの日（よやくしめきりのひ）】是指：預約截止日期。【席を予約する（せきをよやくする）】是指預約座位。【予約受付（よやくうけつけ）】是指接受預約。

072

ライオン

獅子

字源 「<良草書>」良字的首兩劃變成 ⛩ 同樣唸[ra]音的平假名➜[ら]請見P.056

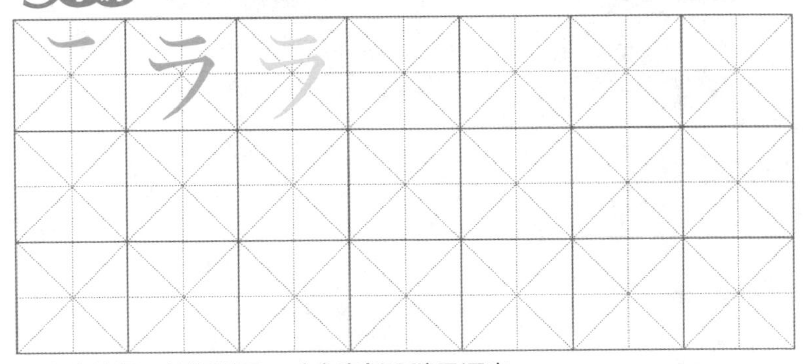

※注意筆順，筆順對了，才會寫得正確又漂亮。

單語唸一唸

先聽聽CD或掃左邊的QR碼，再自己唸看看，最後自己寫一遍，邊寫邊唸，就能加強記憶。

1 ラジオ 1 ㄌㄚ ㄐㄧ ㄡ ➜ ラジオ ra ji o .... 收音機

2 ラーメン 1 ㄌㄚ — ㄇㄟ ㄣ ➜ ラーメン ra — me n .... 拉麵

3 ライオン 0 ㄌㄚ ㄧ ㄡ ㄣ ➜ ライオン ra i o n .... 獅子

一日一句

ラジオを聴(き)きながら、勉強(べんきょう)します。

一邊聽收音機，一邊唸書。

ra ji o wo ki ki na ga ra , be n kyo — shi ma su

漢字嘛也通

らんぼう 0 【ra n bo —】

【乱暴】這個漢字是指粗暴、粗魯、無法無天的意思。【乱暴(らんぼう)な振舞(ふるまい)】是指粗暴的舉動。【乱暴(らんぼう)なことを言(い)うな】這句是說不要蠻不講理。「乱暴(らんぼう)な値段(ねだん)を言(い)っている」這句是指漫天要價。

羅馬讀音 ri

リ

ㄅㄆㄇ讀音 ㄌㄧ

字源「利」利字的偏旁　同樣唸[ri]音的平假名➜[り]請見P.057

※注意筆順，筆順對了，才會寫得正確又漂亮。

單語唸一唸 先聽聽CD或掃左邊的QR碼，再自己唸看看，最後自己寫一遍，邊寫邊唸，就能加強記憶。

1. リポート② ㄌㄧ ㄆㄡ — ㄊㄡ ➜ リポート ri po — to …… 報告
2. リモコン⓪ ㄌㄧ ㄇㄡ ㄎㄡ ㄣ ➜ リモコン ri mo ko n …… 搖控器
3. クリスマス③ ㄎㄨ ㄌㄧ ㄙㄨ ㄇㄚ ㄙㄨ ➜ クリスマス ku ri su ma su …… 聖誕節

一日一句

今日(きょう)はクリスマスだからケーキを買(か)いました。

今天是聖誕節所以買了蛋糕。

kyo — wa ku ri su ma su da ka ra ke — ki wo ka i ma shi ta

漢字嘛也通

【理屈】

りくつ⓪　【ri ku tsu】

這個漢字是指理由，或揑造的理由、歪理。【理屈(りくつ)が立(た)たない】是指沒有道理、不成理由；【理屈屋(りくつや)】是指喜歡講歪理的人；「理屈(りくつ)ばかり言(い)って何(なん)の仕事(しごと)もしない」淨講道理什麼也不做。

073

字源 「lt」流字的右下部分 同樣唸[ru]音的平假名➜[る]請見P.058

※注意筆順，筆順對了，才會寫得正確又漂亮。

單語唸一唸 先聽聽CD或掃左邊的QR碼，再自己唸看看，最後自己寫一遍，邊寫邊唸，就能加強記憶。

1 ビール[1] ㄅㄧ — ㄌㄨ ➜ ビール bi — ru .... 啤酒

2 ルーム[1] ㄌㄨ — ㄇㄨ ➜ ルーム ru — mu .... 房間

3 カップル[2] ㄎㄚ • ㄆㄨ ㄌㄨ ➜ カップル ka • pu ru .... 情侶

一日一句 ルームサービスをお願（ねが）いします。

我要叫客房服務。

ru — mu sa — bi su wo o ne ga i shi ma su

漢字嘛也通

【五月蝿い】

うるさい[3] 【u ru sa i】

這個漢字是指麻煩、討厭及吵雜的意思。【五月（うる）蝿（さ）く質問（しつもん）する】是指問得令人討厭。「電車（でんしゃ）の音（おと）がうるさくて眠（ね）れない」是指電車的聲音吵雜得令人睡不著。

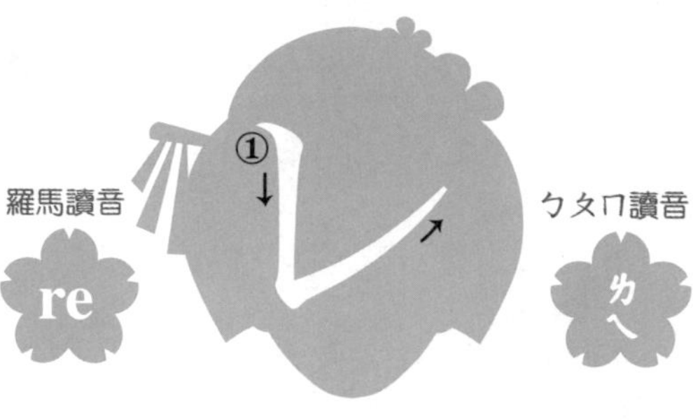

字源 「礼」礼字的右半部 同樣唸[re]音的平假名→[れ]請見P.059

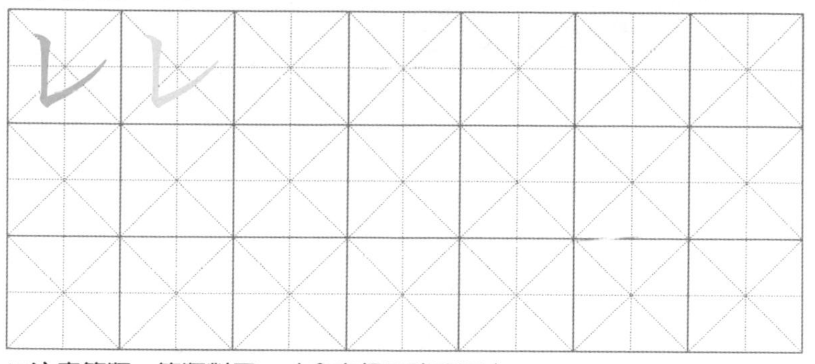

※注意筆順，筆順對了，才會寫得正確又漂亮。

單語唸一唸 先聽聽CD或掃左邊的QR碼，再自己唸看看，最後自己寫一遍，邊寫邊唸，就能加強記憶。

1 レモン[1] ㄌㄟ ㄇㄡ ㄣ → レモン re mo n ………… 檸檬

2 カレー[0] ㄎㄚ ㄌㄟ — → カレー ka re — ………… 咖哩

3 レストラン[1] ㄌㄟ ㄙㄨ ㄊㄡ ㄌㄚ ㄣ → レストラン re su to ra n ………… 餐廳

一日一句 レストランは三階(さんがい)にあります。
餐廳在3樓。
re su to ra n wa sa n ga i ni a ri ma su

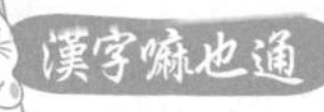

ていれ[3] 【te i re】

【手入れ】這個漢字是指修理、收拾、保養的意思，可不是得手的意思哦。「カメラの手入(てい)れをする」這句是保養相機的意思。

074

火箭

字源「呂」呂字的部分　同樣唸[ro]音的平假名➜[ろ]請見P.060

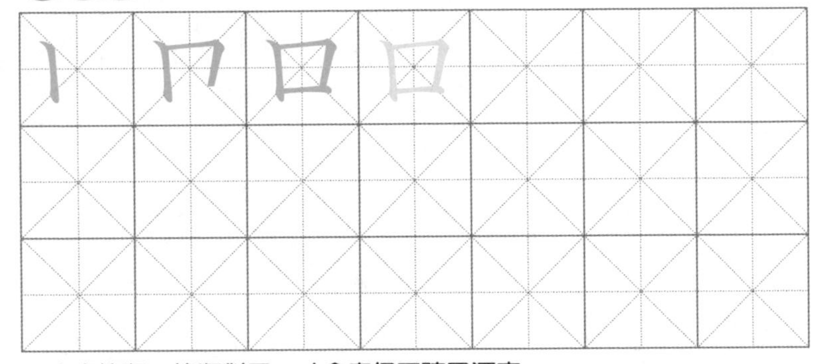

※注意筆順，筆順對了，才會寫得正確又漂亮。

單語唸一唸 先聽聽CD或掃左邊的QR碼，再自己唸看看，最後自己寫一遍，邊寫邊唸，就能加強記憶。

1 ローマ⓪ ㄌㄡ—ㄇㄚ ➜ ローマ ro—ma ………… 羅馬

2 ローン① ㄌㄡ—ㄣ ➜ ローン ro—n ………… 貸款

3 ロケット② ㄌㄡ ㄎㄟ・ㄊㄡ ➜ ロケット ro ke・to ………… 火箭

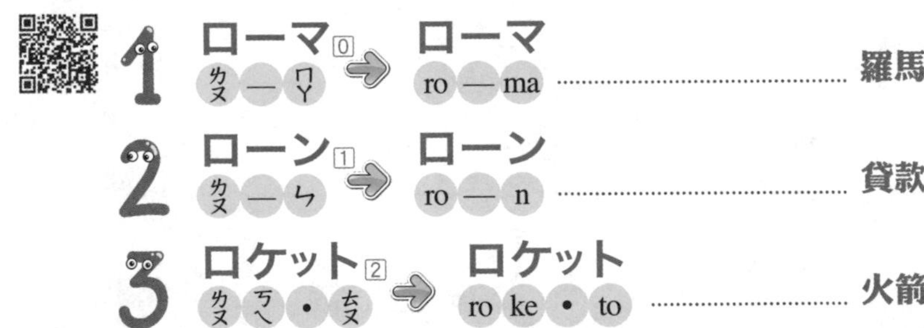

一日一句 マンションをローンで買(か)うつもりです。

打算用貸款買間公寓。

ma n syo n wo ro — n de ka u tsu mo ri de su

漢字嘛也通 ろうば① 【ro — ba】

【老婆】 這個漢字可不是指老婆哦，而是指老太太。【老婆心(ろうばしん)】是指：懇切的心、苦心。「私(わたし)は老婆心(ろうばしん)でこう言(い)うのだ」這句是說；我這樣說是出自於一片苦心。

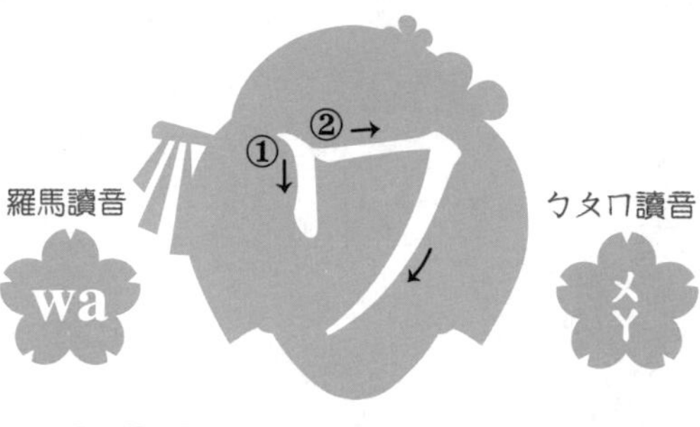

ワンピース

洋裝

字源「和」和字的偏旁　同樣唸[wa]音的平假名→[わ]請見P.061

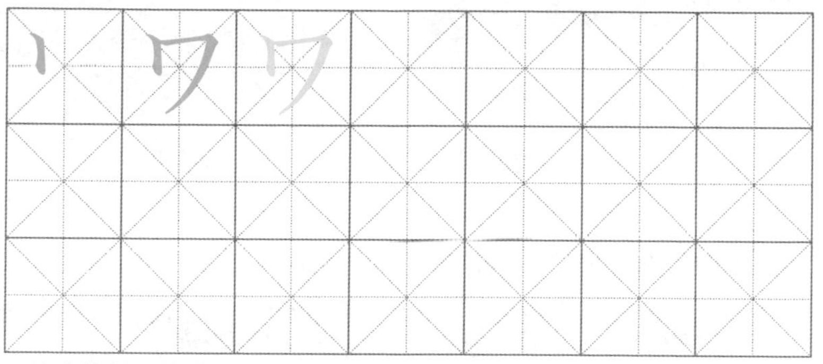

※注意筆順，筆順對了，才會寫得正確又漂亮。

單語唸一唸 先聽聽CD或掃左邊的QR碼，再自己唸看看，最後自己寫一遍，邊寫邊唸，就能加強記憶。

1 ワイン① ㄨㄚ ㄧ ㄣ → ワイン wa i n …… 葡萄酒

2 ワイド① ㄨㄚ ㄧ ㄉㄡ → ワイド wa i do …… 寬的

3 ワンピース③ ㄨㄚ ㄣ ㄆㄧ — ㄙㄨ → ワンピース wa n pi — su …… 洋裝

一日一句

この近(ちか)くでどこかワインを売(う)っていますか？

這個附近哪裡有賣葡萄酒？

ko no chi ka ku de do ko ka wa i n wo u • te i ma su ka

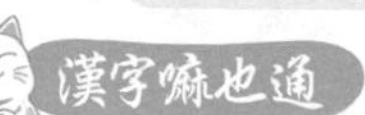

わがまま③　【wa ga ma ma】

【我侭】 這個漢字是指任性、放肆的意意。【我侭(わがまま)なことを言(い)う】是指說任性的話。「一人息子(ひとりむすこ)で我(わ)がままに育(そだ)つ」這句是說：獨生子嬌生慣養。

075

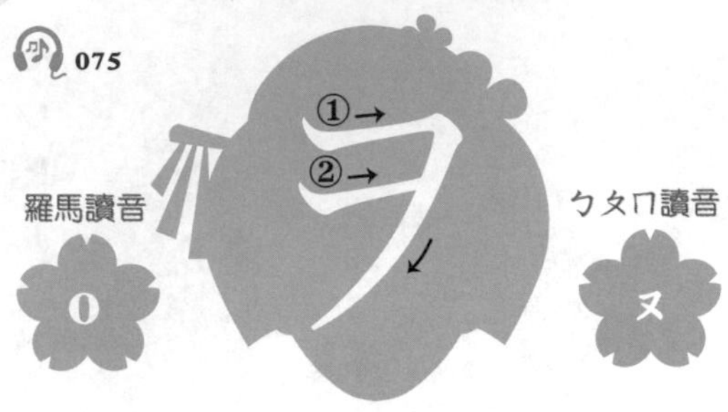

字源「乎」乎字的上半部變形 同樣唸[o]音的平假名→[を]請見P.062

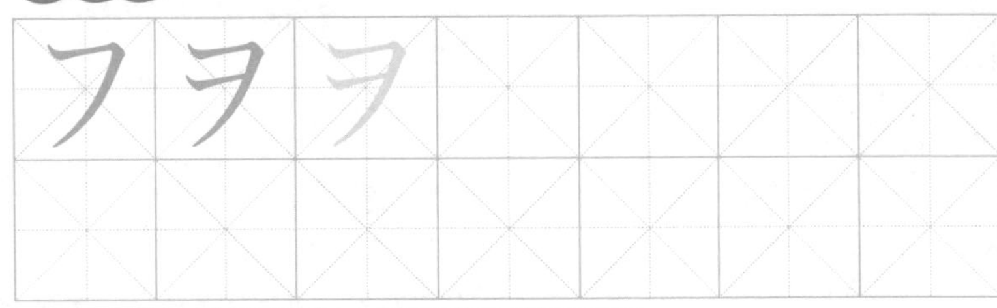

※注意筆順，筆順對了，才會寫得正確又漂亮。

◎「を」的讀音和「お」的讀音一樣是「o」，這個字母只會當助詞用，不會單獨出現在單字中，它必須和及物動詞使用，表示動作作用的對象。

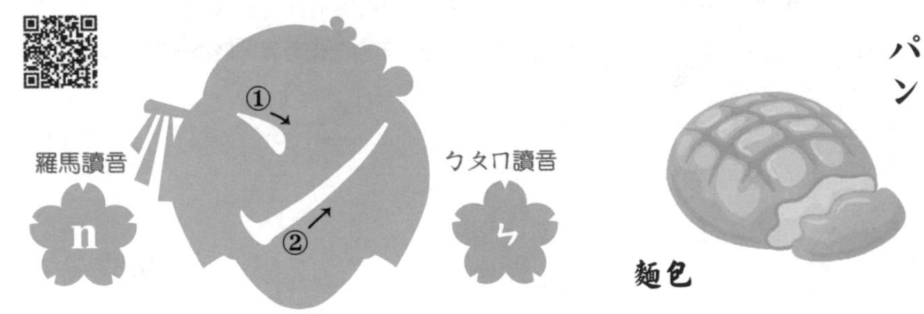

※注意筆順，筆順對了，才會寫得正確又漂亮。

◎「ン」這個字母不是清音，它是日文中的唯一鼻音，也稱為「撥音」。「ン」必須和其他假名連用。

濁音、半濁音

濁音為「カ」行、「サ」行、「タ」行、「ハ」行清音假名的右上角加兩點「〃」。而「ザ行」的「ジ」、「ズ」和「ダ行」的「ヂ」「ヅ」同音，通常使用前者。

半濁音為「ハ」行的清音假名的右上角加一個小圈圈「。」。

076

ガソリン

汽油

同樣唸[ga]音的平假名➜[が]請見P.064

※以「カ」的筆順先寫好「カ」，接著在右上角加上「〝」。

單語唸一唸 先聽聽CD或掃左邊的QR碼，再自己唸看看，最後自己寫一遍，邊寫邊唸，就能加強記憶。

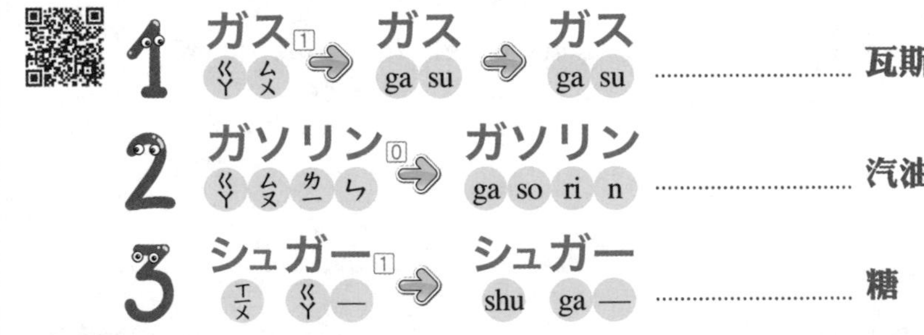

1 ガス[1] ㄍㄚ ㄙㄨ ➜ ガス ga su ➜ ガス ga su .... 瓦斯

2 ガソリン[0] ㄍㄚ ㄙㄡ ㄌㄧ ㄣ ➜ ガソリン ga so ri n .... 汽油

3 シュガー[1] ㄒㄩ ㄍㄚ — ➜ シュガー shu ga — .... 糖

一日一句

この近（ちか）くで一番近（いちばんちか）いガソリンスタンドはどこですか？

這附近最近的加油站在哪裡？

ko no chi ka ku de i chi ba n chi ka i ga so ri n su ta n to wa do ko de su ka

漢字嘛也通 にがて[0]【ne ga te】

【苦手】這個字是指不擅長、不好對付的意思，【苦手（にがて）な学科（がっか）】是指不擅長的科目。「おしゃべりな人（ひと）はどうも苦手（にがて）です」這句是說：我最怕的是喋喋不休的人。

ギ

羅馬讀音 gi

ㄅㄆㄇ讀音 ㄍㄧ

ギター

吉他

同樣唸[gi]音的平假名➔[ぎ]請見P.065

※以「キ」的筆順先寫好「キ」，接著在右上角加上「〝」。

單語唸一唸 先聽聽CD或掃左邊的QR碼，再自己唸看看，最後自己寫一遍，邊寫邊唸，就能加強記憶。

1. ギター[1] ㄍㄧ ㄊㄚ — ➔ ギター gi ta — .... 吉他
2. ギフト[1] ㄍㄧ ㄏㄨ ㄊㄡ ➔ ギフト gi fu to .... 禮物
3. エネルギー[2] せ ㄋㄟ ㄌㄨ ㄍㄧ — ➔ エネルギー e ne ru gi — .... 能量

一日一句

ギターを習（なら）いたいです。

想去學吉他。

gi ta — wo na ra i ta i de su

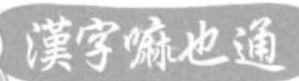

漢字嘛也通

こぎって[2] 【ko gi • te】

【小切手】這個漢字的意思是指支票。開支票是【小切手（こぎって）を振（ふ）り出（だ）す】；【小切手（こぎって）で払（はら）う】這是指用支票支付；【不渡（ふわた）り小切手（こぎって）】是指空頭支票。

077

グ

羅馬讀音 gu

ㄅㄆㄇ讀音 ㄍㄨ

グラウンド

運動場

同樣唸[gu]音的平假名→[ぐ]請見P.066

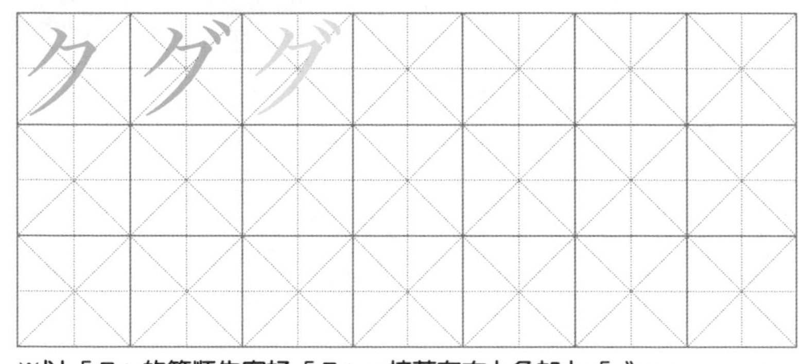

※以「ク」的筆順先寫好「ク」，接著在右上角加上「〝」。

單語唸一唸 先聽聽CD或掃左邊的QR碼，再自己唸看看，最後自己寫一遍，邊寫邊唸，就能加強記憶。

1. グラス[1] ㄍㄨ ㄌㄚ ㄙㄨ → グラス gu ra su …… 玻璃杯
2. グリーン[2] ㄍㄨ ㄌㄧ — ㄣ → グリーン gu ri — n …… 綠色
3. グラウンド[0] ㄍㄨ ㄌㄚ ㄨ ㄣ ㄉㄡ → グラウンド gu ra u n do …… 運動場

一日一句

グラスを落(お)として割(わ)ってしまった。

玻璃杯掉下去破了。

gu ra su wo o to shi te wa • te shi ma • ta

漢字嘛也通

【気苦労】 きぐろう[2] 【ki gu ro —】

這個漢字的意思是指操心、擔心的意思。【気苦労(きぐろう)が多(おお)い】是說操心事很多。「子供(こども)のために気苦労(きぐろう)します」是說：為了孩子操心。

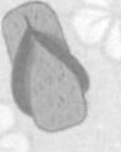

ゲート

門

同樣唸[ge]音的平假名→[げ]請見P.067

※以「ケ」的筆順先寫好「ケ」，接著在右上角加上「〞」。

單語唸一唸 先聽聽CD或掃左邊的QR碼，再自己唸看看，最後自己寫一遍，邊寫邊唸，就能加強記憶。

1 ゲーム[1] ㄍㄟ — ㄇㄨ → ゲーム ge — mu .... 遊戲

2 ゲスト[0] ㄍㄟ ㄙㄨ ㄊㄡ → ゲスト ge su to .... 客人

3 ゲート[1] ㄍㄟ — ㄊㄡ → ゲート ge — to .... 門

一日一句

友達(ともだち)を誘(さそ)って家(うち)でビデオゲームで遊(あそ)びます。

找朋友來家裡玩電視遊樂器。

to mo da chi wo sa so • te u chi de bi de o ge — mu de a so bi ma su

漢字嘛也通 げんき[1]【ge n ki】

【元気】 這個是指精神、精力。【元気(げんき)が良(よ)い】是指精神很好。【元気(げんき)がない】是指沒什麼精神；【元気(げんき)を出(だ)す】是指振作精神。

ア行 カ行 サ行 タ行 ナ行 ハ行 マ行 ヤ行 ラ行 ワ行 其他

078

羅馬讀音 go

ゴ

ㄅㄆㄇ讀音 ㄍㄡ

同樣唸[go]音的平假名→[ご]請見P.068

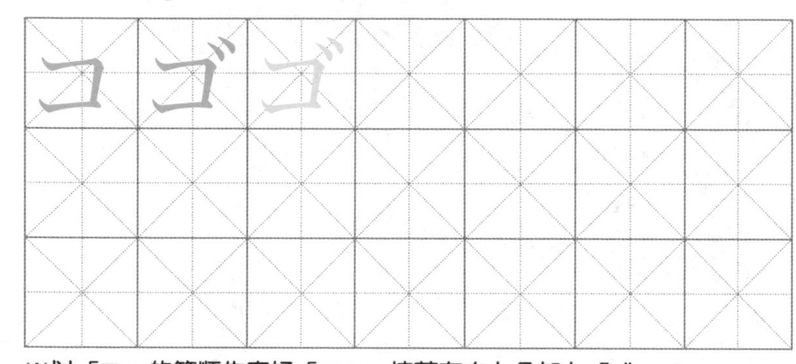

※以「コ」的筆順先寫好「コ」，接著在右上角加上「〝」。

單語唸一唸 先聽聽CD或掃左邊的QR碼，再自己唸看看，最後自己寫一遍，邊寫邊唸，就能加強記憶。

1 ゴルフ①（ㄍㄡ ㄌㄨ ㄏㄨ）→ ゴルフ（go ru fu）……高爾夫

2 ゴール①（ㄍㄡ — ㄌㄨ）→ ゴール（go — ru）……決勝點

3 タンゴ①（ㄊㄚ ㄣ ㄍㄡ）→ タンゴ（ta n go）……探戈

一日一句

一緒（いっしょ）にゴルフの練習（れんしゅう）に行（い）きませんか？

一起去練習打高爾夫球吧？

i・sho ni go ru fu no re n shu — ni i ki ma se n ka

漢字嘛也通 ごうどう⓪【go — do —】

【合同】這個漢字是聯合、共同的意思，可不是我們說的合同、合約的意思。「合同（ごうどう）で運動会（うんどうかい）を行（おこな）う」這句是說共同舉辦運動會。「二（ふた）つの会社（かいしゃ）が合同（ごうどう）する」是指兩家公司聯合起來。

ザ

羅馬讀音 za　ㄅㄆㄇ讀音 ㄗㄚ

ピザ

披薩

同樣唸[za]音的平假名➔[ざ]請見P.069

※以「サ」的筆順先寫好「サ」，接著在右上角加上「〝」。

單語唸一唸 先聽聽CD或掃左邊的QR碼，再自己唸看看，最後自己寫一遍，邊寫邊唸，就能加強記憶。

1. ピザ[1] ㄆㄧ ㄗㄚ ➔ ピザ pi za ➔ ピザ pi za ……… 披薩
2. デザート[2] ㄉㄟ ㄗㄚ — ㄊㄡ ➔ デザート de za — to ……… 點心
3. デザイン[2] ㄉㄟ ㄗㄚ ㄧ ㄣ ➔ デザイン de za i n ……… 設計

一日一句

あなたが特(とく)に薦(すす)めるピザは何(なん)ですか？

你特別推薦的披薩是什麼口味的？

a na ta ga to ku ni su su me ru pi za wa na n de su ka

漢字嘛也通　ざんぴん[0]　【za n pi n】

【残品】 這個字是庫存品的意思。「残品整理(ざんぴんせいり)の大売出(おおうりだ)し」是指清倉大拍賣。

079

ジ

羅馬讀音 ji

ㄅㄆㄇ讀音 ㄐㄧ

同樣唸[ji]音的平假名→[じ]請見P.070

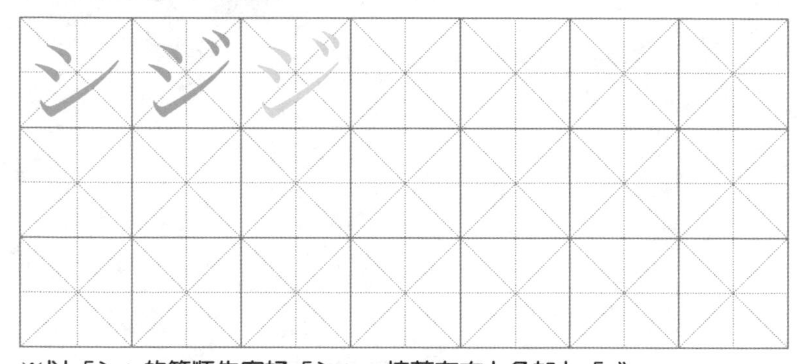

※以「シ」的筆順先寫好「シ」，接著在右上角加上「〝」。

單語唸一唸

先聽聽CD或掃左邊的QR碼，再自己唸看看，最後自己寫一遍，邊寫邊唸，就能加強記憶。

1. ジラフ① ㄐㄧ ㄌㄚ ㄏㄨ → ジラフ ji ra fu ………… 長頸鹿
2. ジープ① ㄐㄧ — ㄆㄨ → ジープ ji — pu ………… 吉普車
3. ジーンズ① ㄐㄧ — ㄣ ㄗㄨ → ジーンズ ji — n zu ………… 牛仔褲

一日一句

このジーンズは私(わたし)には大(おお)き過(す)ぎます。

這條牛仔褲對我來說太大了。

ko no ji — n zu wa wa ta shi ni ha o o ki su gi ma su

漢字嘛也通

たつじん⓪ 【ta tsu ji n】

【達人】這個漢字是精通、高手的意思。【達人(たつじん)の境地(きょうち)に入(はい)る】這句是說：到了精通的境地。【囲碁(いご)の達人(たつじん)】這句是圍棋高手的意思。

ズ

羅馬讀音 zu

ㄅㄆㄇ讀音 ㄗㄨ

ズボン

褲子

同樣唸[zu]音的平假名➜[ず]請見P.071

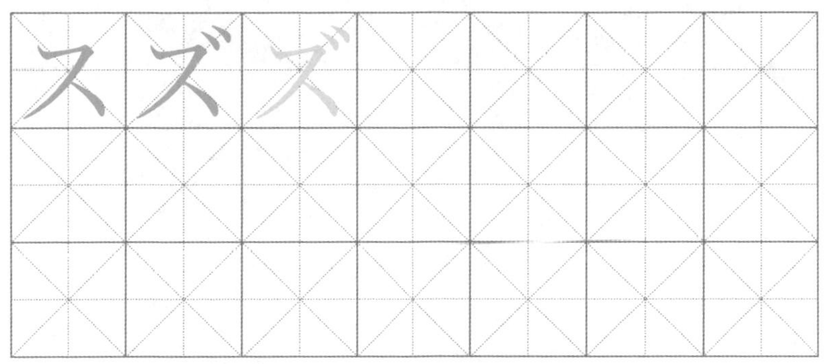

※以「ス」的筆順先寫好「ス」，接著在右上角加上「〃」。

單語唸一唸 先聽聽CD或掃左邊的QR碼，再自己唸看看，最後自己寫一遍，邊寫邊唸，就能加強記憶。

1 ズボン[2] ㄗㄨ ㄅㄡ ㄣ ➜ ズボン zu bo n .... 褲子

2 スムーズ[2] ㄙㄨ ㄇㄨ — ㄗㄨ ➜ スムーズ su mu — zu .... 圓滑的

3 マヨネーズ[3] ㄇㄚ 一ㄡ ㄋㄟ — ㄗㄨ ➜ マヨネーズ ma yo ne — zu .... 沙拉醬

一日一句

これはマヨネーズをつけて食(た)べますか？

這個是要沾沙拉醬吃嗎？

ko re wa ma yo ne — zu wo tsu ke te ta be ma su ka

漢字嘛也通 ずいぶん[1]【zu i bu n】

【随分】 這個漢字是非常、厲害的意思。【昨日(きのう)の台風(たいふう)は随分(ずいぶん)つよかった】是指昨天的颱風非常強。「随分歩(ずいぶんある)いた」這是指走了很久。

080

ゼ

羅馬讀音 ze

ㄅㄆㄇ讀音 ㄗㄟ

斑馬

同樣唸[ze]音的平假名➜[ぜ]請見P.072

※以「セ」的筆順先寫好「セ」，接著在右上角加上「〝」。

單語唸一唸 先聽聽CD或掃左邊的QR碼，再自己唸看看，最後自己寫一遍，邊寫邊唸，就能加強記憶。

1. ゼロ[1] ㄗㄟ ㄌㄡ ➜ ゼロ ze ro ➜ ゼロ ze ro ……………… 零
2. ゼリー[1] ㄗㄟ ㄌㄧ — ➜ ゼリー ze ri — ……………… 果凍
3. ゼブラ[1] ㄗㄟ ㄅㄨ ㄌㄚ ➜ ゼブラ ze bu ra ……………… 斑馬

一日一句

特(とく)にいちごゼリーとコーヒーゼリーが大好(だいす)きです。

我特別喜歡草莓果凍和咖啡果凍。

to ku ni i chi go ze ri — to ko — hi — ze ri — ga da i su ki de su

ぜいたく[3] 【ze i ta ku】

【贅沢】 這個漢字是浪費、奢侈的意思。【贅沢品(ぜいたくひん)を買(か)う】是指買奢侈品。【贅沢(ぜいたく)な生活(せいかつ)】是指奢華的生活。「これ以上望(いじょうのぞ)むのは贅沢(ぜいたく)だ」這句是說：如果再提出進一步的要求便是奢望了。

ゾ

羅馬讀音 ZO

ㄅㄆㄇ讀音 ㄗㄡ

リゾート

渡假

同樣唸[zo]音的平假名→[ぞ]請見P.073

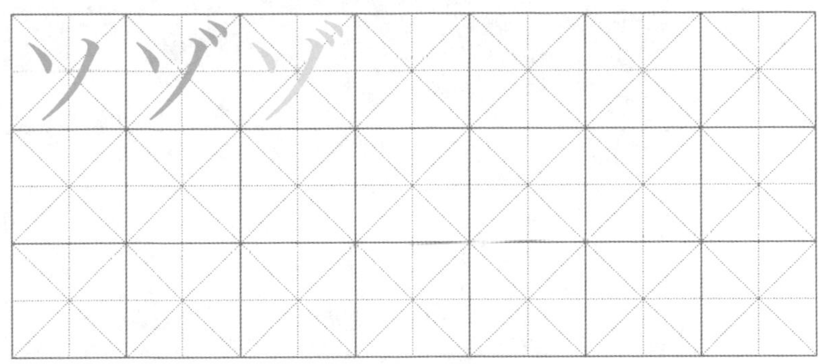

※以「ソ」的筆順先寫好「ソ」，接著在右上角加上「〝」。

單語唸一唸 先聽聽CD或掃左邊的QR碼，再自己唸看看，最後自己寫一遍，邊寫邊唸，就能加強記憶。

1. ゾラ⓪（ㄗㄡ ㄌㄚ）→ ゾラ（zo ra）→ ゾラ（zo ra）……左拉
2. ゾーン①（ㄗㄡ — ㄣ）→ ゾーン（zo — n）……區域
3. リゾート②（ㄌㄧ ㄗㄡ — ㄊㄡ）→ リゾート（ri zo — to）……渡假

一日一句

沖縄(おきなわ)でお勧(すす)めリゾートホテルがあったら教(おし)えてください。

請推薦在沖繩的渡假飯店。

o ki na wa de o su su me ri zo — to ho te ru ga a • ta ra o shi e te ku da sa i

漢字嘛也通 ぜんぜん⓪ 【ze n ze n】

【全然】這個漢字是全然、絲毫不…，或完全、十分地的意思。【全然(ぜんぜん)分(わ)からない】是指一點都不知道。【全然興味(ぜんぜんきょうみ)がない】是指一點興趣也沒有。【全然間違(ぜんぜんまちが)いだ】是說完全是錯的。

081

羅馬讀音 da

ダ

ㄅㄆㄇ讀音 ㄉㄚ

紙箱

同樣唸[da]音的平假名➜[だ]請見P.074

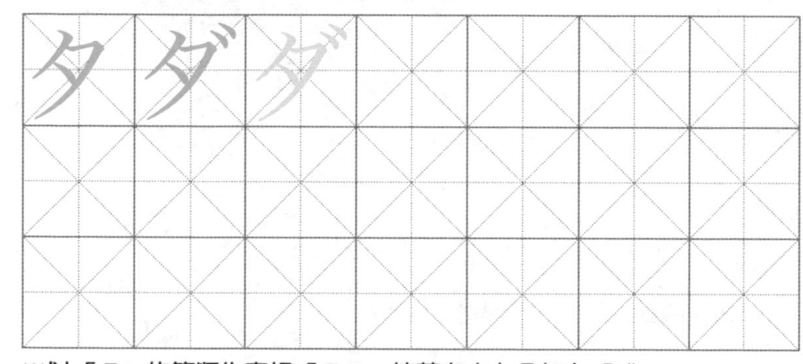

※以「タ」的筆順先寫好「タ」，接著在右上角加上「〃」。

單語唸一唸 先聽聽CD或掃左邊的QR碼，再自己唸看看，最後自己寫一遍，邊寫邊唸，就能加強記憶。

1 ダンス[1] ㄉㄚ ㄣ ㄙㄨ ➜ ダンス da n su …… 跳舞

2 サンダル[0] ㄙㄚ ㄣ ㄉㄚ ㄌㄨ ➜ サンダル sa n da ru …… 涼鞋

3 ダンボール[0] ㄉㄚ ㄣ ㄅㄡ — ㄌㄨ ➜ ダンボール da n bo — ru …… 紙箱

一日一句

本(ほん)をたくさん買(か)ったので、ダンボールに詰(つ)めて下(くだ)さいませんか？

我買了很多書，可以替我裝入紙箱裡嗎？

ho n wo ta ku sa n ka・ta no de da n bo — ru ni tsu me te ku da sa i ma se n ka

むだ[0] 【mu da】

【無駄】 這個漢字是徒勞、白費的意思。「無駄(むだ)なことをやめたほうがいい」意思是說最好別做徒勞無益的事；【無駄足(むだあし)】是指白跑一趟；【無駄口(むだぐち)】是指閒聊、廢話；【無駄骨(むだぼね)】是指白費力氣。

同樣唸[de]音的平假名➔[で]請見P.075

※以「テ」的筆順先寫好「テ」，接著在右上角加上「〃」。

單語唸一唸 先聽聽CD或掃左邊的QR碼，再自己唸看看，最後自己寫一遍，邊寫邊唸，就能加強記憶。

1 デモ① ㄉㄟ ㄇㄡ ➔ デモ de mo ➔ デモ de mo .... 示威遊行

2 デート① ㄉㄟ — ㄊㄡ ➔ デート de — to .... 約會

3 デパート② ㄉㄟ ㄆㄚ — ㄊㄡ ➔ デパート de pa — to .... 百貨公司

一日一句

デパートで買（か）うならクレジットカードが使（つか）えます。

如果在百貨公司買的話就可以使用信用卡。

de pa — to de ka u na ra ku re ji ・ to ka — do ga tsu ka e ma su

漢字嘛也通 でまえ⓪ 【de ma e】

【出前】 這個漢字是外送、外賣的意思。【出前持ち（でまえも）】是指送外賣的人。「お寿司（すし）やピザなどの出前（でまえ）をしてくれるお店屋（みせや）さんを探（さが）しています」這句是說正在找可以外送壽司或披薩之類的店家。

082

同樣唸[do]音的平假名➜[ど]請見P.076

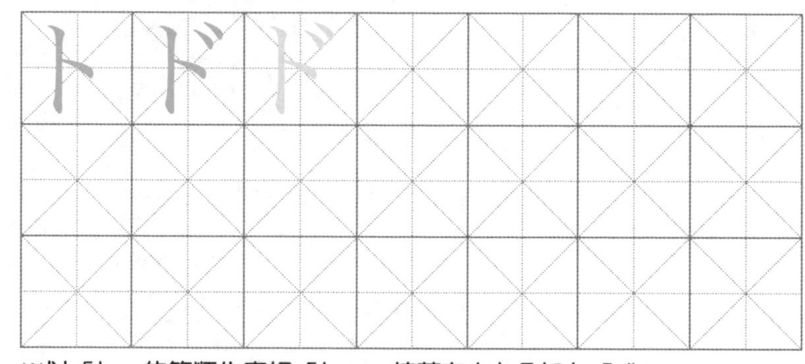

※以「ト」的筆順先寫好「ト」，接著在右上角加上「〝」。

單語唸一唸 先聽聽CD或掃左邊的QR碼，再自己唸看看，最後自己寫一遍，邊寫邊唸，就能加強記憶。

1. ドル[1] ㄊㄡ ㄌㄨ ➜ ドル do ru ➜ ドル do ru .... 美金
2. ドア[1] ㄊㄡ ㄚ ➜ ドア do a ➜ ドア do a .... 門
3. ドリンク[2] ㄊㄡ ㄌㄧ ㄣ ㄎㄨ ➜ ドリンク do ri n ku .... 飲料

一日一句

ドリンクはホットコーヒーにします。

飲料我要點熱咖啡。

do ri n ku wa ho • to ko — hi — ni shi ma su

漢字嘛也通

めんどう[3]【me n do —】

【面倒】 這個漢字是麻煩、費事的意思。【事(こと)を面倒(めんどう)にする】是指把事情弄複雜了；【人(ひと)に面倒(めんどう)をかける】是指給別人添麻煩。【子供(こども)の面倒(めんどう)を見(み)る】是指照料小孩。

バナナ

香蕉

同樣唸[ba]音的平假名→[ば]請見P.077

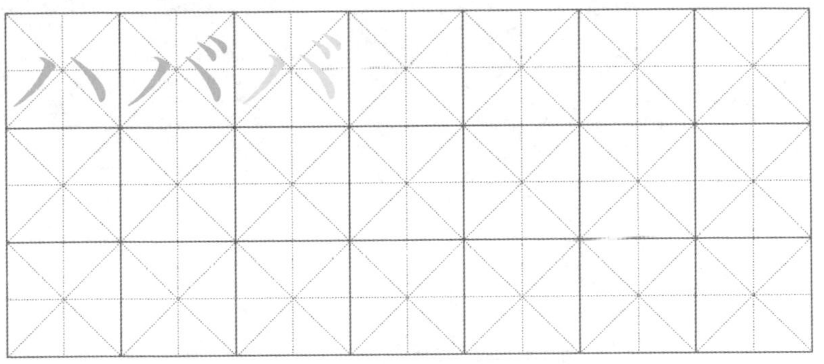

※以「ハ」的筆順先寫好「ハ」，接著在右上角加上「〃」。

單語唸一唸 先聽聽CD或掃左邊的QR碼唸，再自己唸看看，最後自己寫一遍，邊寫邊唸，就能加強記憶。

1 バス[1] ㄅㄚ ㄙㄨ → バス ba su → バス ba su ………… 巴士

2 バナナ[1] ㄅㄚ ㄋㄚ ㄋㄚ → バナナ ba na na ………… 香蕉

3 バイオリン[0] ㄅㄚ ㄧ ㄡ ㄌㄧ ㄣ → バイオリン ba i o ri n ………… 小提琴

一日一句

十二時半（じゅうにじはん）の空港（くうこう）行（ゆ）きのリムジンバスを予約（よやく）したいです。

我想預約12點半出發到機場的利木津巴士。

ju — ni ji ha n no ku — ko — yu ki no ri mu ji n ba su wo yo ya ku shi ta i de su

漢字嘛也通

【頑張る】

がんばる[3] 【ga n ba ru】

這是指堅持的意思，這是個動詞。【頑張（がんば）り屋（や）】是指做事拚命或堅持己見的人。「君（きみ）が頑張（がんば）りさえすれば相手（あいて）は屈服（くっぷく）する」是說：只要你堅持下去，對方就會屈服的。

083

ビ

羅馬讀音 bi

ㄅㄆㄇ讀音 ㄅㄧ

超商

同樣唸[bi]音的平假名➜[び]請見P.078

※以「ヒ」的筆順先寫好「ヒ」，接著在右上角加上「〃」。

單語唸一唸 先聽聽CD或掃左邊的QR碼，再自己唸看看，最後自己寫一遍，邊寫邊唸，就能加強記憶。

1. ビール[1] ㄅㄧ — ㄌㄨ ➜ ビール bi — ru ………… 啤酒
2. コンビニ[0] ㄎㄡ ㄣ ㄅㄧ ㄋㄧ ➜ コンビニ ko n bi ni ………… 超商
3. ビニール[2] ㄅㄧ ㄋㄧ — ㄌㄨ ➜ ビニール bi ni — ru ………… 塑膠

一日一句

ビニール袋(ぶくろ)をもらえませんか？

可以給我塑膠袋嗎？

bi ni — ru bu ku ro wo mo ra e ma se n ka

漢字嘛也通 びんぼう[1]【bi n bo —】

【貧乏】這個漢字是指貧窮的意思。【貧乏(びんぼう)になる】是指變窮了；【貧乏暇(びんぼうひま)なし】是指窮忙；【貧乏性(びんぼうしょう)】是指窮命。「貧乏(びんぼう)性(しょう)に生(う)まれついている」這句是說：天生的窮命。

ブ

羅馬讀音 bu

ㄅㄆㄇ讀音 ㄅㄨ

ブック

書本

同樣唸[bu]音的平假名➔[ぶ]請見P.079

※以「フ」的筆順先寫好「フ」，接著在右上角加上「〝」。

單語唸一唸 先聽聽CD或掃左邊的QR碼，再自己唸看看，最後自己寫一遍，邊寫邊唸，就能加強記憶。

1 ブルー[2] ㄅㄨ ㄌㄨ — ➔ ブルー bu ru — ...... 藍色

2 ブーツ[1] ㄅㄨ — ㄗ ➔ ブーツ bu — tsu ...... 長靴

3 ブック[1] ㄅㄨ ・ ㄎㄨ ➔ ブック bu ・ ku ...... 書本

一日一句

日本(にほん)では本屋(ほんや)で本を買(か)うと紙(かみ)のブックカバーがもらえます。

在日本買書的話，書店都會給紙製的書套。

ni ho n de wa ho n ya de ho n wo ka u to ka mi no bu ・ ku ka ba - ga mo ra e ma su

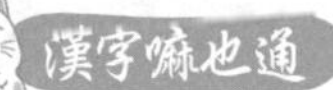

漢字嘛也通 けんぶつ[0] 【ke n bu tsu】

【見物】 這個漢字是指遊覽、參觀的意思。【東京(とうきょう)へ見物(けんぶつ)にいく】是指：到東京去遊覽。【芝居(しばい)を見物(けんぶつ)する】是說去看戲。

084

羅馬讀音 be

ㄅㄆㄇ讀音 ㄅㄟ

同樣唸[be]音的平假名→[べ]請見P.080

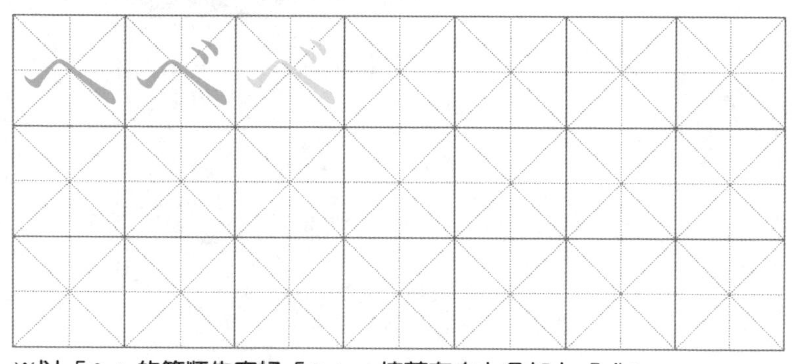

※以「ヘ」的筆順先寫好「ヘ」，接著在右上角加上「〃」。

單語唸一唸 先聽聽CD或掃左邊的QR碼，再自己唸看看，最後自己寫一遍，邊寫邊唸，就能加強記憶。

1 ベルト⓪ ㄅㄟ ㄌㄨ ㄊㄡ → ベルト be ru to .... 皮帶

2 ベビー① ㄅㄟ ㄅㄧ — → ベビー be bi — .... 嬰兒

3 ベッド① ㄅㄟ ・ ㄉㄡ → ベッド be ・ do .... 床

一日一句

ホテルの部屋（へや）のツインとは一つの部屋（へや）にシングルベッドが二（ふた）つ入（はい）った部屋（へや）のことです。

飯店房間的「ツイン」是指一個房間有2張單人床的房間。

ho te ru no he ya no tsu i n to wa hi to tsu no he ya ni shi n gu ru be ・ do ga fu ta tsu ha i ・ ta he ya no ko to de su

漢字嘛也通

【弁護】 べんご⓪ 【be n go】

這個漢字是指辯解、辯護的意思。【弁護士（べんごし）】是指律師。【弁償（べんしょう）】是指賠償；【弁償金（べんしょうきん）】是指賠償金。【弁舌（べんぜつ）】是指辯舌、口才；「弁舌（べんぜつ）の下手（へた）な人」是指嘴笨的人。

ボーイ

男孩

同樣唸[bo]音的平假名→[ぼ]請見P.081

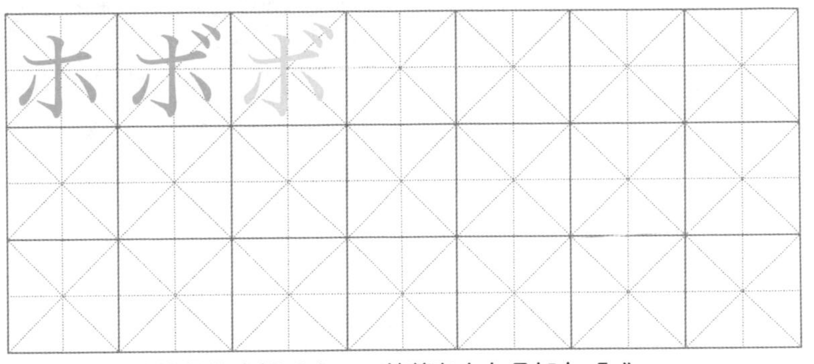

※以「ホ」的筆順先寫好「ホ」，接著在右上角加上「〃」。

單語唸一唸 先聽聽CD或掃左邊的QR碼，再自己唸看看，最後自己寫一遍，邊寫邊唸，就能加強記憶。

1 ボール⓪ ㄅㄡ — ㄌㄨ → ボール bo — ru .... 球

2 ボート① ㄅㄡ — ㄊㄡ → ボート bo — to .... 小船

3 ボーイ① ㄅㄡ — 一 → ボーイ bo — i .... 男孩

一日一句

このシャツはボーイフレンドへのプレゼントです。

這件襯衫是要送男朋友的禮物。

ko no sha tsu wa bo — i fu re n do he no pu re ze n to de su

漢字嘛也通 しんぼう① 【shi n bo —】

【辛抱】這個漢字是指忍受、忍耐的意思。【辛抱(しんぼう)が足(た)りない】是指耐心不夠。「もう少(すこ)し辛抱(しんぼう)してください」這句是說請再忍耐一下。

085

パ

羅馬讀音 pa　ㄅㄆㄇ讀音 ㄆㄚ

超級市場

同樣唸[pa]音的平假名→[ぱ]請見P.082

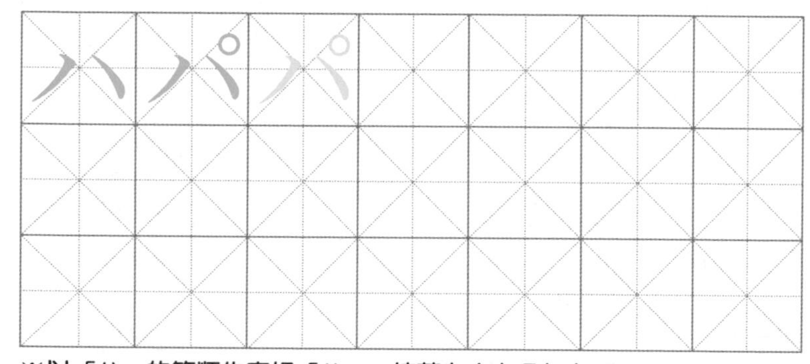

※以「ハ」的筆順先寫好「ハ」，接著在右上角加上「。」。

單語唸一唸 先聽聽CD或掃左邊的QR碼，再自己唸看看，最後自己寫一遍，邊寫邊唸，就能加強記憶。

1. パン① ㄆㄚ ㄣ → パン pa n → パン pa n ……………… 麵包
2. パス① ㄆㄚ ㄙㄨ → パス pa su → パス pa su ……………… 通過
3. スーパー① ㄙㄨ — ㄆㄚ — → スーパー su — pa — ……………… 超級市場

一日一句

一番人気(いちばんにんき)のパンは何(なん)ですか？

最受歡迎的麵包是哪一款？

i chi ba n ni n ki no pa n wa na n de su ka

漢字嘛也通

【一杯】

いっぱい⓪ 【i・pa i】

這個漢字是指一杯、一碗的意思，最常被用來表示滿、滿出來。「お中(なか)が一杯(いっぱい)になりました」這句是說我吃飽了。「この電車(でんしゃ)は一杯(いっぱい)で乗(の)れない」這句是說這輛電車滿了，上不去了。

同樣唸[pi]音的平假名→[ぴ]請見P.083

※以「ヒ」的筆順先寫好「ヒ」，接著在右上角加上「ｏ」。

單語唸一唸 先聽聽CD或掃左邊的QR碼，再自己唸看看，最後自己寫一遍，邊寫邊唸，就能加強記憶。

1 ピアノ 0（ㄆㄧ ㄚ ㄋㄡ）→ ピアノ（pi a no）…… 鋼琴

2 ピザ 1（ㄆㄧ ㄗㄚ）→ ピザ（pi za）→ ピザ（pi za）…… 披薩

3 コピー 1（ㄎㄡ ㄆㄧ —）→ コピー（ko pi —）…… 影印

一日一句
パスポートをコピーしておきなさい。
請先將護照影印下來。
pa su po — to wo ko pi — shi te o ki na sa i

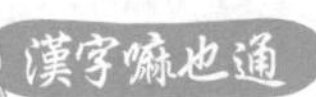

漢字嘛也通 へいき 0 【he — ki】

【平気】 這個漢字是指冷靜、不在乎的意思。「平気(へいき)な顔(かお)をする」是指裝作不在乎的樣子。「病気(びょうき)なのに平気(へいき)で働(はたら)く」這句是說：雖然生病了，依然不以爲意地工作。

086

羅馬讀音 pu

プ

ㄅㄆㄇ讀音 ㄆㄨ

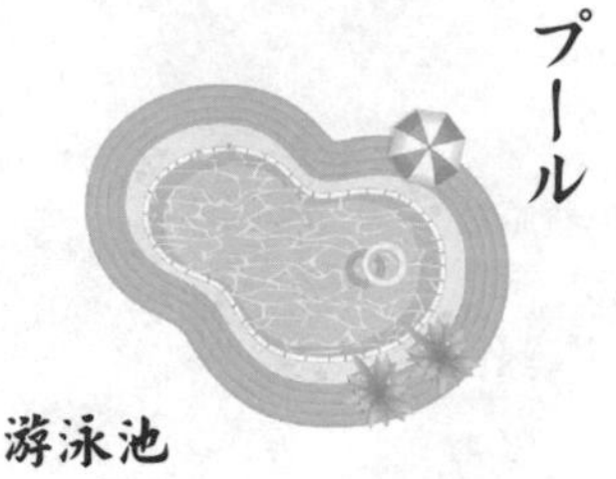

游泳池

同樣唸[pu]音的平假名➜[ぷ]請見P.084

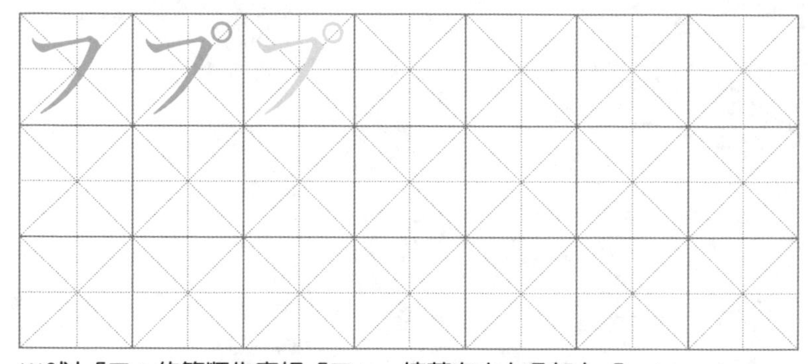

※0以「フ」的筆順先寫好「フ」，接著在右上角加上「。」。

單語唸一唸 先聽聽CD或掃左邊的QR碼，再自己唸看看，最後自己寫一遍，邊寫邊唸，就能加強記憶。

1 プール1 ㄆㄨ ㄌㄨ ➜ プール pu — ru ………… 游泳池

2 グループ2 ㄍㄨ ㄌㄨ — ㄆㄨ ➜ グループ gu ru — pu ………… 團體

3 プリンス2 ㄆㄨ ㄌㄧ ㄣ ㄙㄨ ➜ プリンス pu ri n su ………… 王子

一日一句 このホテルの三階(さんがい)にプールがあります。
這家飯店的三樓有游泳池。
ko no ho te ru no sa n ga i ni pu — ru ga a ri ma su

漢字嘛也通 りっぷく0 【ri • pu ku】

【立腹】 這個漢字是指生氣、惱怒的意思。「彼女(かのじょ)のメールの内容(ないよう)にわたしは非常(ひじょう)に立腹(りっぷく)しました」這句是說：她電子郵件的內容讓我非常生氣。【腹(はら)を立(た)てる】是另一種生氣的說法。

ペンギン

企鵝

同樣唸[pe]音的平假名→[ぺ]請見P.085

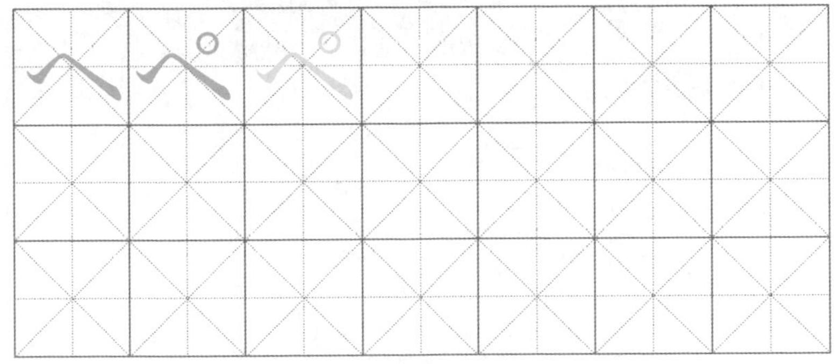

※以「ヘ」的筆順先寫好「ヘ」，接著在右上角加上「。」。

單語唸一唸 先聽聽CD或掃左邊的QR碼，再自己唸看看，最後自己寫一遍，邊寫邊唸，就能加強記憶。

1. ペン[1]（ㄆㄟ ㄣ）→ ペン（pe n）→ ペン（pe n）…… 筆
2. ページ[0]（ㄆㄟ — ㄐㄧ）→ ページ（pe — ji）…… 頁碼
3. ペンギン[0]（ㄆㄟ ㄣ ㄍㄧ ㄣ）→ ペンギン（pe n gi n）…… 企鵝

一日一句

二十(にじゅっ)ページを見(み)てください。 請看第二十頁。

ni ju • pe — ji wo mi te ku da sa i

漢字嘛也通

おおや[1]　【o — ya】

【大家】

這個漢字是指房東的意思可不是中文「大家」的意思。【大家様(おおやさま)】是對房東的尊敬。而日文中的【皆(みんな)】才是大家的意思；【皆様(みなさま)】這是大家的尊稱。

087

ポスト

郵筒

同樣唸[**po**]音的平假名➜[ぽ]請見P.086

※以「ホ」的筆順先寫好「ホ」，接著在右上角加上「。」。

單語唸一唸 先聽聽**CD**或掃左邊的**QR**碼，再自己唸看看，最後自己寫一遍，邊寫邊唸，就能加強記憶。

1. ポスト① ㄆㄡ ㄙㄨ ㄊㄡ ➜ ポスト po su to .... 郵筒
2. ポーズ① ㄆㄡ — ㄗㄨ ➜ ポーズ po — zu .... 姿勢
3. ポテト① ㄆㄡ ㄊㄟ ㄊㄡ ➜ ポテト po te to .... 馬鈴薯

一日一句

このポーズはなかなか美(うつく)しいです。

這個姿勢很美。

ko no po — zu wa na ka na ka u tsu ku shi — de su

漢字嘛也通

たいせつ⓪ 【ta i se tsu】

【大切】 這個漢字是重要、愛惜的意思。【練習(れんしゅう)が一番大切(いちばんたいせつ)だ】是指練習是最重要的。「時間(じかん)を大切(たいせつ)にする」這句是說：好好愛惜時間。「体(からだ)を大切(たいせつ)にする」是指保重身體。

ア行 カ行 サ行 タ行 ナ行 ハ行 マ行 ヤ行 ラ行 ワ行 其他

拗音

日文的清音中的イ段音（キ、シ、チ、ニ、ヒ、ミ、リ）和濁音與半濁音中的い段音（ギ、ジ、ヂ、ビ、ピ）這些字音每個字與清音ヤ行的三個音（ヤ、ユ、ヨ）加起來合成一個音節，以拚音方式拚成新的唸法，這些字爲拗音。其中「ジャ」「ジュ」「ジョ」與「ヂャ」「ヂュ」「ヂョ」發音相同，通常用前者。拗音的第二個字，必須小寫。如「キャ」：「キ」大寫，「ャ」小寫於「キ」字的右下方。

「ㄎ」+「ㄧㄚ」的結合音。同樣唸[kya]音的平假名➜[きゃ]請見P.088

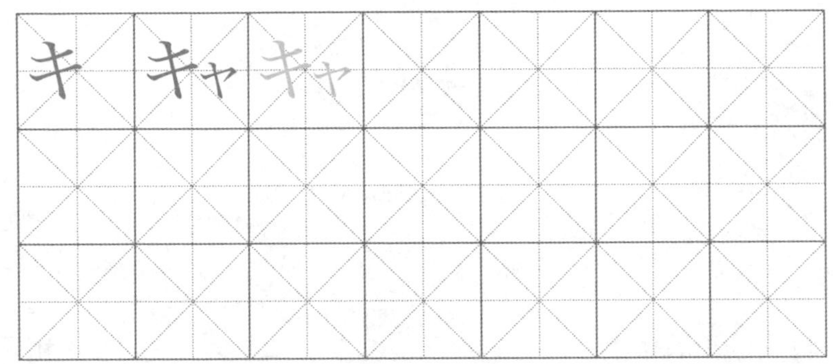

※以「キ」的筆順先寫好「キ」，接著在「キ」的右下方以「ャ」的筆順先寫下「ャ」。

單語唸一唸 先聽聽CD或掃左邊的QR碼，再自己唸看看，最後自己寫一遍，邊寫邊唸，就能加強記憶。

1 キャッシュ① ➜ キャッシュ kya・shu .... 現金

2 キャンドル① ➜ キャンドル kya n do ru .... 蠟燭

3 キャベツ① ➜ キャベツ kya be tsu .... 高麗菜

一日一句

キャッシュで払（はら）えば安（やす）くなりますか？

付現金的話會算便宜一點嗎？

kya・shu de ha ra e ba ya su ku na ri ma su ka

漢字嘛也通 てがら③ 【te ga ra】

【手柄】 這個字是指功勞、功績的意思。【手柄（てがら）がある】是指有功。【手柄顔（てがらがお）】是指居功自傲的神色。「手柄顔（てがらがお）に話（はな）す」這句是說：居功自傲地說。

羅馬讀音 kyu

キュ

ㄅㄆㄇ讀音 ㄎㄧㄡ

「ㄎ」+「ㄡ」的結合音。同樣唸[**kyu**]音的平假名➜[きゅ]請見P.089

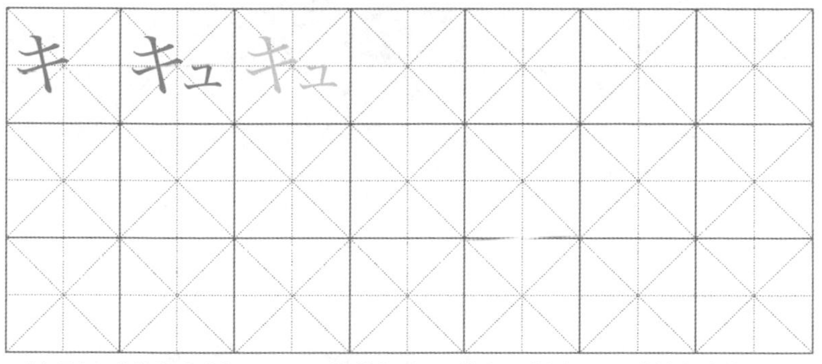

※以「キ」的筆順先寫好「キ」，接著在「キ」的右下方以「ユ」的筆順先寫下「ユ」。

單語唸一唸 先聽聽**CD**或掃左邊的**QR**碼，再自己唸看看，最後自己寫一遍，邊寫邊唸，就能加強記憶。

1 キュート① ㄎㄧㄡ — ㄊㄡ ➜ キュート kyu — to .... 可愛

2 キューバ① ㄎㄧㄡ — ㄅㄚ ➜ キューバ kyu — ba .... 古巴

3 キューピッド① ㄎㄧㄡ — ㄆㄧ・ㄉㄡ ➜ キューピッド kyu— pi • do .... 丘比特

一日一句 朝食(ちょうしょく)はバイキングですか？ 早餐是歐式自助餐嗎？

cho — sho ku wa ba i ki n gu de su ka

漢字嘛也通 きゅうくつ① 【kyu — ku tsu】

【窮屈】 這個漢字有窄小、拘束、不能通融、拮据的意思。「ズボンが窮屈(きゅうくつ)になる」是說褲子變小了。「金繰(かねぐ)りが窮屈(きゅうくつ)だ」是指資金運用拮据。【窮屈(きゅうくつ)な規定(きてい)】是指不能通融的規定。

089

「ㄎ」+「ㄡ」的結合音。同樣唸[**kyo**]音的平假名➜[きょ]請見P.090

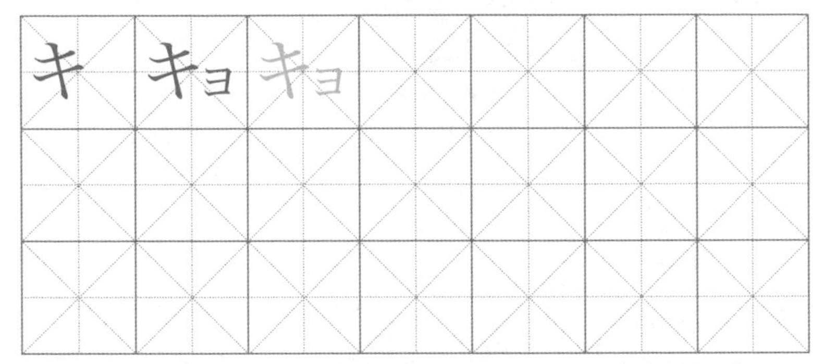

※以「キ」的筆順先寫好「キ」，接著在「キ」的右下方以「ヨ」的筆順先寫下「ヨ」。

單語唸一唸 先聽聽**CD**或掃左邊的**QR**碼，再自己唸看看，最後自己寫一遍，邊寫邊唸，就能加強記憶。

1 キョホウ⓪ ㄎㄡ ㄏㄡ ㄨ ➜ キョホウ kyo ho u ……… **巨峰**

2 キョドる① ㄎㄡ ㄉㄡ ㄌㄨ ➜ キョドる kyo do ru ……… **鬼鬼祟祟**

3 キョンシー① ㄎㄡ ㄣ ㄒㄧ — ➜ キョンシー kyo n shi — ……… **殭屍**

一日一句

通路側(つうろがわ)**のシートをお願**(ねが)**いします。**

請給我靠走道的位子。

tsu — ro ga wa no shi — to wo o ne ga i shi ma su

漢字嘛也通 めんきょ① 【me n kyo】

【免許】 這個字是批准、許可的意思。【運転免許(うんてんめんきょ)を取(と)る】是指取得駕駛執照。【免許皆伝(めんきょかいでん)】是指傳授秘密。另外【免状(めんじょう)】是許可證的意思。

羅馬讀音 sha

シャ

ㄅㄆㄇ讀音 ㄒㄧㄚ

「ㄒ」+「ㄧㄚ」的結合音。同樣唸[sha]音的平假名➜[しゃ]請見P.091

※以「シ」的筆順先寫好「シ」，接著在「シ」的右下方以「ャ」的筆順先寫下「ャ」。

單語唸一唸 先聽聽CD或掃左邊的QR碼，再自己唸看看，最後自己寫一遍，邊寫邊唸，就能加強記憶。

1 シャツ[1] ㄒㄧㄚ ㄗ ➜ シャツ sha tsu ➜ シャツ sha tsu ………… 襯衫

2 シャンプー[1] ㄒㄧㄚ ㄣ ㄆㄨ — ➜ シャンプー sha n pu — ………… 洗髮精

3 シャッター[1] ㄒㄧㄚ • ㄊㄚ — ➜ シャッター sha • ta — ………… 快門

一日一句

シャッターを押（お）すだけでいいですか？

只要按快門就可以了嗎？

sha • ta — wo o su da ke de i i de su ka

漢字嘛也通 しゃしん[0] 【sha shi n】

【写真】 這個是指照片的意思。【写真（しゃしん）を撮（と）る】是指照像。「写真（しゃしん）をとってもらえますか」這句是說可以替我照張相嗎？【写真（しゃしん）を現象（げんぞう）する】是指洗照片。

090

「ㄒ」+「ㄡ」的結合音。同樣唸[shu]音的平假名➜[しゅ]請見P.092

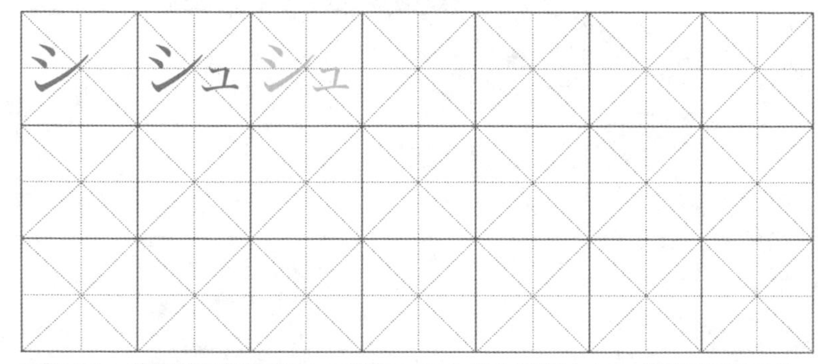

※以「シ」的筆順先寫好「シ」，接著在「シ」的右下方以「ユ」的筆順先寫下「ユ」。

單語唸一唸 先聽聽CD或掃左邊的QR碼，再自己唸看看，最後自己寫一遍，邊寫邊唸，就能加強記憶。

1 ラッシュ 1 ㄌㄚ・ㄒㄧㄡ ➜ ラッシュ ra・shu ………… 蜂擁

2 シューズ 1 ㄒㄧㄡ—ㄗㄨ ➜ シューズ shu—zu ………… 鞋子

3 シューマイ 0 ㄒㄧㄡ—ㄇㄚㄧ ➜ シューマイ shu—ma i ………… 燒賣

一日一句

シューマイはどんな味(あじ)ですか？

燒賣是什麼樣的味道呢？

shu—ma i wa do n na a ji de su ka

漢字嘛也通

【姑】 しゅうとめ 0 【shu — to me】

這個漢字的意思可不是我們中文裡的「姑姑」的意思；而是指丈夫的母親或是太太的母親，也就是婆婆、岳母的意思。【舅(しゅうと)】則是指公公或是岳父。

羅馬讀音 sho

ショ

ㄅㄆㄇ讀音 ㄒㄧㄡ

「ㄒ」+「ㄡ」的結合音。同樣唸[sho]音的平假名➜[しょ]請見P.093

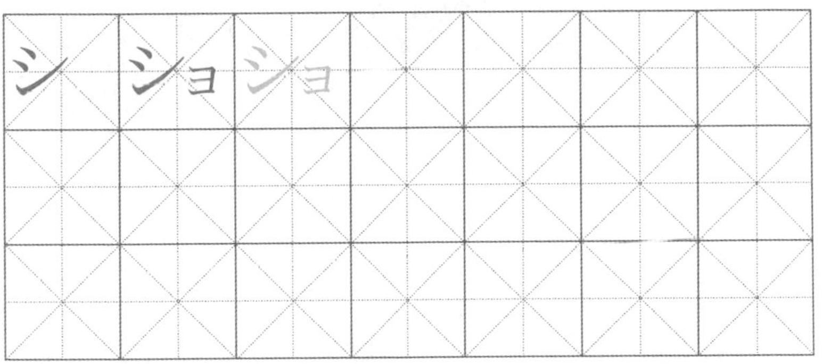

※以「シ」的筆順先寫好「シ」，接著在「シ」的右下方以「ヨ」的筆順先寫下「ヨ」。

單語唸一唸 先聽聽CD或掃左邊的QR碼，再自己唸看看，最後自己寫一遍，邊寫邊唸，就能加強記憶。

1. ショー[1] ㄒㄧㄡ — ➜ ショー sho — ➜ ショー sho — .... 展示
2. ショップ[1] ㄒㄧㄡ・ㄆㄨ ➜ ショップ sho・pu .... 商店
3. ショッピング[1] ㄒㄧㄡ・ㄆㄧ ㄣ ㄍㄨ ➜ ショッピング sho・pi n gu .... 逛街

一日一句

コーヒーショップで何（なに）か飲（の）みましょうか？

我們去咖啡廳喝點什麼吧？

ko — hi — sho・pu de na ni ka no mi ma sho — ka

漢字嘛也通

しょうき[0] 【sho — ki】

【正気】 這個字是意識、清醒、理智的意思，跟中文字意完全不一樣。【正気（しょうき）を失（うしな）う】是昏過去，不醒人事。【正気（しょうき）を失（うしな）わずにいる」這句是說：頭腦還清醒，還有理智。

091

「ㄑ」+「ㄚ」的結合音。同樣唸[cha]音的平假名➜[ちゃ]請見P.094

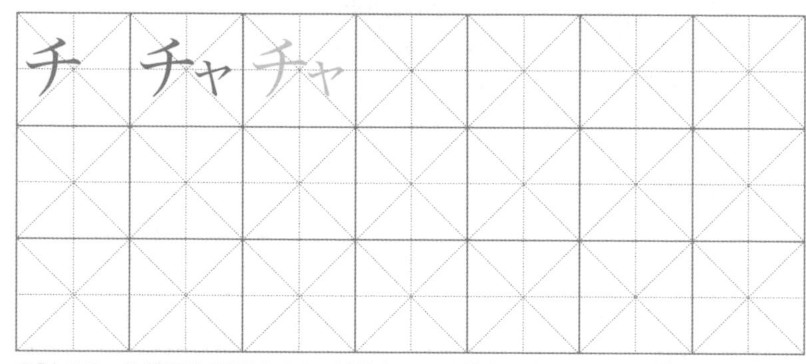

※以「チ」的筆順先寫好「チ」，接著在「チ」的右下方以「ヤ」的筆順先寫下「ヤ」。

單語唸一唸 先聽聽CD或掃左邊的QR碼，再自己唸看看，最後自己寫一遍，邊寫邊唸，就能加強記憶。

1. チャンス[1] ㄑㄚ ㄣ ㄙㄨ ➜ チャンス cha n su …… 機會
2. チャーハン[1] ㄑㄚ — ㄏㄚ ㄣ ➜ チャーハン cha — ha n …… 炒飯
3. チャンピオン[1] ㄑㄚ ㄣ ㄆㄧ ㄡ ㄣ ➜ チャンピオン cha n pi o n …… 冠軍

一日一句

注文(ちゅうもん)したチャーハンがまだ来(き)ていないよ。

我點的炒飯還沒有來耶。

chu — mo n shi ta cha — ha n ga ma da ki te i na i yo

漢字嘛也通 とうちゃく[0] 【to — cha ku】

【到着】 這個漢字是到達的意思。「無事(ぶじ)に大阪(おおさか)に到着(とうちゃく)した」這句是說：平安抵達大阪；「時間通(じかんどお)りに到着(とうちゃく)するのですか」這句是說：會準時到達嗎？

「ㄑ」+「ㄡ」的結合音。同樣唸[chu]音的平假名➜[ちゅ]請見P.095

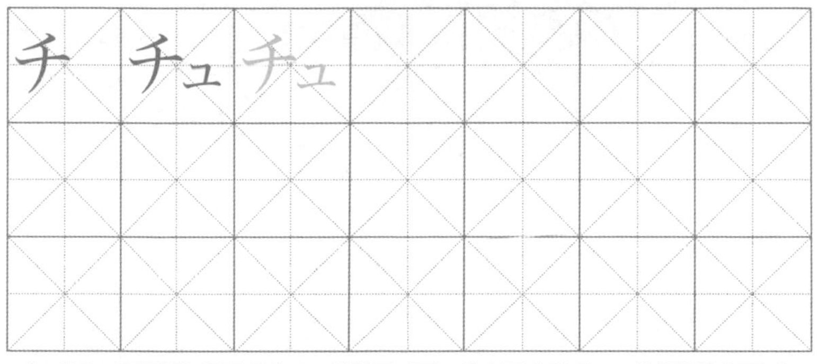

※以「チ」的筆順先寫好「チ」，接著在「チ」的右下方以「ユ」的筆順先寫下「ユ」。

單語唸一唸 先聽聽CD或掃左邊的QR碼，再自己唸看看，最後自己寫一遍，邊寫邊唸，就能加強記憶。

1 チューバ[1] ㄑㄨ — ㄅㄚ ➜ チューバ chu — ba ……………… 大喇叭

2 ビーチュー[3] ㄅㄧ — ㄑㄨ — ➜ ビーチュー bi — chu — ……………… 米酒

3 チューリップ[1] ㄑㄨ — ㄌㄧ・ㄆㄨ ➜ チューリップ chu — ri・pu ……… 鬱金香

一日一句 わたしはバラよりチューリップのほうが好(す)きです。

比起玫瑰我比較喜歡鬱金香。

wa ta shi wa ba ra yo ri chu — ri • pu no ho — ga su ki de su

漢字嘛也通 ちゅうけい[0] 【chu — ke —】

【中継】 這個漢字是指轉播的意思。【中継放送(ちゅうけいほうそう)】是指（電視）轉播。【生中継(なまちゅうけい)】則是指實況轉播。

092

「ㄑ」+「ㄡ」的結合音。同樣唸[cho]音的平假名➜[ちょ]請見P.096

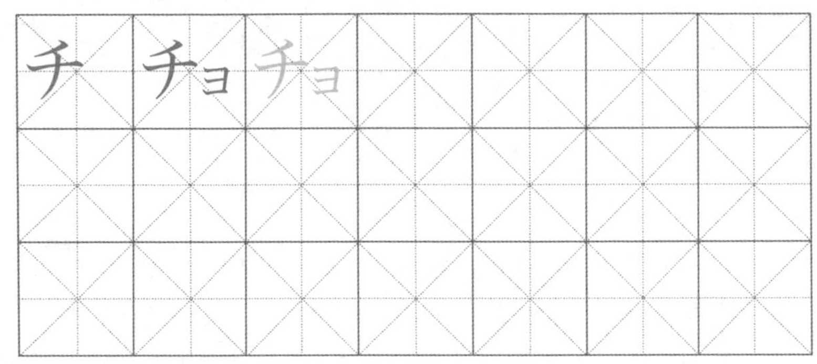

※以「チ」的筆順先寫好「チ」，接著在「チ」的右下方以「ヨ」的筆順先寫下「ヨ」。

單語唸一唸 先聽聽CD或掃左邊的QR碼，再自己唸看看，最後自己寫一遍，邊寫邊唸，就能加強記憶。

1. チョーク[1] ㄑㄡ ー ㄎㄨ ➜ チョーク cho — ku …… 粉筆
2. チョイス[1] ㄑㄡ ー ㄙㄨ ➜ チョイス cho i su …… 選擇
3. チョコレート[3] ㄑㄡ ㄎㄡ ㄌㄟ — ㄊㄡ ➜ チョコレート cho ko re — to …… 巧克力

一日一句

これは手作(てづく)りのチョコレートです，食(た)べてみてください。
這是自己做的巧克力，你吃看看。
ko re wa te zu ku ri no cho ko re — to de su 。ta be te mi te ku da sa i

漢字嘛也通

【几帳面】 きちょうめん[4] 【ki cho — me n】

這個漢字是規規矩矩、自律嚴格、周到的意思。「上司(じょうし)は几帳面(きちょうめん)な人(ひと)です」這句是說：上司是個規規矩矩的人。「几帳面(きちょうめん)に時間(じかん)を守(まも)る」是指嚴守時間。

ニャ

羅馬讀音 nya

ㄅㄆㄇ讀音 ㄋㄧㄚ

「ㄋ」+「ㄧㄚ」的結合音。同樣唸[nya]音的平假名➜[にゃ]請見P.097

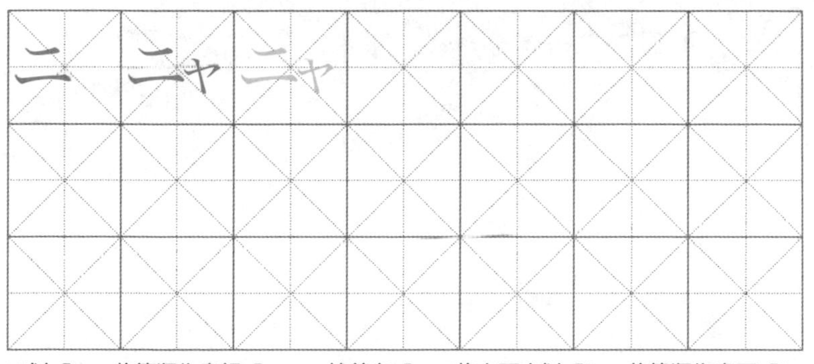

※以「ニ」的筆順先寫好「ニ」，接著在「ニ」的右下方以「ャ」的筆順先寫下「ャ」。

單語唸一唸 先聽聽CD或掃左邊的QR碼，再自己唸看看，最後自己寫一遍，邊寫邊唸，就能加強記憶。

1. ニャクラ⓪ ㄋㄧㄚ ㄎㄨ ㄌㄚ ➜ ニャクラ nya ku ra ………… 越南芽莊（地名）
2. カタルーニャ③ ㄎㄚ ㄊㄚ ㄌㄨ — ㄋㄧㄚ ➜ カタルーニャ ka ta ru — nya ……… 加泰羅尼亞（西班牙地名）
3. ロマニャーノ③ ㄌㄡ ㄇㄚ ㄋㄧㄚ — ㄋㄡ ➜ ロマニャーノ ro ma nya — no …… 羅瑪納諾（義大利地名）

一日一句

私（わたし）のサイズを計（はか）ってもらえませんか？

可以替我量一下尺寸嗎？

wa ta shi no sa i zu wo ha ka • te mo ra e ma se n ka

漢字嘛也通

いっしょ⓪ 【i • sho】

【一緒】 這個漢字是一起、一同、同樣的意思。」「一緒（いっしょ）に行（い）く」是指一起去。「一緒（いっしょ）に着（つ）いた」是指同時到達。「これは、あれと一緒（いっしょ）です」是指這個和那個是一樣的。

093

ニュ

羅馬讀音 nyu

ㄅㄆㄇ讀音 ㄋㄧㄡ

「ㄋ」+「ㄡ」的結合音。同樣唸[nyu]音的平假名➜[にゅ]請見P.098

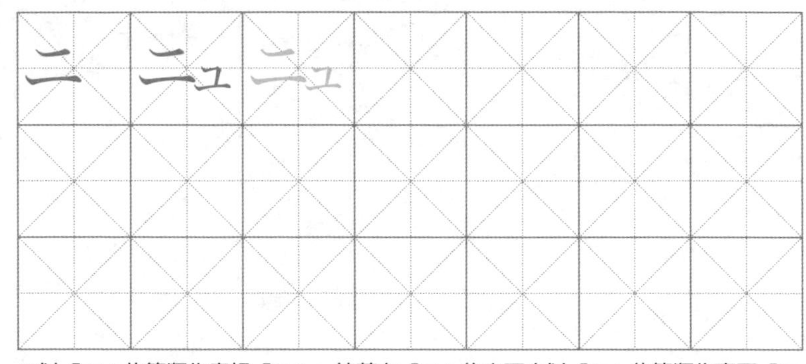

※以「ニ」的筆順先寫好「ニ」，接著在「ニ」的右下方以「ユ」的筆順先寫下「ユ」。

單語唸一唸 先聽聽CD或掃左邊的QR碼，再自己唸看看，最後自己寫一遍，邊寫邊唸，就能加強記憶。

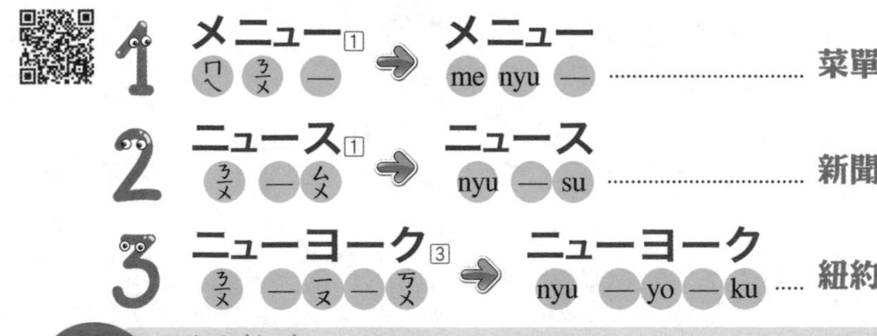

1. メニュー[1]（ㄇㄟ ㄋㄧㄡ ―）➜ メニュー（me nyu ―）……菜單
2. ニュース[1]（ㄋㄧㄡ ― ㄙㄨ）➜ ニュース（nyu ― su）……新聞
3. ニューヨーク[3]（ㄋㄧㄡ ― ㄧㄡ ― ㄎㄨ）➜ ニューヨーク（nyu ― yo ― ku）……紐約

一日一句

中国語（ちゅうごくご）のメニューがありますか？

請問有中文菜單嗎？

chu ― go ku go no me nyu ― ga a ri ma su ka

漢字嘛也通 にゅうねん[0]【nyu ― ne n】

【入念】 這個漢字是細心、仔細、謹慎的意思。「入念（にゅうねん）な細工（さいく）」是指細緻的工藝。「入念（にゅうねん）に調（しら）べる」是指仔細調查。「入念（にゅうねん）な指導（しどう）を受（う）ける」這句是說：受到詳細的指導。

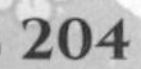

羅馬讀音 nyo

ニョ

ㄅㄆㄇ讀音 ㄋㄡ

「ㄋ」+「ㄡ」的結合音。同樣唸[nyo]音的平假名➜[にょ]請見P.099

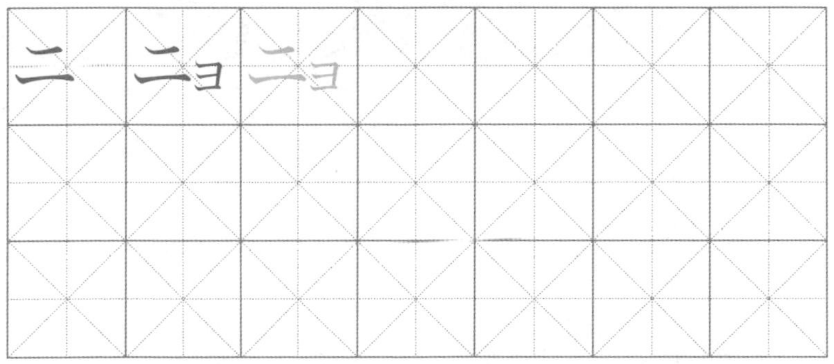

※以「ニ」的筆順先寫好「ニ」，接著在「ニ」的右下方以「ヨ」的筆順先寫下「ヨ」。

單語唸一唸 先聽聽CD或掃左邊的QR碼，再自己唸看看，最後自己寫一遍，邊寫邊唸，就能加強記憶。

1 ニョッキ[1] ㄋㄡ・ㄎㄧ ➜ ニョッキ nyo・ki ……… 義大利麵疙瘩

2 ニョクマン[1] ㄋㄡ ㄎㄨ ㄇㄚ ㄣ ➜ ニョクマン nyo ku ma n ……… 越南魚醬

3 キュニョー[0] ㄎㄨ ㄋㄡ — ➜ キュニョー kyu nyo — ……… 居紐（人名）

一日一句

この座席（ざせき）は空（あ）いていますか？

請問這個位子有人坐嗎？

ko no za se ki wa a i te i ma su ka

漢字嘛也通

【無断】

むだん[0]　【mu da n】

這個漢字是擅自、事前不知會的意思。「無断使用（むだんしよう）を禁（きん）ずる」是指：禁止擅自取用。「両親（りょうしん）に無断（むだん）で旅行（りょこう）に行（い）く」是指：沒知會父母就去旅行了。「無断（むだん）で他人（たにん）の物（もの）を借（か）りる」這句是說：擅自拿別人的東西。

ア行 カ行 サ行 タ行 ナ行 ハ行 マ行 ヤ行 ラ行 ワ行 其他

「ㄏ」+「ㄧㄚ」的結合音。同樣唸[**hya**]音的平假名➜[ひゃ]請見P.100

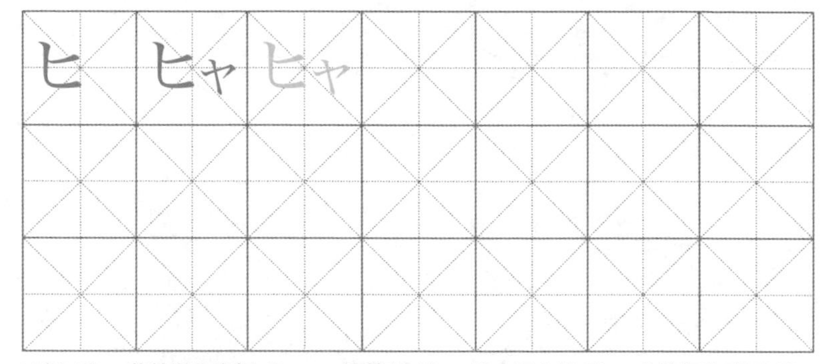

※以「ヒ」的筆順先寫好「ヒ」，接著在「ヒ」的右下方以「ャ」的筆順先寫下「ャ」。

單語唸一唸 先聽聽**CD**或掃左邊的**QR**碼，再自己唸看看，最後自己寫一遍，邊寫邊唸，就能加強記憶。

1 ヒャッキン[1] ㄏㄧㄚ・ㄎㄧ ㄣ ➜ ヒャッキン hya・ki n ……………… **百元商店**

2 ヒャッポダ[3] ㄏㄧㄚ・ㄆㄡ ㄉㄚ ➜ ヒャッポダ hya・po da ……………… **百步蛇**

一日一句

ケチャップやナプキンなどはあちらにあります。

番茄醬和餐巾紙放在那邊。

ke cha・pu ya na pu ki n na do wa a chi ra ni a ri ma su

漢字嘛也通

けんか[0]　【ke n ka】

【喧嘩】這個漢字是吵架、打架的意思。「喧嘩(けんか)を引(ひ)き分(わ)ける」是指勸架。【喧嘩腰(けんかごし)】是指氣沖沖地一副要打架的樣子；「喧嘩(けんか)腰(ごし)でものを言(い)う」這句是說：氣沖沖地說話。【喧嘩売(けんかう)り】是指愛找碴打架的人。

羅馬讀音 hyu

ヒュ

ㄅㄆㄇ讀音 ㄏㄧㄡ

「ㄏ」+「ㄧㄡ」的結合音。同樣唸[hyu]音的平假名➜[ひゅ]請見P.101

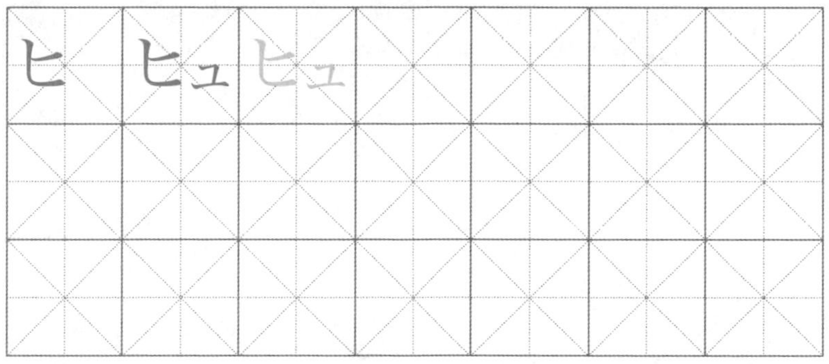

※以「ヒ」的筆順先寫好「ヒ」，接著在「ヒ」的右下方以「ュ」的筆順先寫下「ュ」。

單語唸一唸 先聽聽CD或掃左邊的QR碼，再自己唸看看，最後自己寫一遍，邊寫邊唸，就能加強記憶。

1 ヒューズ[1] ㄏㄧㄡ —ㄗㄨ ➜ ヒューズ hyu — zu ……………… 保險絲

2 ヒューストン[1] ㄏㄧㄡ —ㄙㄨ ㄊㄡ ㄣ ➜ ヒューストン hyu — su to n … 休士頓

3 ヒューマン[1] ㄏㄧㄡ —ㄇㄚ ㄣ ➜ ヒューマン hyu — ma n ……………… 人類的

一日一句

寒(さむ)いからエアコンを少(すこ)し消(け)してください。

有點冷請把冷氣關小一點。

sa mu i ka ra e a ko n wo su ko shi ke shi te ku da sa i

漢字嘛也通

いしき[1] 【i shi ki】

【意識】

這個漢字是指知覺、自覺。【意識(いしき)がある】是指有意識的；【意識(いしき)のない】是指不自覺的；【意識(いしき)を失(うしな)う】是指失去意識。【意識的(いしきてき)】是指故意的。

095

羅馬讀音 hyo

ヒョ

ㄅㄆㄇ讀音 ㄏㄡ

「ㄏ」＋「ㄡ」的結合音。同樣唸[**hyo**]音的平假名➜[ひょ]請見P.102

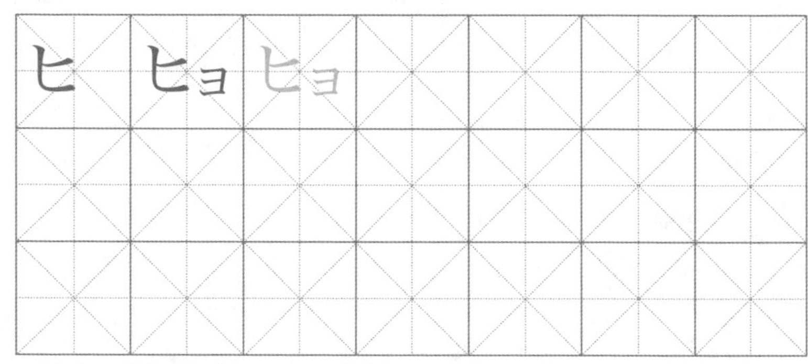

※以「ヒ」的筆順先寫好「ヒ」，接著在「ヒ」的右下方以「ヨ」的筆順先寫下「ヨ」。

單語唸一唸 先聽聽**CD**或掃左邊的**QR**碼，再自己唸看看，最後自己寫一遍，邊寫邊唸，就能加強記憶。

1 ヒョウ① (ㄏㄡ ㄨ) ➜ ヒョウ (hyo u) ➜ ヒョウ (hyo u) .... 花豹

2 ヒョウタン③ (ㄏㄡ ㄨ ㄊㄚ ㄣ) ➜ ヒョウタン (hyo u ta n) .... 瓢簞

一日一句

鍵（かぎ）を部屋（へや）に置（お）き忘（わす）れてしまいました。

我把鑰匙忘在房間裡了。

ka gi wo he ya ni o ki wa su re te shi ma i ma shi ta

漢字嘛也通 みごと① 【mi go to】

【見事】 這個漢字是指美麗、漂亮的意思。「桜（さくら）が見事（みごと）に咲（さ）いています」這句是說櫻花開得很漂亮。【見事（みごと）な試合（しあい）】是指漂亮的比賽。另一個意思是：整個、完全的意思。「見事（みごと）に失敗（しっぱい）した」這句是說：完全失敗了；「天気予報（てんきよほう）が見事（みごと）にあった」這句是指：氣象預報完全說對了。

ア行 カ行 サ行 タ行 ナ行 ハ行 マ行 ヤ行 ラ行 ワ行 其他

「ㄇㄧ」+「ㄧㄚ」的結合音。同樣唸[**mya**]音的平假名➜[みゃ]請見P.103

※以「ミ」的筆順先寫好「ミ」，接著在「ミ」的右下方以「ャ」的筆順先寫下「ャ」。

單語唸一唸 先聽聽**CD**或掃左邊的**QR**碼，再自己唸看看，最後自己寫一遍，邊寫邊唸，就能加強記憶。

1 ミャオ⓪ ㄇㄧㄚ ㄡ ➜ ミャオ mya o ➜ ミャオ mya o ………… 苗族

2 ミャンマー① ㄇㄧㄚ ㄣ ㄇㄚ — ➜ ミャンマー mya n ma — ………… 緬甸

3 ミャーオ① ㄇㄧㄚ — ㄡ ➜ ミャーオ mya — o ………… 貓叫聲

一日一句 どんな飲(の)み物(もの)がありますか？

請問有什麼飲料？

do n na no mi mo no ga a ri ma su ka

漢字嘛也通 みもと⓪ 【mi mo to】

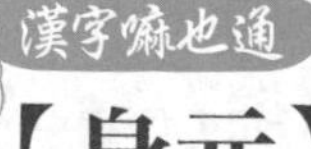

【身元】 這個漢字是指身分、出身、來歷的意思。【身元(みもと)を隠(かく)す】是指隱瞞身分。【身元(みもと)を調(しら)べる】則是調查身家背景。【身元(みもと)引受人(ひきうけにん)】是指身分保證人。

096

羅馬讀音 myu

ミュ

ㄅㄆㄇ讀音 ㄇㄨ

「ㄇ」+「ㄡ」的結合音。同樣唸[**myu**]音的平假名➜[みゅ]請見P.104

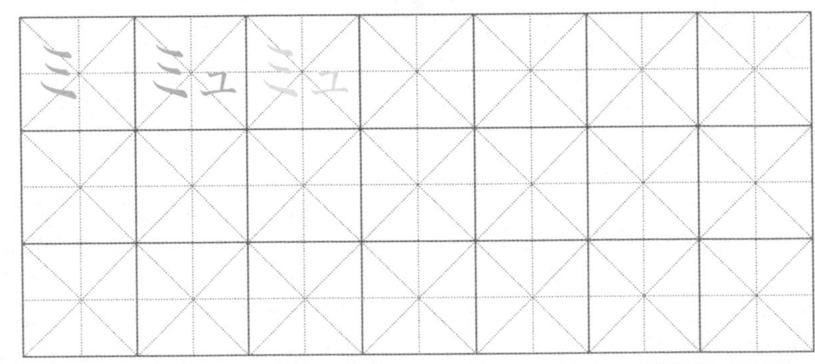

※以「ミ」的筆順先寫好「ミ」，接著在「ミ」的右下方以「ユ」的筆順先寫下「ユ」。

單語唸一唸 先聽聽**CD**或掃左邊的**QR**碼，再自己唸看看，最後自己寫一遍，邊寫邊唸，就能加強記憶。

1 ミューズ⓪ ㄇㄨ — ㄗㄨ ➜ ミューズ myu — zu ………… **繆思**

2 ミュンヘン⓪ ㄇㄨ ㄣ ㄏㄟ ㄣ ➜ ミュンヘン myu n he n ………… **慕尼黑**

3 ミュージック① ㄇㄨ — ㄐㄧ • ㄎㄨ ➜ ミュージック myu — ji • ku ………… **音樂**

一日一句

ミュージックドラマのチケット売(う)り場(ば)はどこですか？

請問音樂劇的票在哪裡買呢？

myu— ji • ku do ra ma no chi ke • to u ri ba wa do ko de su ka

漢字嘛也通

せっかく⓪ 【se • ka ku】

【折角】這個漢字指煞費苦心和特意地的意思。「折角(せっかく)の好意(こうい)を無(む)にする」這句是說：辜負一番好意。「折角勉強(せっかくべんきょう)したのに試験(しけん)が中止(ちゅうし)になった」這句是說特意用功K書，偏偏又不考了。

羅馬讀音 myo

ミョ

ㄅㄆㄇ讀音 ㄇㄡ

「ㄇ」+「ㄡ」的結合音。同樣唸[myo]音的平假名→[みょ]請見P.105

※以「ミ」的筆順先寫好「ミ」，接著在「ミ」的右下方以「ヨ」的筆順先寫下「ヨ」。

單語唸一唸

先聽聽CD或掃左邊的QR碼，再自己唸看看，最後自己寫一遍，邊寫邊唸，就能加強記憶。

1 ミョーバン⓪ ㄇㄡ ─ ㄅㄚ ㄣ → ミョーバン myo ─ ba n ………………… 明礬

2 ミョーサ湖(こ)③ ㄇㄡ ─ ㄙㄚ ㄎㄡ → ミョーサ湖(こ) myo ─ sa ko ………………… 米約薩湖

一日一句

昨夜(ゆうべ)バッグを地下鉄(ちかてつ)に置(お)き忘(わす)れてしまいました。

昨晚把包包忘在地下鐵了。

yu ― be ba • gu wo chi ka te tsu ni o ki wa su re te shi ma i ma shi ta

漢字嘛也通

しりあい⓪ 【shi ri a i】

【知り合い】

這個漢字是指結識、認識、朋友的意思。【知(し)り合(あ)いになる】是指結識、成爲朋友。「あの人(ひと)は私(わたし)の知(し)り合(あ)いです」這句是說：他是我的朋友。「知(し)り合(あ)いが多(おお)い」是指交遊甚廣；「長年(ながねん)の知(し)り合(あ)い」是指相識多年的老朋友。

「ㄌㄧ」+「ㄧㄚ」的結合音。同樣唸[rya]音的平假名➜[りゃ]請見P.106

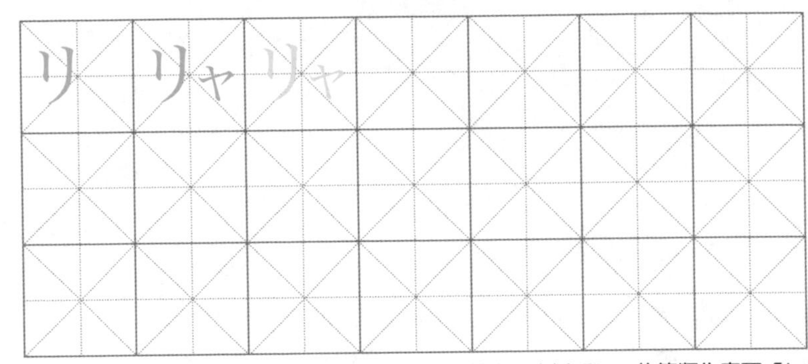

※以「リ」的筆順先寫好「リ」，接著在「リ」的右下方以「ャ」的筆順先寫下「ャ」。

單語唸一唸 先聽聽CD或掃左邊的QR碼，再自己唸看看，最後自己寫一遍，邊寫邊唸，就能加強記憶。

1. リャマ① (ㄌㄧㄚ ㄇㄚ) ➜ リャマ (rya ma) ➜ リャマ (rya ma) ………… 美州駝
2. カリャリ⓪ (ㄎㄚ ㄌㄧㄚ ㄌㄧ) ➜ カリャリ (ka rya ri) ………… 卡拉里（義大利城市）

一日一句

明日(あした)の朝七時(あさしちじ)にモーニングコールをお願(ねが)いします。

明天早上七點請叫我起床。

a shi ta no a sa shi chi ji ni mo — ni n gu ko — ru wo o ne ga i shi ma su

漢字嘛也通 かくべつ⓪ 【ka ku be tsu】

【格別】 這個漢字是指特別、顯著、格外的意思。「格別(かくべつ)のこともなく済(す)んだ」這句是說平靜無事地過去了。「二(ふた)つを比(くら)べて、格別(かくべつ)のところがないです」這句是說這兩個相比並沒有明顯不同的地方。另外，還有例外的意思；「雨(あめ)の日(ひ)は格別(かくべつ)、毎日(まいにち)自(じ)転車(てんしゃ)で通学(つうがく)している」這句是說除了下雨天例外，每天都騎腳踏車上學。

ア行
カ行
サ行
タ行
ナ行
ハ行
マ行
ヤ行
ラ行
ワ行
其他

「ㄌㄧ」+「ㄡ」的結合音。同樣唸[ryu]音的平假名➜[りゅ]請見P.107

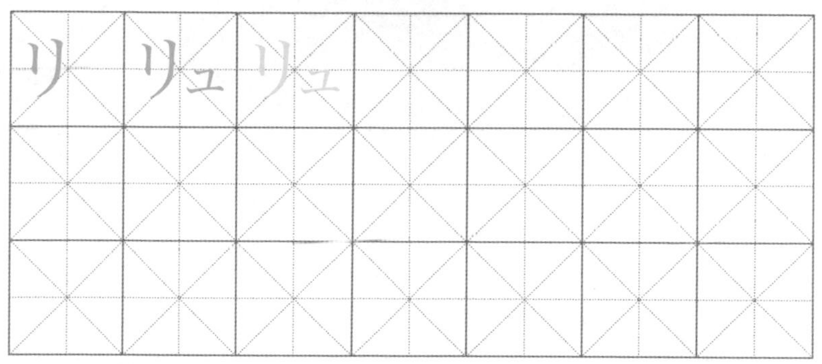

※以「リ」的筆順先寫好「リ」，接著在「リ」的右下方以「ユ」的筆順先寫下「ユ」。

單語唸一唸 先聽聽CD或掃左邊的QR碼，再自己唸看看，最後自己寫一遍，邊寫邊唸，就能加強記憶。

1 リュージュ[1] ㄌㄧㄨ — ㄖㄨ ➜ リュージュ ryu — ju …… 小雪橇

2 リュート[1] ㄌㄧㄨ — ㄊㄡ ➜ リュート ryu — to …… 魯特琴

一日一句

上野公園(うえのこうえん)に着(つ)いたら教(おし)えてください。

如果到了上野公園請叫我一下。

u e no ko — e n ni tsu i ta ra o shi e te ku da sa i

漢字嘛也通 きみ[2]　【ki mi】

【気味】

這個漢字是（身心所感受之）心情、感觸的意思。【気味(きみ)の悪(わる)い】是指令人不快的、作嘔的；【気味悪(きみわる)い】是形容詞，指令人不快的、作嘔的、毛骨悚然的。另外有「感覺…的傾向」的意思；「少(すこ)し疲(つか)れ気味(ぎみ)です」這句是說覺得有點累了。「風邪気味(かぜぎみ)で会社(かいしゃ)を休(やす)む」這句是指：有點感冒的傾向，所以向公司請假了。

098

「ㄌㄧ」+「ㄡ」的結合音。同樣唸[**ryo**]音的平假名➜[りょ]請見P.108

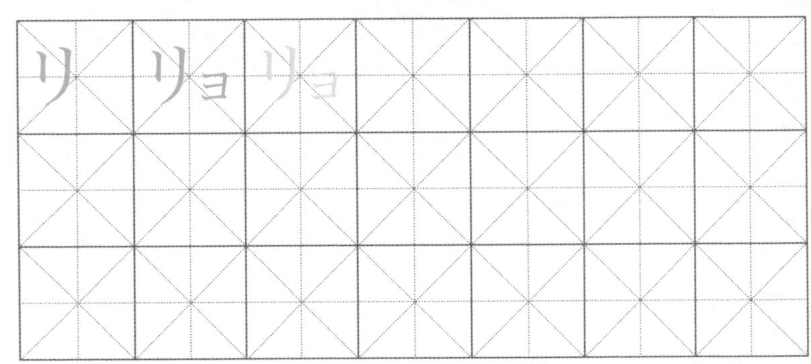

※以「リ」的筆順先寫好「リ」，接著在「リ」的右下方以「ヨ」的筆順先寫下「ヨ」。

單語唸一唸 先聽聽**CD**或掃左邊的**QR**碼，再自己唸看看，最後自己寫一遍，邊寫邊唸，就能加強記憶。

1 リョービ[1] ㄌㄧㄡ — ㄅㄧ ➜ リョービ ryo — bi .... RYOBI LIMITED（公司名）

2 バリョー[0] ㄅㄚ ㄌㄧㄡ — ➜ バリョー ba ryo — .... 價值

一日一句

レンタカーを利用(りよう)したいので料金表(りょうきんひょう)を見(み)せてくださいませんか？

我想租車，可以給我看一下費用表嗎？

re n ta ka — wo ri yo — shi ta i no de ryo — ki n hyo — wo mi se te ku da sa i

漢字嘛也通

りょうきん[1]　【ryo — ki n】

【料金】這個漢字是指費用、使用費。「電話(でんわ)の料金(りょうきん)を払(はら)う」是指支付電話費。【料金(りょうきん)を取(と)らない】是指不收費。【高速道路(こうそくどうろ)の料金所(りょうきんじょ)】是指高速公路收費站。【料金(りょうきん)あと払(はら)い】是指費用後付。

羅馬讀音 gya

ㄅㄆㄇ讀音 ㄍㄧㄚ

「ㄍㄧ」+「ㄧㄚ」的結合音。同樣唸[gya]音的平假名➔[ぎゃ]請見P.109

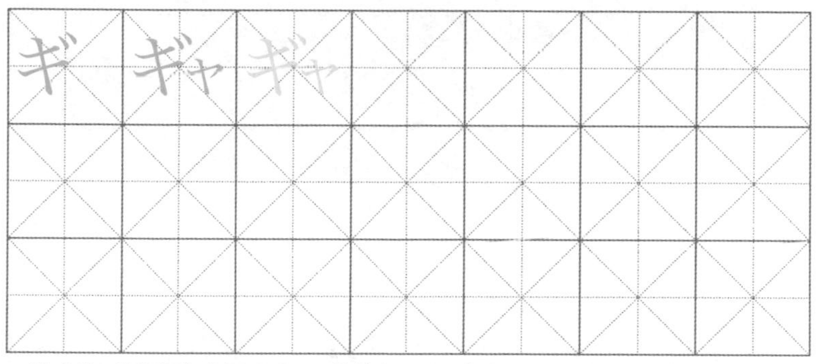

※以「ギ」的筆順先寫好「ギ」，接著在「ギ」的右下方以「ャ」的筆順先寫下「ャ」。

單語唸一唸 先聽聽CD或掃左邊的QR碼，再自己唸看看，最後自己寫一遍，邊寫邊唸，就能加強記憶。

1 ギャグ[1] ㄍㄧㄚ ㄍㄨ ➔ ギャグ gya gu ➔ ギャグ gya gu ………… 噱頭

2 ギャップ[1] ㄍㄧㄚ・ㄆㄨ ➔ ギャップ gya・pu ………… 裂縫

3 ギャラリー[1] ㄍㄧㄚ ㄌㄚ ㄌㄧ — ➔ ギャラリー gya ra ri — ………… 畫廊

一日一句
このギャラリーの入場料（にゅうじょうりょう）はいくらですか？
這畫廊的入場費是多少呢？
ko no gya ra ri — no nyu — jo — ryo — wa i ku ra de su ka

漢字嘛也通 おごり[0] 【o go ri】

【奢り】這個漢字是指請客的意思。「今日（きょう）は私（わたし）の奢（おご）りだ」這句是說今天我請客。「今晚（こんばん）のご馳走（ちそう）は先輩（せんぱい）の奢（おご）りだ」這句是說：今晚的酒席是學長請客的！

099

「ㄍㄧ」+「ㄧㄡ」的結合音。同樣唸[gyu]音的平假名➜[ぎゅ]請見P.110

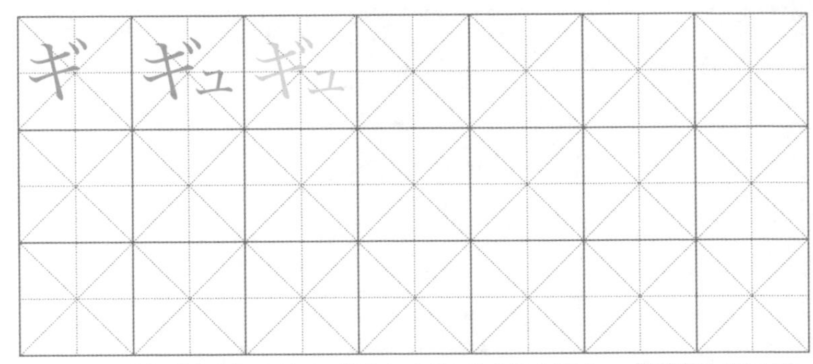

※以「ギ」的筆順先寫好「ギ」，接著在「ギ」的右下方以「ュ」的筆順先寫下「ュ」。

單語唸一唸 先聽聽CD或掃左邊的QR碼，再自己唸看看，最後自己寫一遍，邊寫邊唸，就能加強記憶。

1. ギュヨー[1] ㄍㄧㄨ ㄧㄡ — ➜ ギュヨー gyu yo — ……… 暗礁
2. ギュムミ[0] ㄍㄧㄨ ㄇㄨ ㄇㄧ ➜ ギュムミ gyu mu mi ……… 樹膠
3. ギュルデン[0] ㄍㄧㄨ ㄌㄨ ㄉㄝ ㄣ ➜ ギュルデン gyu ru de n ……… 荷蘭盾

一日一句

同(おな)じデザインで外(ほか)の色(いろ)はありませんか？

這一款還有別的顏色嗎？

o na ji de za i n de ho ka no i ro wa a ri ma se n ka

漢字嘛也通

【横断】

おうだん[0] 【o — da n】

這個漢字是指橫渡、橫過、穿越的意思。「太平洋(たいへいよう)を横断(おうだん)する」是指橫渡太平洋。【横断歩道(おうだんほどう)】是指人行道。「横断(おうだん)は横断歩道(おうだんほどう)で」這句是說：過馬路要走人行道。【横断歩道橋(おうだんほどうきょう)】是指天橋。

⛩「ㄍㄧ」+「ㄡ」的結合音。同樣唸[gyo]音的平假名→[ぎゅ]請見P.111

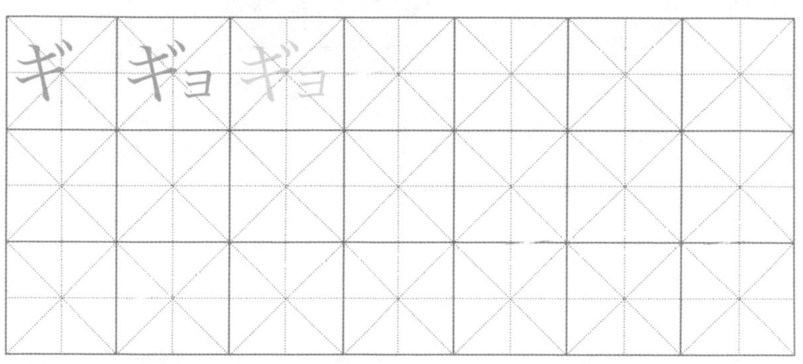

※以「ギ」的筆順先寫好「ギ」，接著在「ギ」的右下方以「ヨ」的筆順先寫下「ヨ」。

單語唸一唸 先聽聽CD或掃左邊的QR碼，再自己唸看看，最後自己寫一遍，邊寫邊唸，就能加強記憶。

1 ギョーザ⓪ ㄍㄧㄡ — ㄗㄚ → ギョーザ gyo — za ………… 餃子

2 キンギョ① ㄎㄧ ㄣ ㄍㄧㄡ → キンギョ ki n gyo ………… 金魚

3 ギョチン⓪ ㄍㄧㄡ ㄐㄧ ㄣ → ギョチン gyo chi n ………… 鍘刀式剪切機

一日一句 ギョーザとチャーハンを二人前下さい。(に にんまえくだ)

我要點2人份的餃子和炒飯。

gyo — za to cha — ha n wo ni ni n ma e ku da sa i

漢字嘛也通 じゅぎょう① 【ju gyo —】

【授業】 這個漢字是指授課、教課的意思。「学校で授業を受ける」(がっこう じゅぎょう う)是在學校聽課。「講師として授業する」(こうし じゅぎょう)這句是說當講師在教課。【授業料】(じゅぎょうりょう)是指學費。

「ㄐ」+「ㄚ」的結合音。同樣唸[ja]音的平假名→[じゃ]請見P.112

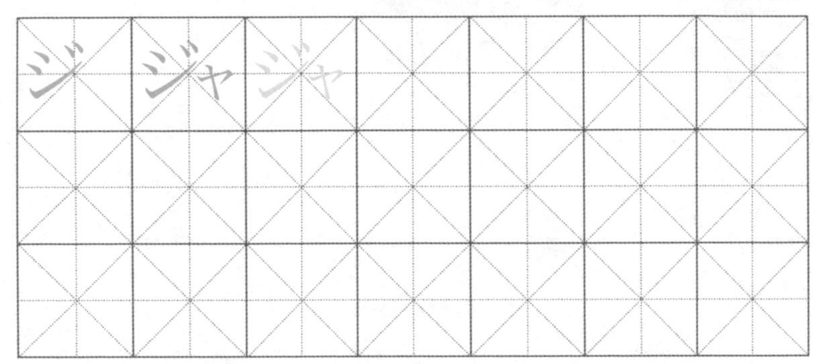

※以「ジ」的筆順先寫好「ジ」，接著在「ジ」的右下方以「ャ」的筆順先寫下「ャ」。

單語唸一唸 先聽聽CD或掃左邊的QR碼，再自己唸看看，最後自己寫一遍，邊寫邊唸，就能加強記憶。

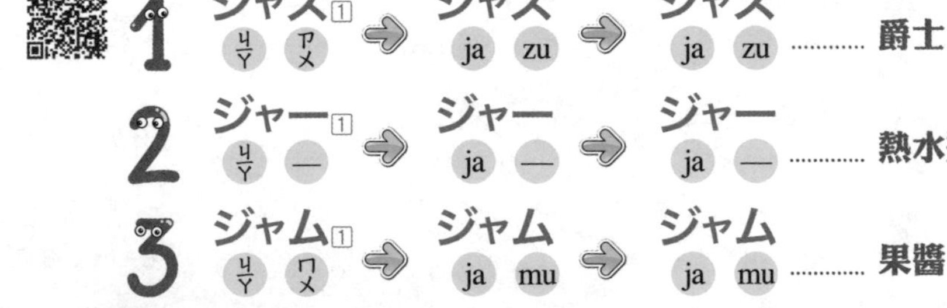

1. ジャズ[1]（ㄐㄧㄚ ㄗㄨ）→ ジャズ（ja zu）→ ジャズ（ja zu）………… 爵士
2. ジャー[1]（ㄐㄧㄚ —）→ ジャー（ja —）→ ジャー（ja —）………… 熱水瓶
3. ジャム[1]（ㄐㄧㄚ ㄇㄨ）→ ジャム（ja mu）→ ジャム（ja mu）………… 果醬

一日一句

部屋（へや）の冷房（れいぼう）が効（き）きません。 房間的冷氣不太冷。

he ya no re — bo — ga ki ki ma se n

漢字嘛也通 ちょうじゃ[0] 【cho — ja】

【長者】 這個漢字除了有年長的意思之外，最常被用來表示富翁。【百万長者（ひゃくまんちょうじゃ）】是指百萬富翁；【億万長者（おくまんちょうじゃ）】是指億萬富翁。【長者番付（ちょうじゃばんづ）け】是指富翁名單。

「ㄐㄧ」+「ㄡ」的結合音。同樣唸[ju]音的平假名➜[じゅ]請見P.113

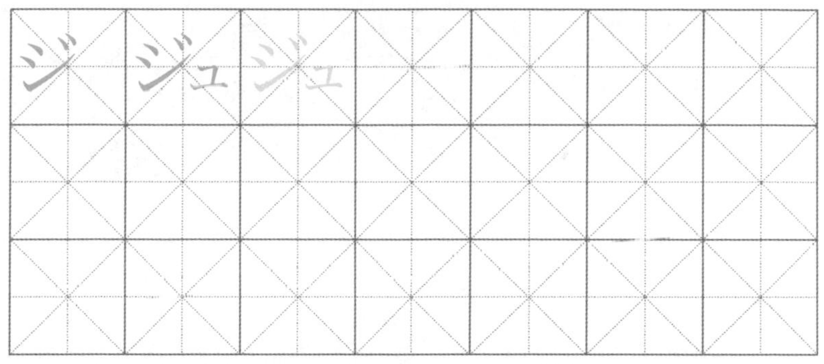

※以「ジ」的筆順先寫好「ジ」，接著在「ジ」的右下方以「ュ」的筆順先寫下「ュ」。

單語唸一唸 先聽聽CD或掃左邊的QR碼，再自己唸看看，最後自己寫一遍，邊寫邊唸，就能加強記憶。

1 ジュース[1]（ㄐㄩ ― ㄙㄨ） ➜ ジュース（ju ― su）…… 果汁

2 カジュアル[1]（ㄎㄚ ㄐㄩ ㄚ ㄌㄨ） ➜ カジュアル（ka ju a ru）…… 休閒的

3 ジュニア[1]（ㄐㄩ ㄋㄧ ㄚ） ➜ ジュニア（ju ni a）…… 年少的

一日一句

飲(の)み物(もの)はオレンジジュースにします、氷(こおり)は少(すこ)しでいいです。

飲料我要柳橙汁，冰塊少一點。

no mi mo no wa o re n ji ju — su ni shi ma su ， ko o ri wa su ko shi de i i de su

漢字嘛也通 しんじゅう[0]　【shi n ju —】

【心中】 這個漢字是指一同自殺、殉情。「そのホテルで心中(しんじゅう)があった」這句是說那家旅館發生了殉情事件。【無理心中(むりしんじゅう)】是指一方強迫另一方殉情。【一家心中(いっかしんじゅう)】是指一家人一起自殺。

「ㄐ」+「ㄡ」的結合音。同樣唸[**jo**]音的平假名➜[じょ]請見P.114

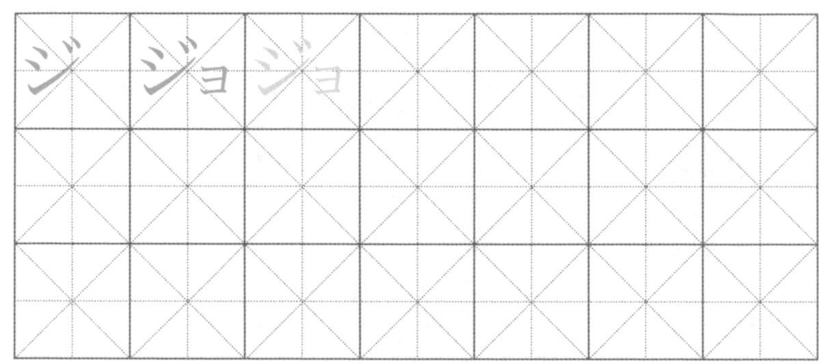

※以「ジ」的筆順先寫好「ジ」，接著在「ジ」的右下方以「ョ」的筆順先寫下「ョ」。

單語唸一唸 先聽聽**CD**或掃左邊的**QR**碼，再自己唸看看，最後自己寫一遍，邊寫邊唸，就能加強記憶。

1. ジョーク 1 ㄐㄡ — ㄎㄨ ➜ ジョーク jo — ku ………………………… 笑話
2. ジョッキー 1 ㄐㄡ・ㄎㄧ — ➜ ジョッキー jo・ki — ………………… 騎師
3. ジョギング 0 ㄐㄡ ㄍㄧ ㄣ ㄍㄨ ➜ ジョギング jo gi n gu ………………… 慢跑

一日一句

毎日(まいにち)ジョギングはどれくらいの時間(じかん)やったほうがいいのでしょうか？

每天慢跑要跑多長的時間比較有效呢？

ma i ni chi jo gi n gu wa do re ku ra i no ji ka n ya・ta ho — ga i i no de sho — ka

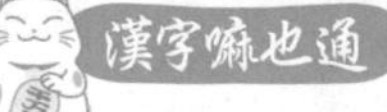

【上手】

じょうず 0 【jo — zu】

這個漢字是指某種技術很好、很高明的意思。「彼女(かのじょ)は料理(りょうり)が上手(じょうず)です」這句是說：她烹飪的手藝很高明；【上手者(じょうずしゃ)】是指：擅於交際的人。【上手(じょうず)の手(て)から水(みず)が漏(も)れる】是指再高明的人也會有犯錯的時候。

「ㄅㄧ」+「ㄧㄚ」的結合音。同樣唸[bya]音的平假名➔[びゃ]請見P.115

※以「ビ」的筆順先寫好「ビ」，接著在「ビ」的右下方以「ャ」的筆順先寫下「ャ」。

單語唸一唸 先聽聽CD或掃左邊的QR碼，再自己唸看看，最後自己寫一遍，邊寫邊唸，就能加強記憶。

1 ビャワがわ[2] ㄅㄧㄚ ㄨㄚ ㄍㄚ ㄨㄚ ➔ ビャワがわ bya wa ga wa .... Bia River 比亞河

2 ビャクダン[0] ㄅㄧㄚ ㄎㄨ ㄉㄚ ㄣ ➔ ビャクダン bya ku da n .... 白檀（花名）

一日一句

すみません が、箸(はし)を落(お)としてしまったんです。

對不起，我的筷子掉了。

su mi ma se n ga , ha shi wo o to shi te shi ma • ta n de su

漢字嘛也通

【当たり前】

あたりまえ[0] 【a ta ri ma e】

這個漢字是指當然、應該的意思。「困(こま)っている人(ひと)を助(たす)けるのは当(あ)たり前(まえ)のこと」幫助有困難的人是應該的。另一個是平常、普通的意思；「当(あ)たり前(まえ)にやっていたのでは成功(せいこう)しない」這句是說：用一般的做法是不會成功的。「当(あ)たり前(まえ)の手段(しゅだん)では駄(だ)目(め)だ」這句是說：用普通的手段是行不通的。

102

「ㄅ」+「ㄡ」的結合音。同樣唸[**byu**]音的平假名➜[びゅ]請見P.116

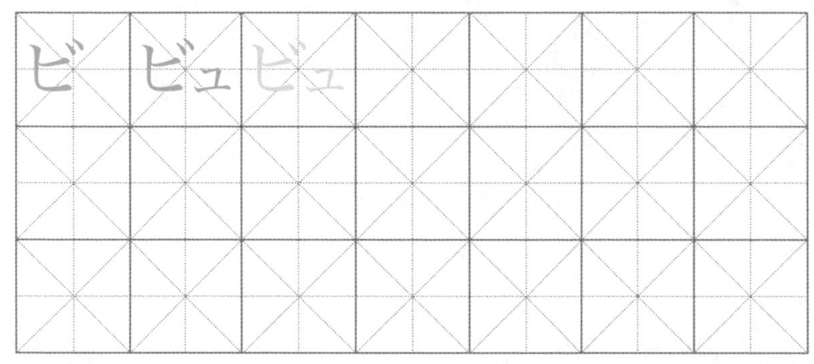

※以「ビ」的筆順先寫好「ビ」，接著在「ビ」的右下方以「ユ」的筆順先寫下「ユ」。

單語唸一唸 先聽聽**CD**或掃左邊的**QR**碼，再自己唸看看，最後自己寫一遍，邊寫邊唸，就能加強記憶。

1 ビュー① ㄅㄨ — ➜ ビュー byu — ➜ ビュー byu — ………… 觀察

2 ビュスチエ⓪ ㄅㄨ ㄙㄨ ㄐㄧ せ ➜ ビュスチエ byu su chi e ……………… 無肩帶胸罩

3 ビューティー① ㄅㄨ — ㄊㄧ — ➜ ビューティー byu — ti — ………… 美麗

一日一句

チェックアウトは何時(なんじ)までですか？

請問退房時間是到幾點？

che • ku a u to wa na n ji ma de de su ka

漢字嘛也通 くじょう⓪ 【ku jo —】

【苦情】這個漢字是抱怨、不滿的意思。【苦情(くじょう)を言(い)う】是指訴苦、抱怨。「苦情(くじょう)をもちこまれる」是指滿肚子苦水。「私(わたし)には少(すこ)しも苦情(くじょう)がない」這句是說：我沒什麼可抱怨的。

「ㄅㄧ」+「ㄡ」的結合音。同樣唸[byo]音的平假名➔[びょ]請見P.117

※以「ビ」的筆順先寫好「ビ」，接著在「ビ」的右下方以「ヨ」的筆順先寫下「ヨ」。

單語唸一唸 先聽聽CD或掃左邊的QR碼，再自己唸看看，最後自己寫一遍，邊寫邊唸，就能加強記憶。

1 ビョルンソン③ ㄅㄧㄡ ㄌㄨ ㄣ ㄙㄡ ㄣ ➔ ビョルンソン byo ru n so n …… 比昂松（挪威文學家）

2 ビョーク① ㄅㄧㄡ — ㄎㄨ ➔ ビョーク byo — ku …… Bjork（冰島搖滾天后）

一日一句

東京(とうきょう)から北海道(ほっかいどう)までの往復(おうふく)チケットを二枚下(にまいくだ)さい。

我要2張東京到北海道的機票。

to — kyo — ka ra ho • ka i do — ma de no o — fu ku chi ke • to wo ni ma i ku da sa i

漢字嘛也通

かわせ⓪ 【ka wa se】

【為替】這個漢字是匯款、匯兌、匯票的意思。「爲替(かわせ)で子供(こども)に送金(そうきん)する」是指匯款給小孩。【爲替(かわせ)を現金(げんきん)に換(か)える】是指將匯票換成現金；【爲替手形(かわせてがた)】是指匯票。「爲替手形(かわせてがた)を割引(わりびき)する」是指匯票貼現。【爲替取引(かわせとりひき)】則是指（銀行間的）匯兌交易。

103

「ㄆㄧ」+「ㄚ」的結合音。同樣唸[pya]音的平假名➜[ぴゃ]請見P.118

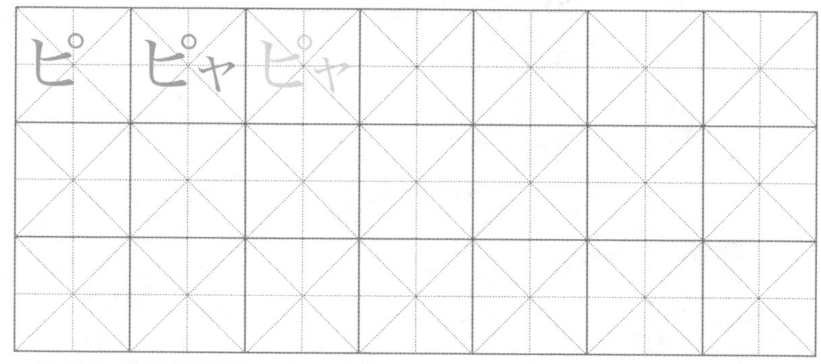

※以「ピ」的筆順先寫好「ピ」，接著在「ピ」的右下方以「ャ」的筆順先寫下「ャ」。

單語唸一唸 先聽聽CD或掃左邊的QR碼，再自己唸看看，最後自己寫一遍，邊寫邊唸，就能加強記憶。

1 ピャニーガ②　ㄆㄧㄚ ㄋㄧ — ㄍㄚ ➜ ピャニーガ　pya ni — ga …… **Pianiga（地名，位於義大利）**

2 ピャストちょう③　ㄆㄧㄚ ㄙㄨ ㄊㄡ ㄑㄧㄡ — ➜ ピャストちょう　pya su to cho — …… **波蘭的皮雅斯特（Piastów）王朝**

一日一句

もしもし、中華航空(ちゅうかこうくう)ですか、予約(よやく)をリコンファームしたいんです。

喂，中華航空嗎，我想確認預約的機位。

mo shi mo shi ，chu — ka ko — ku — de su ka ，yo ya ku wo ri ko n fa — mu shi ta i n de su

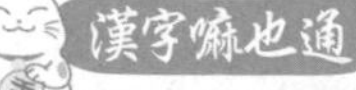

いたずら⓪　【i ta zu ra】

【悪戯】這個漢字是指淘氣、惡作劇的意思。「あの子(こ)は悪戯(いたずら)ばかりする」那個孩子只是愛惡作劇；「ライターを悪戯(いたずら)してはいけない」這句是說不可以調皮拿打火機來玩。【悪戯小僧(いたずらこぞう)】是指淘氣鬼。【悪戯盛(いたずらざか)り】是指正是調皮的年齡；「五(いつ)つ六(むっ)つは悪戯盛(いたずらざか)りだ」是指五六歲正是狗也嫌的年紀。

「ㄆㄧ」+「ㄧㄡ」的結合音。同樣唸[**pyu**]音的平假名➜[ぴゅ]請見P.119

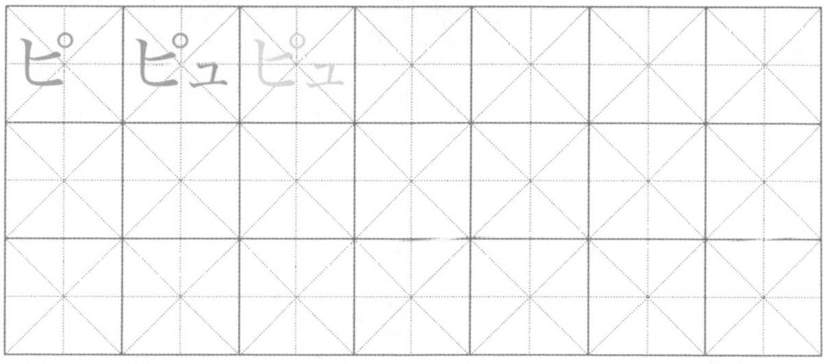

※以「ピ」的筆順先寫好「ピ」，接著在「ピ」的右下方以「ユ」的筆順先寫下「ユ」。

單語唸一唸 先聽聽**CD**或掃左邊的**QR**碼，再自己唸看看，最後自己寫一遍，邊寫邊唸，就能加強記憶。

1 ピューマ [1] ㄆㄧㄨ — ㄇㄚ ➜ ピューマ pyu — ma .... 美洲虎

2 ピューレ [1] ㄆㄧㄨ — ㄌㄟ ➜ ピューレ pyu — re .... 果菜泥

3 コンピューター [3] ㄎㄡ ㄣ ㄆㄧㄨ — ㄊㄚ — ➜ コンピューター ko n pyu — ta — .... 電腦

一日一句

荷物(にもつ)を部屋(へや)まで運(はこ)んでくださいませんか？

可以替我把行李搬到房間嗎？

ni mo tsu wo he ya ma de ha ko n de ku da sa i ma se n ka

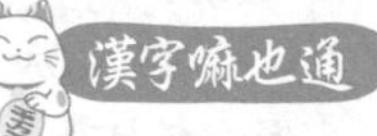

【気長】 きなが [0] 【ki na ga】

這個漢字是指遲鈍、緩慢、耐心的意思。「気長(きなが)な人(ひと)」是指行事慢吞吞的人；「気長(きなが)に待(ま)つ」是指耐心等待的意思。而【気短(きみじか)】是行事急躁的意思。「気短(きみじか)ですぐに喧嘩(けんか)になる」這句是說：行事急躁馬上就和人打起來了。

羅馬讀音 pyo

ピョ

ㄅㄆㄇ讀音 ㄆㄧㄡ

「ㄆㄧ」+「ㄡ」的結合音。同樣唸[**pyo**]音的平假名➜[ぴょ]請見P.120

※以「ピ」的筆順先寫好「ピ」，接著在「ピ」的右下方以「ヨ」的筆順先寫下「ヨ」。

單語唸一唸 先聽聽**CD**或掃左邊的**QR**碼，再自己唸看看，最後自己寫一遍，邊寫邊唸，就能加強記憶。

1. ピョートル[1] ㄆㄧㄡ ― ㄊㄡ ㄌㄨ ➜ ピョートル pyo ― to ru …………… **彼得大帝**
2. ピョンヤン[0] ㄆㄧㄡ ㄣ ㄧㄚ ㄣ ➜ ピョンヤン pyo n ya n …………… **平壤**

一日一句

テレビが使（つか）えないみたいなので、部屋（へや）を変（か）えてもらってもいいですか？

因爲電視好像不能看，可以換房間嗎？

te re bi ga tsu ka e na i mi ta i na no de，he ya wo ka e te mo ra・te mo i i de su ka

漢字嘛也通 たいてい[0]【ta i te i】

【大抵】

這個漢字是指大概、大致上、差不多的意思。「大抵（たいてい）の人は理解（りかい）できる」這句是說一般人都能理解。「八時（はちじ）には大抵帰（たいていかえ）っている」這句是說：差不多八點回家。「大抵（たいてい）の努力（どりょく）ではない」是指不是普普通通的努力。「問題（もんだい）は大抵（たいてい）できた」是指問題大部分都會寫。

其他特殊音

在片假名中，除了以上的拗音之外，我們還會在一些外來語中看到像是：「ウィ」、「ウェ」、「シェ」、「ジェ」、「ティ」、「ディ」、「チェ」、「ファ」、「フィ」、「フェ」、「フォ」等特殊音，這些音其實都是爲了能精準地拼出外國音而演變出來的，所以只會在外來語中才會看到。

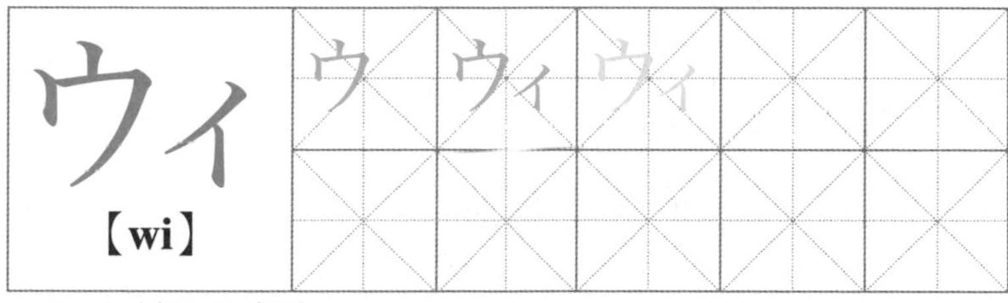

＊ウィンドウ ➜ 窗戶

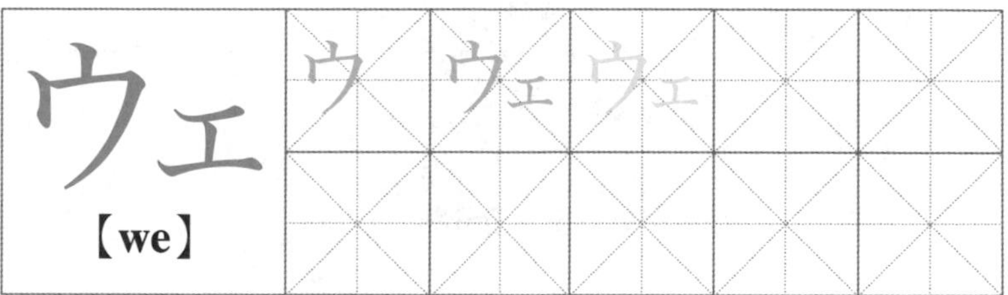

＊ウェルダン ➜（指牛排的熟度）全熟

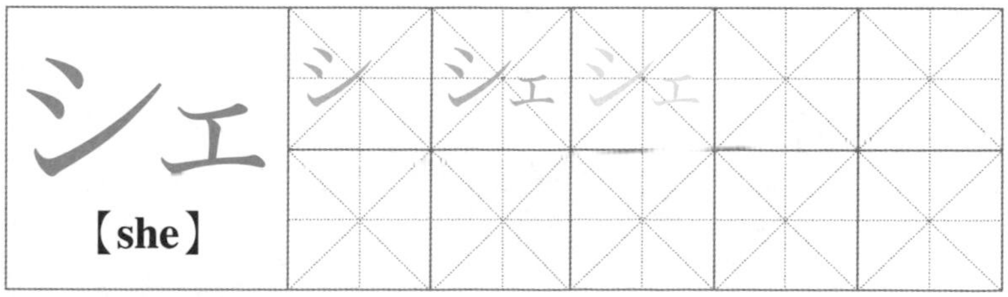

＊シェフ ➜ 主廚

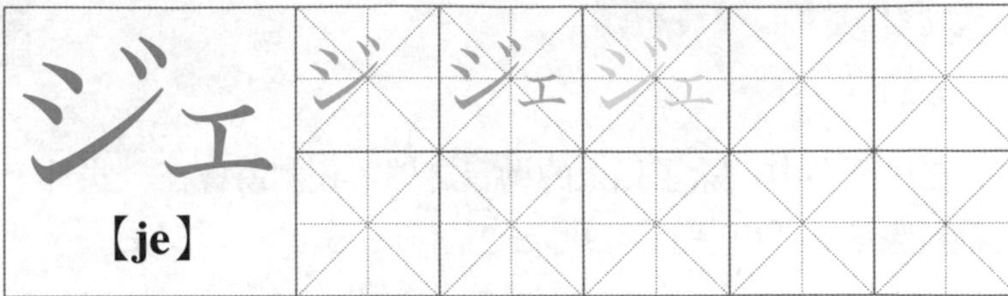

＊ジェットコースター ➜ 雲霄飛車

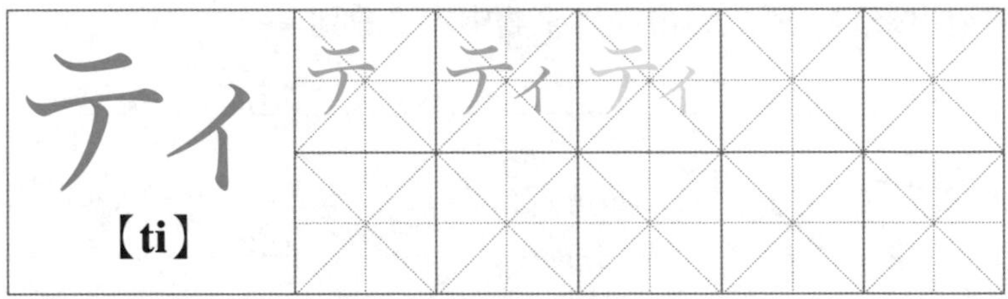

＊ミルクティー ➜ 奶茶

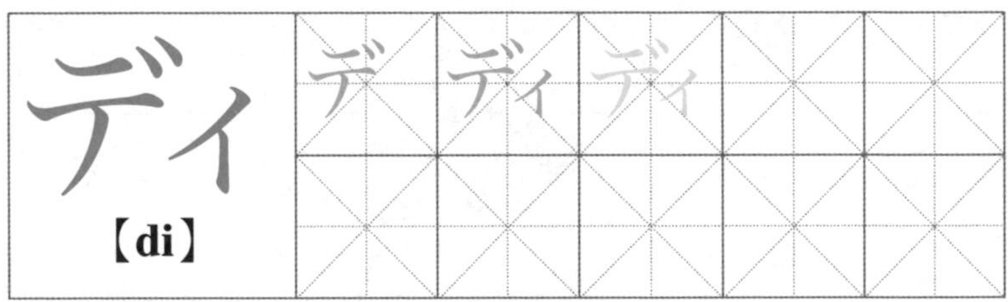

＊ミディアム ➜（指牛排的熟度）五分熟

＊チェック ➜ 支票

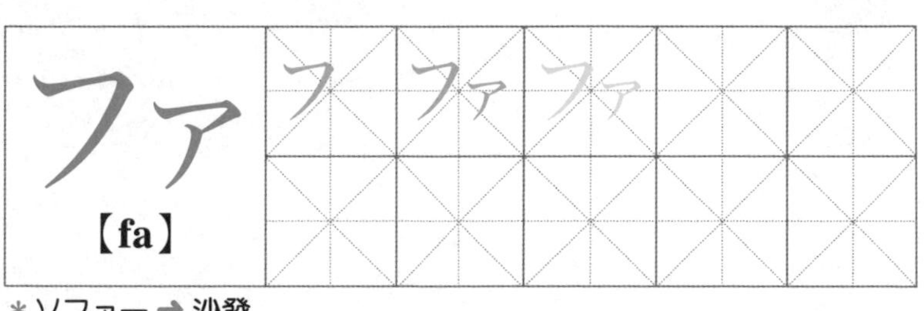

＊ソファー ➔ 沙發

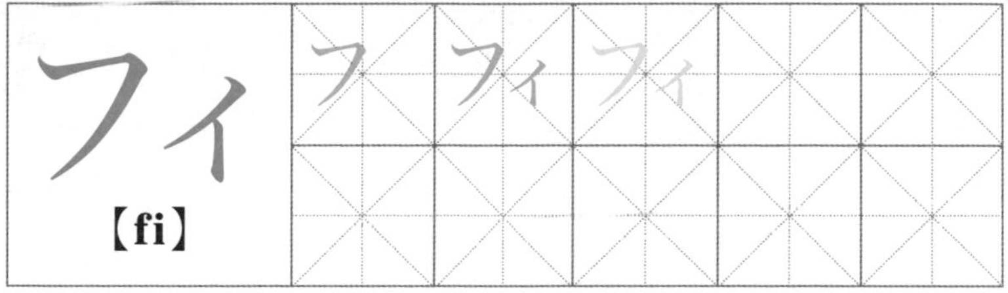

＊フィルム ➔ 底片

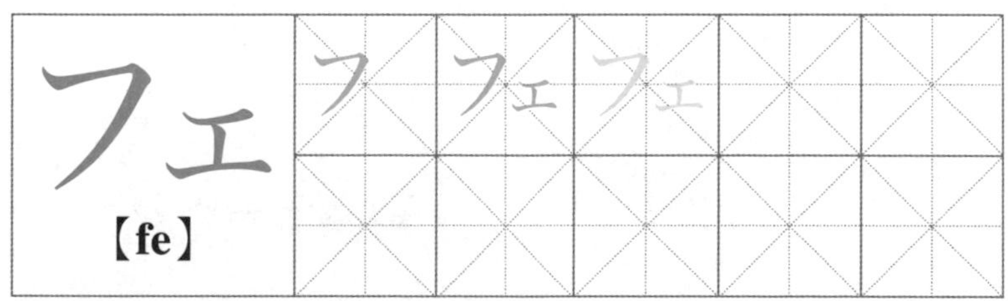

＊フェリー ➔ 渡船

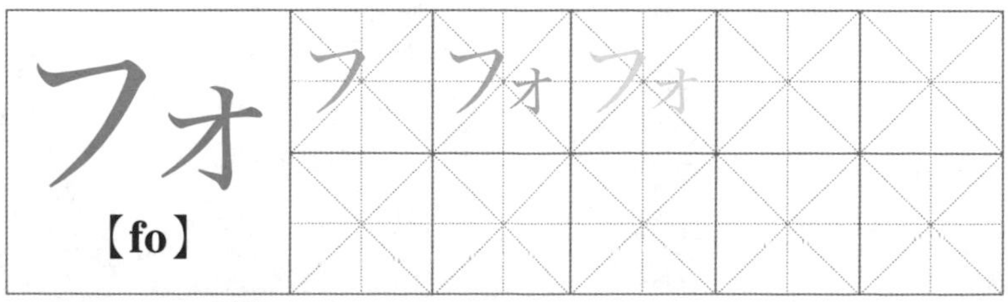

＊フォーク ➔ 叉子

與數字有關的

日文	中文
1（いち）	1
2（に）	2
3（さん）	3
4（し或唸よん）	4
5（ご）	5
6（ろく）	6
7（しち或唸なな）	7
8（はち）	8
9（きゅう或唸く）	9
１０（じゅう）	１０
十（じゅう）	十
百（ひゃく）	百
千（せん）	仟
万（まん）	萬
百万（ひゃくまん）	百萬
一千万（いっせんまん）	1仟萬
一億（いちおく）	1億
一兆（いっちょう）	1兆
一個（いっこ）	一個
二個（にこ）	二個
三個（さんこ）	三個
四個（よんこ）	四個
五個（ごこ）	五個
六個（ろっこ）	六個
七個（ななこ、しちこ）	七個
八個（はっこ）	八個
九個（きゅうこ）	九個
十個（じゅっこ、じっこ）	十個
一円（いちえん）	一元
二円（にえん）	兩元
三円（さんえん）	三元
四円（よんえん）	四元
五円（ごえん）	五元
六円（ろくえん）	六元
七円（しちえん、ななえん）	七元
八円（はちえん）	八元
九円（きゅうえん）	九元
十円（じゅうえん）	十元
百円（ひゃくえん）	一百元
千円（せんえん）	一千元

與時間有關的

日文	中文
春（はる）	春
夏（なつ）	夏
秋（あき）	秋
冬（ふゆ）	冬
四季（しき）	四季
一月（いちがつ）	一月
二月（にがつ）	二月
三月（さんがつ）	三月
四月（しがつ）	四月
五月（ごがつ）	五月

六月（ろくがつ） 六月
七月（しちがつ） 七月
八月（はちがつ） 八月
九月（くがつ） 九月
十月（じゅうがつ） 十月
十一月（じゅういちがつ） 十一月
十二月（じゅうにがつ） 十二月

一日（ついたち） 一日（指日期）
二日（ふつか） 二日
三日（みっか） 三日
四日（よっか） 四日
五日（いつか） 五日
六日（むいか） 六日
七日（なのか） 七日
八日（ようか） 八日
九日（ここのか） 九日
十日（とおか） 十日
十一日（じゅういちにち） 十一日
十二日（じゅうににち） 十二日
二十日（はつか） 二十日
三十日 （さんじゅうにち） 三十日

月曜日（げつようび） 星期一
火曜日（かようび） 星期二
水曜日（すいようび） 星期三
木曜日（もくようび） 星期四
金曜日（きんようび） 星期五
土曜日（どようび） 星期六
日曜日（にちようび） 星期日
何曜日（なんようび） 星期幾？

昨日（きのう） 昨天
一昨日（おととい） 前天
明日（あした） 明天
明後日（あさって） 後天
今年（ことし） 今年
来年（らいねん） 明年
去年（きょねん） 去年
一昨年（おととし） 前年

１時（いちじ） １點
２時（にじ） ２點
３時（さんじ） ３點
４時（よじ） ４點
５時（ごじ） ５點
６時（ろくじ） ６點
７時（しちじ） ７點
８時（はちじ） ８點
９時（くじ） ９點
１０時（じゅうじ） １０點
１１時（じゅういちじ） １１點
１２時（じゅうにじ） １２點

一分（いっぷん） １分
二分（にふん） ２分
三分（さんぷん） ３分
四分（よんふん） ４分
五分（ごふん） ５分
六分（ろっぷん） ６分
七分（ななふん、しちふん） ７分
八分（はっぷん） ８分
九分（きゅうふん） ９分

十分（じゅっぷん、じっぷん）　１０分

蔬菜

大根（だいこん）	蘿蔔
人参（にんじん）	紅蘿蔔
じゃがいも	馬鈴薯
さつまいも	番薯
里芋（さといも）	芋頭
きゅうり	小黃瓜
ねぎ	蔥
玉（たま）ねぎ	洋蔥
牛蒡（ごぼう）	牛蒡
ほうれん草（そう）	菠菜
カボチャ	南瓜
アスパラガス	蘆筍
ナス	茄子
トマト	番茄
パセリ	西洋芹
キャベツ	包心菜
ピーマン	青椒

親戚

お父（とう）さん	父親、令尊
父（ちち）	家父 (說到自己家人時)
お兄（にい）さん	哥哥 (稱呼他人的哥哥時)
兄（あに）	哥哥 (說到自己的哥哥時)
お姉（ねえ）さん	姐姐 (稱呼他人的姐姐時)
姉（あね）	姐姐 (說到自己的姐姐時)
妹（いもうと）さん	妹妹 (稱呼他人的妹妹時)
妹（いもうと）	妹妹 (說到自己的妹妹時)
弟（おとうと）さん	弟弟 (稱呼他人的弟弟時)
弟（おとうと）	弟弟 (說到自己的弟弟時)
祖父（そふ）	祖父
祖母（そぼ）	祖母
おじいさん	外公
おばあさん	外婆
おじさん	伯父、叔叔、舅舅
おばさん	伯母、叔母、舅媽

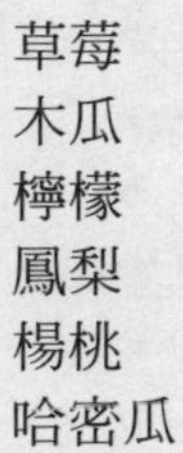

顏色

茶色（ちゃいろ）	棕色
黄色（きいろ）	黃色
青色（あおいろ）	藍色
みずいろ	淺藍色
オレンジ色（いろ）	橘色
ピンク	粉紅色
緑色（みどりいろ）	綠色
紫色（むらさきいろ）	紫色
金色（きんいろ）	金色
銀色（ぎんいろ）	銀色
赤（あか）	紅色
白（しろ）	白色
黒（くろ）	黑色

水果

りんご	蘋果
みかん	橘子
さくらんぼ	櫻桃
すいか	西瓜
かき	柿子
梨（なし）	梨子
バナナ	香蕉
葡萄（ぶどう）	葡萄
桃（もも）	桃子
苺（いちご）	草莓
パパイア	木瓜
レモン	檸檬
パイナップル	鳳梨
スターフルーツ	楊桃
メロン	哈密瓜

飲料

コーヒー	熱咖啡
アイスコーヒー	冰咖啡
紅茶（こうちゃ）	紅茶
ミルク	牛奶
コーラー	可樂
ジュース	果汁
ビール	啤酒
日本酒（にほんしゅ）	日本酒
緑茶（りょくちゃ）	綠茶
日本茶（にほんちゃ）	日本茶
ウーロン茶	烏龍茶
ココア	可可亞
サ·イダー	汽水
ウイスキー	威士忌
ブランデ	白蘭地
ウォッカ	伏特加

星座

牡羊座（おひつじざ）	牡羊座
牡牛座（おうしざ）	金牛座
双子座（ふたござ）	雙子座
蟹座（かにざ）	巨蟹座
獅子座（ししざ）	獅子座
乙女座（おとめざ）	處女座
天秤座（てんびんざ）	天秤座
蠍座（さそりざ）	天蠍座
射手座（いてざ）	射手座
山羊座（やぎざ）	魔羯座
水瓶座（みずがめざ）	水瓶座
魚座（うおざ）	雙魚座

交通工具

自動車（じどうしゃ）	汽車
自転 車（じてんしゃ）	腳踏車
折り畳み自転車（おりたたみじてんしゃ）	摺疊腳踏車
オートバイ	摩托車
救急車（きゅうきゅうしゃ）	救護車
消防車（しょうぼうしゃ）	消防車
バス	巴士
トラック	卡車
スポーツカー	跑車
パトカー	警車
ロープウェー	纜車
ヘリコプター	直昇機
帆船（はんせん）	帆船
船（ふね）	船
フェリーボート	渡輪
飛行機（ひこうき）	飛機
地下鉄（ちかてつ）	地鐵

身體的部位

頭（あたま）	頭
髪の毛（かみのけ）	頭髮
前髪（まえがみ	瀏海
目（め）	眼睛
眉毛（まゆげ）	眉毛
睫毛（まつげ）	睫毛
瞳（ひとみ）	瞳孔
鼻（はな）	鼻子
口（くち）	嘴巴
唇（くちびる）	嘴唇
歯（は）	牙齒
舌（した）	舌頭

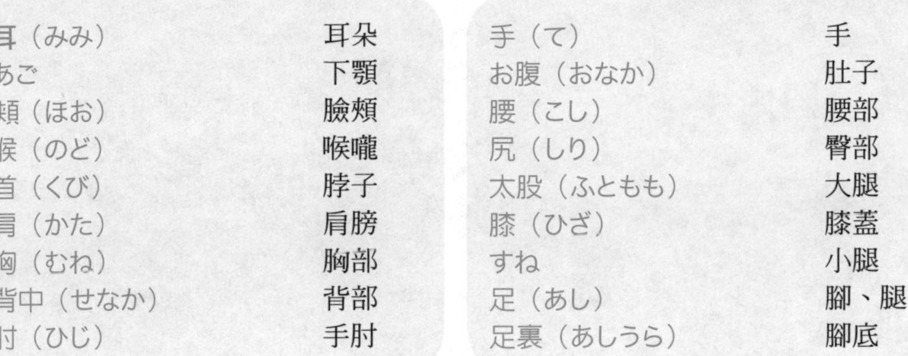

日文	中文
耳（みみ）	耳朵
あご	下顎
頬（ほお）	臉頰
喉（のど）	喉嚨
首（くび）	脖子
肩（かた）	肩膀
胸（むね）	胸部
背中（せなか）	背部
肘（ひじ）	手肘
手（て）	手
お腹（おなか）	肚子
腰（こし）	腰部
尻（しり）	臀部
太股（ふともも）	大腿
膝（ひざ）	膝蓋
すね	小腿
足（あし）	腳、腿
足裏（あしうら）	腳底